신개념 철벽 로맨스

빈틈없는 사이

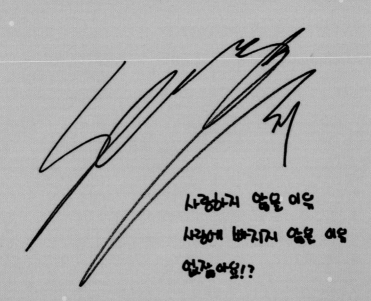

사랑하지 않을 이유
사랑에 빠지지 않을 이유
없잖아!?

빈틈없는
사이

정다연 소설

가연

Contents

01

드림 어게인

　누구나, 어디서나 꿈을 꾼다. 아무리 뭣 같은 동네에서도 해는 뜨는 것처럼. 뜨는 줄도 모르게 스윽 떠올랐던 새벽 해가 아침 하늘로 넘어오는 지금, 나 이승진도 꿈을 향한 한 걸음을 내디뎠다. 주택 밀집 지역도 아니고 온전한 상가 지역도 아닌 어정쩡한 동네로.

"거 조심하소!"

그리고 그 잘난 한 걸음에서조차 낡아빠진 보도를 지나다 헛디딜 뻔했다. 머쓱한 웃음을 지으며 앞을 보니, 풍채 좋은 공인중개사 사장님은 이미 뒤돌아 나아가는 중이었다. 나는 어색하게 고개를 숙이며 다시 사장님을 따라갔다.

그야 나도 올해 나이가 스물은 아니고, 대학 갓 졸업한 아기? 당연히 아니고. 오히려 먹을 만큼 먹은… 서른한 살이니까. 간신히 청년과 아저씨 사이 어딘가에 있는 사람이니 현실을 모르진 않았다. 이런 길을 따라가서 나오는 집이 내 나이만한 층수의 펜트하우스일 거란 기대는 안 했다고. 안 했지만, 현실아! 그리고 세상아!

"집이, 어우, 오래 비어 있었나 봐요?"

이 정도일 줄은 몰랐지!

"오래됐죠. 누가 이런 방 얻을라 캅니까?"

사장님은 참 아무렇지도 않은 투로 말했다. 커튼 너머에서 훅 퍼진 먼지에 아직도 연신 기침을 뱉는 내게.

눈앞에 펼쳐진 공간은 확실히 '이런 방'이라고밖에는 할 수가 없는 곳이었다. 오래된 형광등은 무슨 귀신의 집처럼 스산하게 깜빡거리며 켜지더니. 정사각형 모양의 방은 치사할 정도로 좁디좁았다. 그야말로 대한민국 평균 원룸 그 자체라고 할까.

밝은 색 벽지와 월넛색 나무 바닥은 아마도 한때 지녔을지 모를 반짝임을 죄다 잃은 지 오래였다. 방금 내가 들췄다가 먼지 폭격을 입은 커튼 정도가 초라하게 흔들리면서 그나마 반짝이는 햇살을 흘려보낼 뿐이었다.

햇살은 죄가 없다. 그저 그 햇살이 비추는 게 몇 줌의 먼지와 몇 평짜리 작은 방, 그리고 고작 나라는 게 문제지.

"고객님이 싼 방 중에 싼 방 얻는다카니까네, 이런 방뿌이 없다 아입니까."

본인이 생각하기에도 멋쩍은지 사장님은 일단 내 탓부터 하고 봤다. 그러고서는 전혀 설레지 않는 반존대로 핑계 아닌 핑계를 댔다.

"이기 뭐, 꼭대기고 엘리베이터도 음써가 창꼬로도 안 쓴다 아입니까. 그래도 이 가격이면 거저지, 거저. 내도 뭐 남는 것도 엄꼬."

사실 어느 것 하나 새롭지가 않은 정보였다. 나라고 서울에서 이 예산으로 구할 수 있는 집이 이 정도라는 걸 몰랐을까. 다만 그렇다고 해서 이런 집에 냅다 살기도 웃기고, 이럴 줄 몰랐던 것도 아니면서 새삼스레 질색하기는 더 웃기지 않나.

결국 일종의 절충안으로 눈치를 살살 보는 방향을 택했다. 안 보는 척 관심 없는 척, 이대로 냅다 계약할 척하면서 창틀이고 구석이고 싹싹 살폈다.

"그래도 깔끔은 하네요."

"깔끔은 하죠, 근데 알다시피 가격이 가격인지라…."

아무래도 사장님 입장에서도 양심에 많이 찔리나 보다. 근데요 사장님, 솔직히 감수하고 들어왔는데 계속 그러시면 더 불안해지거든요.

"그렇죠."

라고는 당연히 말 안 하고, 대충 맞장구만 쳤다.

"뭐, 가격으로 카바치는 구석이 하나 있긴 한데. 이게 생각하기 나름이라고, 이쪽으로 와 보이소."

사장님을 따라서 가 본 곳에는 화장실이 있었다. 그런데 화장실에는 있어야 할 것이 없었다. 싸고 자시고를 떠나서 그냥 건축 공간이라면 상식적으로 있어야 할 그것이.

"문…이 없네요?"

얼빠진 내 눈앞에서 사장님은 여기 문 있지 않냐는 듯 화장실 입구에 쳐진 커튼을 흔들어 보였다. 사장님. 우리는 그걸 문이 아니라 커튼이라고 부르기로 했어요.

어쩌면 여기까지는 문제 삼지 않을 수 있었을지도 모르겠다. 어차피 혼자 사는 집인데 화장실 문 없어도 뭐 어떻겠는가. 문 따위 있거나 없거나 안 썼을 수도 있었다. 하지만 혼자여도 사람 사는 곳이긴 한데 어떻게 화장실 변기와 싱크대를 한 곳에 둘 수가 있냐고!

"뭐, 젊으시니까 괜찮을 거 같은데…."

도저히 표정 관리가 되지 않았나 보다. 무심결에 싸늘하게 굳어버린 내 얼굴에 사장님도 내심 뜨끔했는지 주절주절 평계를 늘어놓기 시작했다.

"요즘 젊은 사람들 집에서 밥 안 해 먹는다 아입니까. 이기 폼이라예, 폼. 집에서 음식하면 냄새나고, 잘 안 빠지고… 여처

16

럼 원룸 구조는 온 사방에 냄새 다 배뿔고, 그지요? 요 아래 나가면 식당 천지 삐까리고….”

사장님의 말이 길어질수록 내 표정은 실시간으로 나빠졌다. 일단 다른 곳 돌라도 볼까? 눈앞이 핑 돌 것 같은 기분마저 드는 그때, 무심결에 틀어본 싱크대에서 한 줄기 희망이 쏟아져 나왔다.

“오우, 수압이!”

“그지요? 수압 괜찮지예, 물이 잘 나와야 삶의 질이 높아진다 아입니까.”

이 집의 최고 반전. 혹시 수도꼭지에서 흙탕물이라도 나오면 어쩌나 살짝 걱정했지만 다행히 물만큼은 콸콸 나왔다. 구린 열 가지 중에 겨우 하나 좋은 점이 나오자 사장님은 오히려 머쓱한지 괜히 눈을 흘겼다.

이게 누군가의 성공 스토리였다면 거기서부터 좋은 점이 이어졌으리라. 하지만 안타깝게도, 이건 그렇게 달달한 이야기가 아니다.

희소식은 거기서 끝. 변기에 한번 앉아 보자마자 한차례 더 내 상상을 뛰어넘는 요건이 드러났다.

“여기서 일을… 볼 수 있을까요? 사장님?”

가만히 앉았을 뿐인데 벽에 무릎이 닿은 것이다. 쌍방이 아무 말도 하지 못한 채 조용히 어색한 공기가 흐른 것도 잠시.

도저히 표정 관리를 할 수 없었던 내가 고개를 들어 난감한
표정으로 사장님을 쳐다보았다.

"아이고, 이기 표준 사이즌데…"

사장님은 난처한 듯 말꼬리를 길게 늘렸다.

"그라모, 이리 한 번 해봅시다. 요래 모아가, 요래!"

이러면 되지 않느냐는 것처럼 캬, 자랑스러운 탄식이 들려왔
다. 나는 무슨 이삿짐이라도 밀어둔 것처럼 두 다리를 한쪽에
가지런히 모아둔 채 허탈한 웃음을 흘렸다.

"사장님, 근데… 이건 아니지 않을까요?"

"뭐 그런가요?"

사장님은 어색한 웃음을 섞어 대답인지 물음인지 모르게
반문했다. 그치. 사람이면 이런 변기 앞에서 떳떳해질 순 없겠
죠. 사장님도 먹고살자고 하시는 일인데요. 암.

"저 사장님, 그, 정말 죄송한데요…"

그리고 나 또한 이런 변기 앞에서 가만히 있을 수는 없었
다. 나도 먹고살자고 찾는 집이었으니까.

"좀만 깎아 주심 안 될까요?"

"쪼끔만?"

"디스카운트, 좀만!"

나는 연신 손짓을 해가며 절실함을 어필했다. 사장님도 웃
으며 디스카운트, 디스카운트 맞장구를 치는 듯 보였다. 서로

사람 좋은 웃음을 터트리며 분위기가 잠깐 그럴 듯하게 풀리는 것처럼 보였으나….

"그게 내 맘대로 됩니까? 주인 맘이지. 뭐, 에이그, 참…."

그건 어디까지나 잠깐이었다. 사장님은 사람 좋은 웃음을 싹 거두고 바로 비즈니스 마인드를 장착하더니 싸늘하게 돌아섰다. 뒤이어 혀 차는 소리가 들려왔다. 누가 보면 꼭 내가 말도 안 되는 어거지라도 부린 줄 알겠다, 아주.

혼자 남겨진 나는 다리 한 짝 제대로 못 펴는 변기에 앉아, 타일 사이에 까만 곰팡이가 촘촘이 들어찬 화장실 벽을 가만히 바라보았다. 걱정과 근심이 가득 담긴 표정으로.

그때 어디선가 쿵, 소리가 들려왔다. 반사적으로 고개를 돌려 보았지만 소리가 들려온 곳에는 아무것도 없었다.

"사장님!"

대답도 들려오지 않았다. 사장님이 문을 세게 닫고 나가셨는가보다, 하고 엉거주춤 일어섰다. 아무리 그래도 이런 집에선 못 살겠다고 하고 좀 더 딜을 해볼까… 하고 속으로 생각하던 그때. 다시 한 번 쿵 소리가 들려왔다.

솔직히 말하면, 그게 '쿵' 소리였는지는 잘 모르겠다. 그보다는 좀 더 스산하고 이상한 소리였을 수도 있겠다. 이 시점에서 나는 그 소리가 이상하다는 걸 눈치채지 못했으니까. 그 소리가 앞으로 펼쳐질 내 인생 최악의 사건을 예고하고 있었다는 걸, 전혀 상상도 하지 못했다.

아까 말했듯이 이 이야기는 성공 스토리가 아니다. 오히려 실패 스토리에 가깝다. 어느 가수 지망생이 돌이킬 수 없는 선택을 하고, 그리고… 이 세상 최악의 이웃을 만나는 이야기다.

꽃꽃꽃꽃꽃

"야, 아이, 밀지 마! 힘을 좀 써!"

결국 내 몸만 한 매트리스를 버티지 못하고 방으로 들어서자마자 철푸덕 쓰러졌다. 도와주러 온 지우 놈은 낑낑대며 같이 들어와서는, 입을 열자마자 언성부터 높였다.

"그럼 혼자 다 해, 이 새끼야! 아니, 혼자 사는 새끼가 킹사이즈가 왜 필요해?"

산만 한 덩칫값도 못하는 놈이지만 이 녀석마저 없었으면 솔직히 킹사이즈 침대를 옮겨 놓을 엄두도 못 냈을 거다. 지우가 그나마 성글게나마 밀어 옮겨 주자 나는 안쪽으로 질질질 밀려가다 한가득 쌓인 이삿짐 위에 철푸덕 주저앉았다.

"대비를 해야지, 새끼야. 너는 혼자 살아도, 나는, 나는 결혼해서 살 거야."

지우와 나는 간신히 옮겨온 매트리스를 겨우 바닥에 뉘어 놓았다. 숨이 가라앉질 않았다. 얼굴은 벌겋게 달아오르고 땀은 비 오듯 쏟아졌다. 솔직히 죽을 맛이었다.

"이 새끼 힘을 왜 이렇게 못 써? 그리고, 야… 이거…."

마른침을 삼키고 다시 말을 이어갔다.

"중고에서 이런 사이즈 못 구해."

사실 지우도 지우대로 힘들어서 제대로 안 들고 있는 것 같긴 했다. 하지만 나는 말해야겠다. 왜냐? 이거 사겠다고 매일같이 중고 사이트를 뒤진 날이 아직도 눈앞에 생생하니까.

"내가 이거, 존나 어렵게… 졸라 싸게 샀어."

"얼마 줬는데?"

"이십오만."

그 순간 나를 바라보던 지우의 눈빛도 아마 앞으로 한동안 못 잊을 것 같다.

"이십오만 원? 새 걸 사지 이 새끼야! 돈도 없는 새끼가 여자를 어떻게 만나! 못해도 나 정돈 돼야지."

뭐라는 소린지. 얼굴 갈린 새끼가 뭘 맨날 지 정돈 돼야 한다는 건지. 기가 차서 별 대꾸도 않고 쏟아지는 땀을 소매로 대강 닦아내던 순간이었다.

"나 화장실 좀 쓸게."

지우가 커다란 덩치를 일으키며 말했다. 나는 반사적으로 몸을 벌떡 일으키며 소리쳤다.

"아냐, 아냐! 헛소리하지 마! 나가서 싸!"

나는 그대로 지우를 매트리스에 눕혀버렸다. 그 좁디좁은 화장실의 실상을 모르는 지우는 얼빠진 얼굴로 나를 올려다보았다.

"왜 그러는데?"

"너는 저걸 못 써."

덩치를 반으로 줄이지 않고서는. 뒤따를 말을 몰래 삼켰을 때 선글라스를 긴 윤성이 기타 세 개를 어깨에 멘 채 들어왔다. 양팔에는 앰프 두 개를 들었고 겨드랑이 사이에는 아날로그 메트로놈이 끼어 있는 게 백 미터 밖에서 봐도 얘 음악 하는 놈이구나, 알 만한 상태였다.

"기타도 못 치는 새끼가 왜 컬렉션질이야? 어휴, 무거워 뒤지겠네."

촌스러운 하와이안 셔츠와 딱 어울리는, 윤성의 지저분한 말본새가 돋보였다.

"야, 그리고 엘리베이터가 없으면 사다리차를 불러야지. 왜 우릴 부르고 지랄이야, 이 미친 새끼가."

"윤성이 이 새끼, 너는⋯ 얼굴도 드러운데 입도 드러워, 진짜."

윤성 뒤로 재영이 땀에 젖은 셔츠 차림으로 박스 하나를 이고 들어왔다.

"재영이 봐! 쟤도 얼굴은 범죄와의 전쟁인데, 하는 짓은 얼마나 이쁘냐? 본받아 좀!"

지금 뭔 소리 하는지도 모르겠다는 표정의 재영까지 합류하자 그 뒤는 그나마 빨리 진행되었다.

몇 되지도 않지만 그마저도 전부 낡은 것들뿐인 가구를 다 정리하고 나서, 우리는 이사의 꽃인 짜장면과 탕수육을 입에 쑤셔 넣기 시작했다. 제대로 된 밥상 하나 없이 소주 박스를 뒤집어 놓고 먹어야 했지만 시장이 반찬이라는 말마따나, 간만에 중노동을 하고 먹으니 없던 맛도 생겨나는 기분이었다.

"야, 역시 이삿날은 짜장면이야. 그치?"

먹을 게 들어가니 그새 기분이 좋아진 지우가 한마디 했다. 입안 가득 쑤셔 넣은 짜장면을 대강 삼키고 뭐라 답해주려 했는데 윤성이 먼저 말을 꺼냈다.

"이승진, 너 그 뭐냐, 드림 어게인? 그거 붙었다며?"

아직 입안에 차 있던 짜장면을 우물거리며 대답했다.

"1차 붙었어. 이제 2차 준비해야지."

순간 분위기가 살짝 조용해졌지만, 먹느라 바쁜 탓이었다고 생각하련다.

"그러려고 이사도 한 거야. 제대로 준비하려고."

기껏 말을 시켜놓은 놈인 윤성도 제일 먼저 입을 열었던 놈인 지우도 별 말이 없었다. 그릇에 코를 처박고 짜장면을 먹던 중, 윤성이 젓가락을 냅다 면에 꽂아버렸다.

"너, 이제 그만할 때 안 됐냐?"

불어 터진 짜장면에 젓가락이 맥없이 푹 꽂혔다. 면이면 면답게 누가 찔러도 좀 튕겨내고 버텨내는, 그런 찰기도 있어야지. 뭐가 저렇게 약해 빠졌을까.

"너 솔직히 솔로할 만큼 노래 실력은 없어."

윤성의 한마디에 이런 생각도, 원래 그다지 있지도 않았던 짜장면 맛도 싹 달아났다. 가장 먼저 내 표정 변화를 알아차린 지우가 윤성을 툭 쳤다.

"야, 1차 붙었다잖냐. 얘도 나름 열심히 하는데 밥 먹다 왜 그러냐?"

재영도 한마디 거들었다.

"그래. 밥 먹는데 뭐라 그러지 마라. 먹어, 먹어."

먹으라니까 다시 젓가락을 들긴 했지만 나무젓가락이 이런 맛이구나, 그런 생각만 짧게 들었다. 재영이 계속 말했다.

"승진아. 한 번 해 보자. 지금 아니면 또 언제 해 보냐?"

달래 듯 해 주는 말이 고마우면서도 친구 사이에 이런 말이나 듣는 내 신세가 민망했다. 괜히 고개만 끄덕이는데 재영이 착하다 못해 예쁘기까지 한 소리를 했다.

"그리고 그때까지 내가 보약이랑 공진단, 그냥 팍팍 밀어줄게."

"니 병원도 아닌데 너 그러다 짤려. 원장 아드님!"

나쁜 놈. 아니, 솔직한 놈. 윤성이 잔소리를 했다. 틀린 말은 아니었지만 맞는 말일수록 입에 쓴 법이지 않은가. 재영은 투덜대듯 중얼거렸다.

"우리 아부지 병원이 내 병원이고 그게 그거지 뭐."

"크게 얘기해! 안 들려. 돈도 많은 새끼가 고량주라도 한 병 들고 올 생각은 안 하고."

역시 윤성은 솔직한 놈이다. 나도 내심 그 생각을 안 한 건 아니었지만, 감히 그런 소리를 입 밖에 낼 염치는 없었기에 조용히 딱딱한 탕수육만 집어 들었다. 재영은 이 와중에도 착한 성정을 감추지 못하고 살짝 다정함이 묻어나는 목소리로 말했다.

"너는 무슨 알콜 중독이세요? 아님 뭐, 속에 화가 많아? 뭐 이렇게 소리를 지르고 그래?"

"이 집 꼬라지를 보고 우리 꼬라지, 아니다. 얘 꼬라지를 봐라. 너는 속에 화가 안 차고 배기냐?"

"밥이나 먹어, 면 불어!"

"벌써 불었어!"

지우가 끼어들자 윤성은 팅팅 불어 젓가락에 달라붙은 짜장면 덩어리를 들이밀었다. 뭐 할 말도 없고, 나는 조용히 가위를 윤성에게 건넸다. 윤성이 투덜거리며 짜장면을 잘라내자 지우가 슬며시 내게로 몸을 숙였다.

"승진이 너, 이번이 마지막이다 하고 잘해 보고. 니들도… 특히 너! 애한테 너무 그러지 마."

이상한 놈. 지우는 우리 아버지나 할 법한 소리를 하며 나를 다독여 주었다. 아니지. 여기서 이상한 놈은 나인 줄도 모르겠다. 친구들한테 이런 소리를 듣는 와중에도 관둬야겠다는 생각을 못하는 놈보다 이상하고 못난 녀석이 여기 또 어디 있을까.

"애도 나름 절실하다고."

지우는 정말 우리 아버지 행세라도 하려는 양 앞에 놓인 콜라를 집어 들며 말했다.

"자, 짠 한 번 해! 드림!"

나머지 셋도 지우를 따라 캔을 집어 들었다.

"어게인!"

코카콜라도 아니고 펩시. 그마저도 중국집에서 몇 천 원 내고 추가하는 게 아까워서 따로 대량으로 시켜둔 소용량 캔을 부딪히며 우리는 꿈을 외쳤다. 착한 놈이든 나쁜 놈이든 이상한 놈이든, 이상하고 못난 놈이든. 우리 중 누구도 그 꿈이 이뤄질 거라고 기대할 수 없었지만 그래도 외쳤다. 음악 하는 놈들이 소리도 내지 않으면 뭘 하겠는가?

"괜찮은데?"

음악 하는 놈이 소리를 내지 않는 순간이 있다면, 그때 그 놈은 필시 가오를 부리고 있을 것이다. 지금의 나처럼.

옮기느라 제법 고생하긴 했지만 막상 다 정리해놓고 보니 이 작고 낡은 방도 꽤나 그럴 듯했다. 손바닥만 한 창에서 들어오는 달빛은 꽤나 고즈넉했으며 방 한구석에 놓인 기타는 그 자체로 훌륭한 인테리어 소품이 되어 주었다.

"느낌 있어."

괜스레 뿌듯한 기분이 들어 혼잣말을 뱉었다. 멋있어 보이려고 산 건 거의 없고 다 실제로 쓰는 악기들인 것도 묘하게 기분이 좋았다. 나도 모르게 새어 나오는 웃음을 바보처럼 흘리며 얇은 싸구려 이불을 펄럭였다.

"어, 근데 진짜…."

텅 빈 손에 이불을 꼭 쥐고, 방 안을 둘러보았다. 힙한 감각으로 디자인한 아마추어 밴드 시절 포스터가 눈에 들어왔다.

"괜찮네?"

슬며시 미소를 지으며 눈을 감았다. 은은하게 빛나는 오렌지 빛 무드 등이 긴장감을 자연스레 풀어주었다. 그러다 보니 잠이 솔솔 왔다…고 하고 싶었으나, 한 시간이나 지났을까? 어디선가 끼익 끽 대는 소리가 들렸다. 꿈인가 하고 눈을 살짝 떠보았을 때 내 온몸은 이미 땀으로 흠뻑 젖어 있었다. 꿈인가 싶어 놀란 마음 추스르고 다시 자려고 했으나, 이상하게 그 소리는 사라지지 않았다.

오히려 한층 더 심해졌다. 어디서 들려오는지 모를 여자 울음소리 같은 것이 계속해서 귓가를 맴돌았다. 무언가 뚜둑, 부러지는 듯한 소리도 들리더니 벽이 긁히는 소리가 이어졌다.

그 순간. 아주 뒤늦게나마 낮에 들었던 소리가 생각났다. 식은땀으로 범벅이 된 지금 그게 무슨 소리였는지는 분명히 떠오르지 않았다. 그때도 벽을 긁는 소리였나? 여자 비명 소리? 아니면… 무언가를 두드리는 소리?

달각거리는 소리는 끊어질 기미를 보이지 않았다. 설마, 설마 하는 생각이 머릿속을 떠나질 않았으나 애써 끊어냈다. 설마 그럴 리가.

"아, 아씨, 진짜… 세상에 귀신이 어딨어…."

입으로는 그렇게 읊조리면서도 눈으로는 허공을 살폈다. 벽을 살피고 바닥을 살폈다. 소리가 날 수 있는 모든 곳을 눈으로 쫓으면서, 제발 뭐라도 좋으니 이 소리의 원인이 밖으로 드러나기만을 간절히 바랐다.

"없어, 귀신! 없고말고!"

제발 이 소리를 듣는 이가 나밖에 없기만을 바라면서 허세

가득 담긴 말을 뱉었다. 하지만 그 말이 무색하게도 어딘가에서 여자 비명 소리가 매섭게 울려 퍼졌다.

정신을 차렸을 때 나는 이미 건물 밖이었다. 어디로 갈지도 알 수 없어 집 앞을 좌우로 마구 헤매다가 일단 대충 정한 방향으로 미친 듯이 내달렸다. 슬리퍼 한 짝만 덩그러니 손에 쥔 채 달리고 또 달렸다.

아닌 밤중에 이거 무슨 일이람. 그래도 한참 달리다 보니, 무서움은 금세 가라앉았다. 아무리 무서웠어도 체력적인 한계를 이길 수는 없는 모양이었다. 숨이 차서 더 이상은 달릴 수가 없었다. 대충 주차되어 있는 트럭 뒤에 몸을 숨기고 주저앉아보니 쪽팔림이 밀려왔다.

뒤이어 현실적인 문제가 따라왔다. 오늘 이사 왔는데 바로 방을 빼? 일단 그 고생을 벌써 또 해야 한다는 데서 눈앞이 하얘졌다. 친구들은 또 무슨 염치로 부르나. 고생시켜서 미안하지만 여기 귀신이 있는 것 같으니 또 이사를 가야겠다? 이번에야말로 윤성에게 한 대 안 맞으면 다행이겠다.

거기에 이 집말고 내 예산으로 갈 곳도 없다는 데까지 생각이 미치자 없던 용기가 다시 살아났다. 오천 원짜리 곰돌이 파자마 차림으로 삼선 슬리퍼를 신은 채 다시 한 발짝을 내디뎠다. 무릎도 못 펴는 화장실에 귀신까지 기다리고 있는 집으로. 내 꿈의 시작이 되기를 간절히 바라마지 않던 그 초라한 공간으로.

　결국 그 공간은 내 꿈의 시작이 되기는 했다. 문제는 그 꿈이 악몽이었다는 거다. 이 이야기를 실패 스토리로 만든, 지상 최악의 이웃이 선사한 악몽.

02

뭐야 저 인간?

누구나 종종 정신줄을 놓는다. 나 홍라니도 거기서 예외는 아니다. 아니, 나를 보고 오히려 정신줄을 살짝 놓은 사람의 대표격이라고 하는 놈도 있을지 모르겠다. 공황장애라는 걸 제대로 이해하지 못한 놈이라면 말이다.

뭐 그런 놈들이 한둘도 아니고. 솔직히 나도 내가 공황의 당사자가 되기 전까지는 공황이라는 게 그런 병인 줄 알았다. 연예인들만 걸리는 배부른 병. 아니면 너도나도 무서워하는 정신병원에 바로 갇혀야 하는 끔찍한 비극 같은 거.

다행인지 불행인지 막상 걸리고 보니 공황이란 건 그렇게 대단한 게 아니었다. 나 또한 그렇게 거창한 병원에 들어가지 않았고, 대신이라기에도 뭐할 만큼 작은 작업실을 하나 구해 나왔다. 싼 티 나고 소박하지만 뭐 그런대로 살 만했다. 다만 딱 하나.

"저기요."

방음이 조금도 되질 않는 게 문제였다.

"이 안에 있죠…?"

그리고 이제는 웬 미친놈이 옆집에 들어왔다는, 새로운 문제가 하나 생긴 것 같다.

"저, 저 오늘 이사 왔거든요. 혹시… 혹, 혹시…"

물기가 묻어나는, 겁에 질려 떨리는 목소리가 들려왔다. 잠깐 동안 뭐라 하면 좋을지 몰라 할 말을 잃고 벽을 가만히 바라보았다.

"무슨 억울한 일, 있으면, 제… 제가 풀어, 풀어드릴게요."

억울한 일? 순간 눈앞을 스쳐 지나가는 일이 하나 있긴 했다.

"저 진짜 불의를 보면 못 참거든요? 잠시만요…"

벽을 타고 달그락거리는 소리가 넘어왔다. 무언가 단단한 것들이 부딪히는 소리에 나도 모르게 꿀꺽, 마른침이 목을 타고 넘어갔다. 뭘 하려고?

"여기, 여기 많거든요?"

뭐가. 니 나이가?

"제가 풀어드릴게요."

한껏 겁에 질렸던 목소리에 어느새 제법 힘이 들어갔다. 저 혼자 떠들다가 정신이 들기라도 했는지, 결연히 침을 삼키는 소리가 들려왔다.

"풀어드릴게요!"

얼씨구. 이젠 언성까지 높아졌다. 이쯤 되니 뭘 하려는지 살살 궁금해져서 팔짱을 탁 끼고 벽을 빤히 바라보았다. 내 억울함은 건넛방 미친놈이 생쇼하는 일로 스르륵 풀리는 건이 아니라서 말이다.

아니나 다를까 별 일은 일어나지 않았다. 십 초 정도 지난 뒤 벽 너머에서 무언가 쿵, 쓰러지는 소리가 들렸다. 날뛰다가 저 혼자 뻗었나 보네. 그대로 팔짱을 풀고 돌아서려… 했는데, 그러자니 또 조금 걱정이 됐다. 119 불러야 하는 거 아니겠지?

"미안해요."

혹시 싶어 벽에 귀를 갖다 대 보니 그놈 목소리가 훅 들어왔다. 나도 모르게 놀라 손을 떼고 벽을 바라보았다.

"시간이 너무 늦었어요. 너무 어둡구요."

그걸 아는 놈이 이 난리를 쳤어? 새삼 기가 차서 눈살이 찌푸려졌다.

"다들 자는 것 같구요. 그러니까… 내일 날 밝으면 꺼내줄 게요."

말을 말든가! 아까부터 각이 나오긴 했지만, 정말 무엇을 상상하든 그보다 더 한심한 놈인가 보다.

"잘 자요."

이 한심한 이웃이 그 말을 끝으로 정말 자러 가버렸는지, 방음이라곤 손톱만큼도 되지 않는 이 벽 너머에서 곧 코 고는 소리가 들려오기 시작했다. 환장하겠다.

"야."

혹시 몰라 벽 쪽으로 몸을 살짝 기울이며 말을 꺼내 보았으나 저쪽에선 아무 대답도 들려오지 않았다. 입을 쩍 벌려대며 내는 기분 나쁜 숨소리를 대답으로 치지 않는다면.

"여기 뭐가 있는 줄 알고 꺼낸대?"

뭔가 입맛을 다시는 듯한 소리가 들려왔다. 아예 못 듣는 건가 싶으니, 약간의 장난기가 동했다. 혹시나 이러다 들으면 저놈이 무슨 반응을 보일까 궁금해서. 진짜 귀신이 일어나기라도 한 줄 알고 도망치는 거 아닐까, 싶어서.

"나 억울한 일 진짜 있다고 하면, 어떡할 거야?"

똑똑. 벽을 한 번 두드려 보았다. 으헉! 잠꼬대인지 잠에서 깬 건지 모를, 살짝 애매한 소리가 들려왔다.

"너 진짜 풀어줄 거야?"

으헤으헤. 아니면 으, 네. 둘 사이 무언가 쯤으로 들리는 이상한 대답이 들려왔다. 대답이 아니라 해도 괜찮고, 대답이라 해도 괜찮은 그런 소리가.

"뭐가 많길래? 뭘로 풀어줄 건데?"

"꾸훔!"

뭐, 꾸엑? 비명인지 괴성인지 대답인지. 하도 모호한 소리라 이번에는 확실히 잠꼬대도 아닌 잠투정일 거라 생각했는데 그 뒤에 제대로 된 대답이 들려왔다. 으헤으헤나 으헉 따위의 의미 없는 소리가 아니라, 확실히 의미를 담고 있는 문장의 형태였다.

"92번 이승진! 꿈! 그거 하나로 여기까지 온! 꿈 많은 청년입니다! 시작하겠습니다!"

그리고 다시 푹 쓰러지는 소리. 이건 확실히 소리였다. 그 뒤에는 또 의미 없는 코골이가 들려오기 시작했는데, 그 사이에 약간의 노랫말이 섞여 있었다.

"달리는 건 기분 좋을 때까지… 멈추는 건 숨이 찰 때까지만…"

저렇게 엉성한 것도 노래라고 할 수 있다면 말이다.

남들이랑 굳이 부딪히지 않고 지낸 지 어언, 며칠인지는 모르겠다. 아무튼 그런 상황이 제법 이어지다 보니 얼굴엔 비비고 씨씨고 종류를 불문한 크림도 댈 일이 없었다. 거울을 볼 때마다 좋게 말하면 아기처럼 뽀얗고 나쁘게 말하면 뱀파이어처럼 창백한 피부가 눈에 들어왔다. 그러다 가끔은 하얀 뺨을 두 손으로 톡 쳐봤다.

아무도 날 봐주지 않아도, 그래도 가끔은 정신을 차리려고. 왜 그런 말도 있지 않은가. 아무도 나를 돌보지 않을수록 나는 더욱 나를 존중한다. 아마도 억지로 읽은 책에 나오는 말이었겠지만, 그래서 그게 무슨 책이고 어떤 내용이었는지는 전혀 기억나지 않지만 이 문장 하나만큼은 퍽 마음에 들었다.

아무도 존중하지 않는 나를 나만큼은 존중하겠다는 결심의 일환으로 씩씩하게 머리를 올려 묶었다. 두 주먹을 불끈 쥐며 양쪽으로 쭉 뻗어 기운 찬 세레머니도 해 보았다. 이상, 컴퓨터 책상 앞에 앉기 전 치르는 나만의 의식이었다.

깔끔하게 정돈된 작업 도구들을 챙긴 다음, 피규어 뼈대 작업에 돌입했다. 슬슬 햇살이 내리쬐며 오늘도 하루가 시작되었음을 알리던 그때 옆방에서 부스럭 기척이 전해졌다. 시계를 흘긋 확인해 보니 확실히 깰 만도 한 시간이었다.

오늘은 좀 정신 차리고 가만히 있으려나? 싶었는데, 적잖이 불길한 소리가 들려왔다.

"꺼내 드려야지…"

뭘? 아니, 누굴? 설마 하고 손을 멈춘 그때, 무언가 묵직한 것을 끄는 소리가 들렸다. 거기다 영차, 기합 넣는 소리까지. 저게 설마….

"이제 진짜 꺼내요. 놀라지 마세요."

"야!"

곧 쿵하고 쓰러지는 소리가 들려왔고, 이쪽에 있는 내 입에서는 짧은 한숨이 흘러나왔다. 가지가지 한다, 진짜.

"진짜 한심해서 봐줄 수가 없네."

무슨 망치라도 던졌는지 쇳덩이가 바닥에 부딪히는 소리가 들렸다. 여전히 날 귀신이라 생각하긴 하는 것 같다만, 해가 뜨니까 무서운 것보다 서러운 마음이 커졌나 보다. 벽 너머에서 억울한 탄식 섞인 항변이 들려왔다.

"진짜 왜 그래요. 나한테…."

그리고 잠시 후, 이젠 약간 힘을 준 듯한 목소리가 들려왔다. 이거 어디서 봤는데. 무슨 마음의 단계라고. 처음엔 두려움, 다음엔 억울함, 그 다음엔….

"너 누구야? 귀신이야?"

모르겠지만 일단 이 경우는 아주 뒤늦게 솟구치는 용기인 것 같다. 그 뒤늦고 때늦은 용감함에 한숨을 쉬지 않을 수가 없었다.

"이사 올 때부터 멍청한 줄은 알았는데…."

"뭐? 멍청?"

대번에 울컥한 듯한 반응이 들려왔다. 왜, 찔리니?

"나도 진짜, 성질 나와요! 어! 진짜!"

무식하면 용감하다더니 얘는 어쩌 둘 다 없는 건가. 뭐라도 할 기세로 따따따 떠들어대기는 하나 벽 너머에서는 딱히 누군가 움직이는 기척이 들려오지는 않았다. 어차피 쫄보라 저 망치인지 뭔지 휘두르지도 못할 것 같긴 하다만, 이쪽에서 치워 놔야 장기적으로 사람 귀찮게 하는 일이 없어지겠지.

더 상대하기도 귀찮아서 슬슬 자리에서 일어났다. 벽으로 다가가 가볍게 몇 번 두드렸다. 이게 문이라도 되는 듯, 노크라도 하는 듯이.

"야, 여기."

뭐가 들려오니까 또 쫄았나 보다. 겁에 질려 징징대는 소리가 한 차례 들려온 뒤에야 제대로 된 답변이 돌아왔다.

"아 진짜, 좀 모습을 드러내 줘요. 좀!"

저놈의 감정은 몇 단계를 거치는지 몰라도 내 감정은 거의 일관된 상태였다. 어이없기도 했고 한심하기도 했지만 내내, 짜증났다.

"옆집이라고."

그 해묵은 짜증을 꾹 눌러 말한 뒤 확인차 벽을 몇 번 더 두드렸다. 아주 잠깐, 우스운 침묵이 이어지더니 곧 벽 너머에서도 똑똑 소리가 들려왔다. 얼빠진 물음과 함께.

"옆, 옆집이요?"

"그래, 옆집!"

이제 좀 말이 통하는 것 같았다.

"그러니까 제발 조용히 좀 있자고. 미안하지만 여기는 방음이 일도 안 되는 집이거든?"

"뭐야, 그럼… 사람이라는 거야?"

아님 뭐겠니. 저쪽에서 말다운 말을 할 때마다 내 쪽에서는 한숨이 절로 나왔다.

"귀신일 때는 존댓말도 잘만 하더니, 사람이라니까 바로 반말이야."

"아니 지금 그쪽이 먼저…"

일단 사람인 걸 확인하니 기운이 나긴 하는가 보다. 항변하듯 목에 힘을 준 대답이 돌아왔다. 다만 거기서도 여전히 좀 졸은 듯 찌질함이 묻어났다.

"반말을 하고 있잖아!"

마지막에 저 녀석이 덧붙인 한 음절은 그 찌질함에 화룡정점을 찍었다.

"요오…어!"

요와 여 사이. 그나마 흐릿한 발음은 마지막 자존심의 표현 같은 거였을까. 이제 본론을 좀 전할 수 있겠다 싶어 작업용 앞치마를 벗고 스툴에 대강 앉았다.

"아니, 저기요. 아니, 도대체 이런 짓을 왜 하는 거예요?"

"텅 빈 벽이라, 방음이 엉망이어서 양쪽 집 소리가 다 들려."

"뭐요?"

얼빠진 대답. 그래. 너도 어이가 없겠지. 되새기는 나도 그런데 댁은 오죽할까.

"집주인한테 얘기해도 소용없어. 같은 건물도 아니고 주소도 다르니까. 보수를 하려면 양쪽 건물 주인들이 합의를 해야 하는데, 그쪽 건물주랑 이쪽 건물주랑 앙숙이거든."

쓸데없이 참신한 주거환경에 말문이 막혔나 보다. 저 녀석, 아니. 멍청한 이웃은 잠깐 얼빠진 소리를 내더니 다시 따져 묻기 시작했다.

"아니 그럼, 그 여자 울음소리. 그 귀신같던 거! 그건 뭐예요?"

"그건 내가 더 이상 참을 수가 없어서…."

반사적으로 솔직한 설명을 시작하려다 문득 어이가 없어졌다.

"아니, 그쪽은 그걸 말을 해줘야 알아?"

"그러니까 지금…."

약간의 버퍼링 후 알아서 이해한 듯한 반응이 돌아왔다. 머리를 쓰기는 하는구나. 회전이 느려서 그렇지.

"여기 들어오는 사람 내보내려고 그랬다고요? 이거 이 양반이거, 제정신이 아니네!"

꽤나 아저씨 같은 표현과 함께 똑똑 노크 소리가 들려왔다. 지도 거기 좀 살다 보면 그 소리 안 나올 텐데.

"여보세요. 그, 또라이세요?"

"그쪽이야말로 제정신이야?"

기가 차서 벌떡 일어나버렸다.

"방음도 안 되고, 엘리베이터도 없고, 화장실도 엉망인데. 그런 집에서 살고 싶어?"

나라고 그쪽 방 꼬라지 본 적 없는 줄 아나. 내가 이 기괴한 건축 형태를 감당하기로 한 데도 다 이유가 있었다. 일단 저런 집에 들어가는 사람도 없고 있어봤자 곧 나가기 일쑤였으니까 잠깐의 소음 정도는 견딜 만했거든. 이때 곧, 이라고 하는 것도 기껏해야 반나절 정도?

"화장실이 뭐! 우리 집 화장실이 넓고 얼마나 좋은데!"

근데 이놈의 이웃은 이틀째 아침을 맞이하면서도 아직 정신을 못 차렸다. 그 화장실이 넓으면 너는 무슨 드워프세요?

"화장실 봤어요, 그쪽이?"

대답하기도 귀찮고. 괜히 웃음만 났다.

"그 공인중개사 사장님이, 이 건물은 주변에 사람이 없어서! 밤에 소리를 맘껏 질러도 된다고 해갖고 난 여기 들어온 거예요."

"이렇게 작은 소리도 잘 들리는데, 살 수 있겠어?"

저놈이 이 집을 못 봐서 저렇게 배짱을 부리는 거겠지. 아마 내 집도 자기네처럼 시궁창인줄 아는가 보다. 하지만 어쩌냐, 양심이 없는 건 이쪽이 아니라 그쪽 집주인뿐이라서. 이 집은 전망 좋고 집세 싸고 넓기까지 한 나의 드림하우스란다.

"그리고."

거기에 정말 중요한 건 따로 있었다.

"가까이 와봐."

"왜요, 뭔데요."

벽에 손을 모으고 배에 힘을 주고 시원하게 내질렀다.

"내가 먼저 들어왔거든!"

힘찬 소리와 함께 팔짱을 딱 꼈다. 저 이웃이 바로 앞에 있어도 밀리지 않을 기세로.

"장소 선점 우선권이라는 말 몰라? 같은 데서 부딪히면 먼저 온 놈이 임자야. 그러니까 웬만하면 빨리 나가라?"

"장소 선점? 이보세요. 누가 들으면 한집 사는 줄 알겠네! 난 그쪽이랑 별도의 공간에다 계약을 한 거라, 그런 거 적용 안 되거든요? 아깐 같은 건물도 아니라며! 주소도 다르다며!"

어쭈? 버틴다 이거지. 짜증 섞인 한마디를 더 내질러줬다.

"빨리 나가!"

"나가려면 당신이 나가요. 아시겠어요?"

이거 봐라? 벽 너머에 얼굴이 보이기라도 하는 것처럼 괜히 앞을 노려봤다. 저쪽도 비슷한 심정인지 짧은 탄식이 들려왔다. 내 입에서도 짧은 한숨이 툭 나오고, 잠깐 어색한 침묵이 이어졌다.

"저기요."

고개를 들어 벽을 바라보았다.

"우리 서로 이렇게, 감정 낭비 시간 낭비 하지 말구요. 저기. 서로 이렇게⋯ 합의를 해서 해결책을 찾아봅시다."

합의? 이번엔 얼마나 창의적인 소리를 하는가 싶어서 잠깐 귀를 기울여봤다.

"뭐 교대를 하든가. 차례대로 쓰든가⋯."

"있으나 마나 한 벽 두고 뭘 교대로 해!"

딱 지 사는 집 같은 소리만 하네. 창의적으로 구린 제안에 기가 차서 단칼에 거절하고 돌아섰다. 벽 너머에서 뭔가 결심한 듯한 숨소리가 얼핏 들린 듯도 했지만, 설마 그 정도는 착각이겠지. 아무리 멍청한 놈이라도 숨은 쉬고 살 거 아닌가.

"무슨 말도 안 되는 소리를 하고 있어."

맞는 말이라고는 딱 하나. 감정 낭비 시간 낭비하지 말자는 그 소리뿐이었다. 그 한마디에만 동의하고 늦은 아침을 준비하기 시작했다. 빨갛게 익은 커다란 토마토를 믹서에 잘라 넣고 시원하게 갈아냈다. 맛있게 삼킨 그 순간.

"후회하지 마세요."

휙 고개를 돌려 벽을 바라보았다. 이를 악물고 내뱉은 듯한 그 소리. 살짝 뭉개진 듯한 그 발음도… 기분 탓이었겠지? 지가 설마 뭘 하겠다고. 시공을 다시 할 것도 아니고, 밤낮없이 소리를 질러대는 것도 한계가 있을 텐데. 물론 나라고 가만히 당해줄 생각도 없고!

그러니까… 이쯤에서 적당히 물러나겠지?

쇼 타임!

천하의 이승진이 이쯤에서 적당히 물러나리라 생각했다면 아주 단단히 착각한 거다. 내가 누군데? 이날 이때까지 굴욕과 가난을 벗 삼으면서도 마이크를 놓지 않은, 대한민국의 무수한 아마추어 아티스트 중 한 명이란 말이다. 방송국 카메라 앞에서 마이크 잡는 프로 아티스트보다 실력이나 명성은 딸릴지 몰라도 고집만큼은 밀리지 않는 족속이라고.

"합의를 안 하시겠다?"

기세 좋게 나의 무기를 꺼내왔다. 그러고는 얇은 기타 피크를 입에 딱, 문 다음 가볍게 읊조렸다.

"합의를 하게 해드려야지. 그럼."

잠깐 울렸던 믹서 소리를 가볍게 파묻어버리며 나의 격렬한 쇼타임이 시작됐다. 코드 따위 무시하고 그저 소리, 아니 소음 그 자체를 지향하는 기타 연주로.

"기타 못 친다면서!"

못 치지. 진짜 무대에서 이런 연주를 선보였다간 두 번 다시 관객을 마주하지 못할 수도 있었다. 이로 뜯고 손으로 갈겨대는 이 혼신의 연주는 애초에 관객을 불러 모으기 위한 게 아니라 쫓아내기 위한 것이기도 했고.

"합의하는 거 어때요?"

가벼운 팬서비스 차원에서 벽 너머로 한마디 던져줬다. 세이 예에! 따위의 고분고분한 말이 들려왔다면 누이 좋고 매부 좋았겠지만 돌아온 건 신경질적인 믹서 소리뿐이었다.

저걸로 뭘 갈아대는 건진 몰라도, 딱 하나 분명한 건 저 행위 자체가 사람 신경을 갈아댄다는 점이었다. 지금 들려온 건 방금 내가 기타로 묻어버린 믹서 소리보다도 더 큰 소음이었으니까. 믹서 단계를 슬쩍 한 칸 올렸나보다. 그래. 그게 당신 무기다 이거지.

"저 개 상또라이…."

나지막이 한마디 뱉고 나 또한 다음 무기를 꺼내 들었다. 음악인으로서 신성한 악기를 전장에서 계속 함부로 휘두를 수야 없지 않겠는가? 내가 총알이 빗발치는 전쟁터에서 오직 멋을 위해 홀로 구식 활을 쏴대는 궁수도 아니고.

혼신의 전주곡을 잇는 다음 주자는 보다 효율적이고 생활감이 넘치며 안전한 녀석이었다. 나는 무소음 옵션을 과감하게 포기하고 만 원 싸게 산 청소기를 최대 출력으로 틀었다. 바닥은 물론이고 벽까지 깨끗하게 닦으면서 이토록 가정적인 내 모습을 셀카로 찍어 남기는 여유까지 선보였다.

하는 김에 다른 청소도 구석구석 깨끗하게 하고 나니 몸은 아주 솔직하게 좀 누우라는 신호를 보냈다. 하긴, 생각해 보니 어젯밤에도 괜히 겁먹고 밤잠을 설친 데다 오늘 아침엔 공연한 신경전까지 하지 않나. 졸릴 만도 하다는 생각에 하품을 시원하게 했다.

그리고 나의 아늑한 침대로 가서 누운 그 순간, 굉장히 묵직한 무언가가 쿵 떨어지는 소리가 났다.

뭐가 떨어졌나 하고 벌떡 일어났다. 하지만 내 방에서 떨어진 물건은 아무것도 없었다. 그야 당연하지. 어지간한 지진을 방불케 하는 이 쿵, 소리는 저 있으나 마나 한 벽 너머에서 들려왔으니.

"저 또라이 진짜…!"

일반 가정집에서 이렇게 쿵쿵 소리 낼 일이 뭐가 있다고? 저긴 이삿짐도 없을 텐데! 속으로 한창 궁시렁 대며 베개를 말아 귀를 틀어막았으나 묵직한 쿵 소리는 계속해서 들렸다. 싸구려 베개 따위는 가볍게 뚫고 귀를 파고들어 오는 것이 꼭 비웃는 것처럼 들리기도 했다.

더 환장할 일은 따로 있었다. 내 음악쟁이 혼이 어디 안 가고 반사적으로 저 쿵쿵 소리에서 리드미컬함을 찾고 있었던 것이다. 그만해라. 그만해라 진짜. 이승진, 넌 드러머가 아니고 보컬이야!

보컬이니까 보컬답게 조져줘야지. 오후의 인터미션이 끝나고 해가 진 뒤 2막에 들어섰다. 귀중한 키보드를 하나하나 누르며 음감 연습에 들어간 것이다.

"시. 파. 시. 파. 시파시파."

원래 이런 보컬 연습을 할 때는 발음을 꾹꾹 씹어 눌러줘야 한다. 시? 아니지. 씨. 꾹 눌러서 힘있게 뱉어줘야지.

"씨. 빠. 씨빠씨빠. 자요?"

씨빠씨빠, 아주 자장가 같을 거다. 낮에는 그렇게 매섭게 달려들던 또라이도 지금 이 순간만큼은 좀 조용해진 것 같았다. 교대로 하는 거 소용없다더니. 이거 봐라. 결국 서로 언성이 좀 높아졌다 뿐이지 결과적으로는 교대로 떠들게 되지 않았냐고. 나는 낮에 잠 설치고 저는 밤에 잠 설치고.

그날 밤은 조용히, 슬며시 넘어갔다. 이날 나는 단 한 명의 관객을 위한 단독 콘서트를 마무리하고 드디어 이 집에서 처음으로 괜찮은 수면을 취했다. 그리고 다음 날, 아주 반가운 연락으로 잠에서 깨어났다.

"어유, 장 원장님!"

내가 아는 사람 중 가장 성공하고 가장 착한 장재영 원장님이 친히 전화를 주셨다. 늘 그렇듯이 아주 달가운 소식과 함께.

"야, 아버지 학회 가셨어. 빨리 공진단 가지러 오라고."

"알겠어. 빨리 갈게."

장 원장님도 나도 목소리에 웃음기가 한껏 묻어났다. 그래. 실컷 달렸으니 체력 충전을 해야지. 그래야 다음 콘서트를 대처할 수 있을 거 아닌가. 아직 저 또라이는 벽 너머에서 꿋꿋하게 버티고 있으니 말이다.

굳건하게 버티고 있는, 방음이 전혀 안 된다는 벽을 빤히 노려보며 나갈 채비를 했다. 아주 잠깐 고요해진 저 벽을 보고 있자니 첫날 귀신인 줄 알고 바보같이 굴었던 기억이 눈앞에 훅 밀려왔다. 짙은 쪽팔림과 함께.

"저기요. 생각 좀 해봤어요?"

이성적인 태도를 보이니 대답이 돌아오질 않았다. 하여간 누가 또라이 아니랄까 봐. 어차피 다 들리는 거 대화로 풀기도 쉽겠구만, 굳이 소음으로 전쟁을 하게 만든다니까.

"웬만하면 합의하시죠! 내가 비장의 무기 꺼내기 전에."

가벼운 선전포고, 아니 다음 콘서트 예고장을 전해 놓고 집을 나섰다. 몇 회 차 앵콜까지 갈지 어디 한번 두고 보자.

04
비장의 무기

우스워서 헛웃음이 나왔다. 유치하게 웬 비장의 무기? 이쯤 되면 저쪽은 은근히 이 상황에 재미라 도 들린 거 아닌가 싶다.

아무튼 나가는 발소리 들렸으니 오늘은 그걸로 됐다. 드디 어 기타고 청소기고 간에 시끄러운 소리가 끊겼으니 다시 집 중해보자. 귀여운 곰돌이 피규어 뼈대를 잡고 새 작업에 들어 갈 각을 딱 잡았다.

곰돌이가 으쌰 하고 자세를 딱 취하려던 그때 도어락 비밀 번호를 누르는 소리가 들렸다. 잠깐 옆집인가 했는데, 곧 나타 난 손님은 그보다는 조금 더 반가운 인물이었다. 하지만 왜 하필 지금이람. 방금 시작했는데!

"눈깔 봐라. 힘 안 빼!"

하나도 위협적이지 않은 멘트 따위 치든 말든. 나는 묵직한 쇼핑백을 챙겨 들어오는 언니를 잠깐 빤히 노려보다가 곧 시선을 돌렸다.

"언니가 힘들게 심부름을 해다 주면 고마운 줄 알아야지."

자그마한 조각칼로 곰돌이의 얼굴을 가다듬기 시작했다. 그 사이 언니는 성큼성큼 다가와 묵직한 쇼핑백을 내 옆에 내려놓았다.

"엄마가 너 언제 집에 올 건지 물어보래."

"독립한다고 좋아할 땐 언제고, 자꾸 오래?"

따분한 잔소리에 퉁명스러운 대답을 들려주었다.

"가끔 얼굴이나 비추라는 얘기지."

언니는 언니대로 뻔한 반응을 보였다. 잘 나가는 우리 언니답게 참 어른 같은, 나이 들어 보이는 소리는 잘도 했다. 언니는 대부분의 경우 나보다 똑똑하지만 지금은 조금 달랐다. 난 언니 같은 어른들을 상대하는 방법을 잘 알고 있었으니까.

"공황 심해져서."

역시나 언니는 이 한마디에 바로 안색이 어두워져 버렸다. 공황은 정말이지 마법의 단어인가 보다. 말을 꺼내기만 해도 잘난 어른들을 바짝 겁에 질리게 할 수 있으니 말이다.

"집에 가는 동안 죽을 수도 있어."

"미친년!"

두 번째 치트키까지 쓰자 언니는 반사적으로 한마디를 내질렀다. 공황. 죽는다. 뭐 여기서 하나 더 하면 자살일까? 똑똑하고 나이 많은 사람들을 퇴치하는 나만의, 아니, 별로 제정신이 아닌 젊은이들만의 치트키 목록.

"엄마한테 전화라도 드려."

언니도 알고 있을 거다. 내가 전화하지 않을 거라는 거. 단지 내가 세 번째 치트키까지 쓰는 게 달갑지 않아서 괜히 하는 소리였을 뿐이다. 하긴 나도 그 말은 내뱉기 좀 찝찝하긴 했다. 정말 죽을 것 같은 기분이 되어본 사람은 그 세 번째 단어를 쉽사리 내뱉을 수가 없다. 뭐 상상이 되거나 그런 걸 떠나서, 그냥 그럴 수가 없는 사람이 되는 거다.

"나 간다."

속사정은 모르는 일이지만 일단 우리 언니는 그런 기분을 모르는 사람에 가까웠다. 그 정도는 언니가 지금 가볍게 돌아서려다 또 걱정돼서 멈춰 서는 것만 봐도 훤히 알 수 있었다.

"너 더 심해진 건 아니지?"

아마 현관 쪽에 놓인 약을 봤는가 보다. 아까 세 단어는 내가 말을 해야 발동되는 액티브 치트키라면, 약은 패시브 치트키에 가까웠다. 왜 건강한 사람들은 누가 투병하는 것만 봐도 괜히 오싹해하고 소란 피우지 않나. 저 약도 그랬다. 공황장애 약이 그냥 거기 있는 걸 보기만 해도 사람들은 내가 아주 많이 아픈 게 아닌가 상상의 나래를 펼치기 시작했다.

물론 언니는 그렇게 말이 안 통하는 사람은 아니었다. 단지 아주 건강한 사람일 뿐이었기에, 내가 가볍게 손을 몇 번 저으니 언니는 금세 깔끔한 한마디를 들려주었다.

"매정한 년."

뾰족한 반응에 이어 문이 닫히는 소리가 들렸다. 나도 나대로 괜히 찔려서 문 쪽을 한번 봤지만 뭘 더 하진 않았다. 그저 조용히 곰돌이의 얼굴을 다듬어주었을 뿐.

점점 귀여워지는 곰돌이 얼굴을 보고 있는데, 문득 벽으로 시선이 갔다. 이쯤에서 귀에 거슬리는 소리가 한 번쯤 들려올 법도 하단 생각이 잠깐 머릿속을 스쳤다. 그리고 바로 고개를 휘휘 저었다.

"진짜 미쳤나. 저 멍청이 없을 때 즐겨야지. 야. 안 그래?"

아직 얼굴이 생기다 만 곰돌이는 멍청해 보이는 눈으로 나를 가만히 응시할 뿐이었다. 당연히 그 눈꺼풀은 조금도 깜빡이지 않았다.

"아니지. 내가 왜 눈치를 봐. 어? 없을 때? 그게 뭐가 중요해?"

물론 곰돌이는 고개를 끄덕이지도 않았다.

"계속 여기 없게 만들면 되지!"

그래서 내가 고개를 끄덕였다. 나 스스로에게.

"비장의 무기, 그건 나한테도 있어. 바보."

나는 다시금 나를 존중하고자 씩 웃음 지었다. 이제 여기 들어온 지 고작 1일 차인 사람이랑, N일째 이 작은 집에서 똬리 틀고 버텨 온 사람 중에 누가 더 무기가 많을까? 잠깐 조용해진 벽을 빤히 바라보며 나는 낮은 소리로 웃었다.

해가 지자 녀석이 돌아오는 소리가 들렸다. 옳지. 이제 본때를 보여줄 시간이다. 나는 안경을 살짝 올리며 회심의 미소를 지었다.

영차, 기합 소리가 벽 너머로 들려온 그때. 나도 자리에서 일어나 특별히 준비한 귀마개와 장갑을 장착했다. 그리고 본격적으로 내 비장의 무기를 휘두르기 시작했다. 빵빵하게 공기를 채워 벽 하나 가득 달아둔 풍선들을 시원하게 터트린 것이다!

마지막 하나까지 알차게 딱 터트리고 나니 뿌듯함마저 몰려왔다. 이 정도면 저 녀석도 이쪽이 만만한 상대가 아니라는 것쯤은 알아차렸으리라.

그 많던 풍선이 싹 사라졌지만 아깝지도 않았다. 미대생의 근력을 무시하면 쓰나? 그 묵직한 찰흙 덩어리를 쿵쿵 내려칠 때, 내가 이 정도 풍선쯤은 얼마든지 재충전할 수 있는 팔근육의 소유자임을 알아차렸어야지.

기세 좋게 한방을 선사한 뒤 답답한 장갑과 귀마개를 벗어던졌다. 산뜻한 마음으로 다시 일에 돌입하려던 그때.

"아, 그냥 싸울까?"

벽 너머에서 화를 참는 한마디가 들려왔다. 아직도 포기를 안 하시겠다? 아무래도 이 싸움이 단기전으로 끝날 것 같지는 않단 예감이 들었다.

그리고 늘 그렇듯이 안 좋은 예감은 틀리지 않았다. 그날 밤, 고된 일을 끝내고 침대에 누운 그때 딩딩딩 기타 소리가 들려왔다. 낮에 착용했던 귀마개를 다시 착용했지만 낮은 소리라 그런지 별 소용이 없었다.

"악기 한 번 다양도 하다. 아이고 하느님…."

첫날엔 귀가 째지는 기타 소리더니 이번엔 묵직한 베이스? 일부러 바꿔가면서 공격하는 게 우스울 지경이었다. 기타고 베이스고 둘 다 뭔가 이상하게 치고 있는 건 더 웃기고. 자꾸만 귀를 파고드는 소음을 듣다 듣다 몸을 벌떡 일으켰다.

"야! 차라리 한 우물만 파! 그렇게 이거저거 다 찔러만 대니까 실력이 안 늘지!"

다시 누워서 미간에 짜증을 한가득 아로새기고는 귀마개를 꾸욱 눌렀다. 자는 듯 마는 듯 애매한 수면을 취하고 나니 다음날 내 사기는 하늘을 찌를 지경에 달했다.

하여 나는 정말 내 스스로도 꺼내고 싶지 않았던 무기를 꺼냈다. 옛날 옛적 추억의 아이템 정도로만 쟁여뒀던, 소음도 가루도 싫어서 아껴둔 석조 도구를 내놓은 것이다. 학부 때 야작하다 클레임 듣던 일이 엊그제 같은데 이걸 다시 써먹게 될 줄이야.

"어우! 뭐야?"

깡! 가볍게 돌을 한번 깨자마자 역시나 바로 신호가 돌아왔다. 근데 어쩌나. 이제 시작인데. 나는 일부러 작업대를 벽 바로 앞으로 옮겨서 다시 한 번 망치를 내려쳤다.

이 정도면 선전 포고는 됐겠지. 투박한 망치는 내려놓고 진짜 소음의 시작인 그라인더를 집어 들었다. 벽 바로 옆에서 거침없이 갈려 나가는 소리에 아주 귓구멍이 따가워 죽을 맛일 거다. 어느 정도 갈아낸 뒤에는 다시 망치를 거침없이 내리치기 시작했다.

역시나 벽 너머에서도 앓는 소리가 들려왔다. 갈리고 얻어 맞고, 또 갈리고 얻어맞고. 어지간한 공사장 소음을 방불케 하는 망치와 그라인더의 협주곡이 아주 제대로 적용한 것 같았다. 이제 막 내가 원하는 형태가 나올락 말락 할 즈음에 벽 너머에서 비명이 들려왔다.

"거기 딱 기다려요, 내가 쳐들어간다. 진짜!"

곧 문이 쾅 닫히는 소리가 들렸다.

"올 수 있으면 와 보든가."

저 녀석 머리로는 절대 이 집 입구 못 찾는다에, 새로 작업 들어간 이 석조물까지도 걸 수 있다. 집들이 다닥다닥 붙어 있는 서울 건축 구조가 다 그렇지 않은가? 멀리서 보기에는 분명히 옆집이고 실제로도 옆집인데 왠지 입구는 서로 멀리멀리 떨어져 있고.

물론 한 집만을 찾아 들어오려면 별 문제는 없었다. 그러니까 언니도 투덜대면서 심부름을 해오는 거지. 다만 이 좁은 집들 사이에서 서로 오가고 교류를 한다? 그럴 바엔 차라리 아예 다른 곳에서 만나는 게 편할 만큼 이 동네 골목은 아주 복잡했다.

이번에도 내 예상은 빗나가지 않았다. 보관도 귀찮은 석조 도구를 다 치우고 다시 원래 하던 곰돌이 작업으로 돌아갈 때까지 옆집에서는 인기척 하나 없었다. 그러고도 또 한참 후 곰돌이 샌딩 작업에 들어갈 때, 아주 작은 딱 소리가 하나 들려왔다.

"뭐야, 겨우 이거야?"

잠시 후 딱 소리가 또 이어졌다. 딱. 딱. 일정한 간격으로 딸

깍거리는 소리가 조금 커졌지만 그래봤자 상당히 작았다.

"그 정도로 되겠니?"

택도 없을 거라는 걸 알려주고자 전동 드릴의 전원을 켰다. 시원하게 조각물을 갈려내는 드릴 소리에 그 조그마한 딱딱 소리는 가볍게 묻혀버렸다. 약간 신경에 거슬리기는 했지만, 그래봤자 큰소리도 아닌데 이 정도쯤이야.

"이거 뭐라 그러지? 메…"

어디서 들어본 소리긴 했다. 피아노 칠 때 틀어놓는 그거 같은데. 박자기. 근데 박자기가 아니고 영어 이름이….

"모르겠다. 뭐 있겠지."

메트로놈! 메트로놈이었다. 하루 종일 내 귀를 괴롭혀대는 그 죽일 놈의 메트로놈 때문에 정말 한숨도 못 잤다. 그야말로 미칠 지경이 된 다음 날, 잤는지 안 잤는지도 모르게 정신을 차린 그 순간 내 머릿속에 메트로놈 네 글자가 쾅쾅 울렸다. 꼭 지 이름을 까먹은 복수라도 하는 것처럼.

"그만! 진짜 그만해, 제발!"

도저히 견딜 수가 없어서 패배 선언을 내지르고 말았다. 귀마개도 딴 생각도 다른 소음도 막을 수가 없는 딱딱 소리만 끊어낼 수 있다면 무슨 짓이든 할 수 있었다.

"내가 졌어. 합의해!"

내 입에서 그 말이 나오자마자 딸각, 소리와 함께 메트로놈이 멈췄다. 몸에 힘이 탁 풀려서 그대로 침대에 주저앉듯 엎어졌다.

"해주세요, 해봐요."

"미친 새끼가…."

거기서 더 나갔으면 벽 부쉈을 테지만 다행히 저 녀석은 너무 쫄보였다. 한마디 해주니 바로 그쯤에서 꼬리를 내린 덕에, 우리는 극적인 합의에 성공했다. 시간을 나눠 쓰기로.

그 뒤로는 단 한 치의 양보도 없었다. 1초도 어긋나지 않는다는 핸드폰 시계, 컴퓨터 시계, 뭐 원래 그냥 있던 시계 등 모든 방법을 활용하여 칼같이 내 시간을 쟁취해야 했다. 땡, 징글징글하게 이어지는 메트로놈 따위와 달리 깔끔하게 한번 울리고 마는 알람 소리와 함께 나는 노래방 마이크를 꺼내들었다.

"이제부터 내 시간이다아…!"

살짝 음산한 분위기는 덤. 저 녀석이 쫄던 기억을 상기시켜 주는 동시에 이제부터 내 시간인 걸 거듭 강조해 주었다.

"이제부터 내 시간, 이제부터 내 시간, 이제부터! 이제부터…!"

벽 너머에서 짧은 한숨소리가 들려왔다.

"그래. 니 시간 하세요."

저 녀석도 저 녀석대로 제 시간을 칼같이 쟁취하는 탓에 좀 귀찮기도 했다. 방금 내 시간이 넘어온 것 같은데, 에어 브러쉬 작업이 마무리 될동말동하던 그때 벽 너머의 알람소리가 매섭게 울려 퍼지기 시작했다.

"잠깐만! 2분만! 아니, 1분만!"

내 절박한 요청을 끊어내는 듯이 피아노 건반 소리가 땡땡땡 들려왔다.

"타임 오버."

한숨을 푹 내쉬니, 벽 너머에서는 장난기가 넘쳐나는 목소리가 한 번 더 들려왔다.

"타임 오버!"

금쪽같은 곰돌이가 옷 한 벌 입혀주기만을 간절히 기다리고 있건만! 그날은 그렇게 어설픈 마무리로 끝내야만 했다.

"그래서 시간을 나눠 쓴다고?"

이 황당한 사태에 언니도 어이없다는 반응을 보였다. 조용히 고개를 끄덕이니, 언니는 몸을 내 쪽으로 기울이고 더 캐묻기 시작했다.

"어떻게?"

"하루에 네 시간씩 교대로."

"그게 돼?"

될 리가 있나. 나도 모르게 한숨이 나왔다.

"그러니까 미치는 거지. 지 시간 되자마자 칼같이 땡땡땡. 것도 맨날 악기 종류도 바꿔가며 땡땡땡! 누가 보면 알람 하려고 음악 하는 사람 같다니까?"

"음악 하는구나…. 뭐, 보컬? 기타?"

언니 눈이 묘하게 반짝이는 게 좀 찝찝했다.

"기타는 못 치더라. 내가 듣기에도."

"그럼 보컬?"

"몰라. 노래 들어본 적 없어."

첫날 들었던 그 잠꼬대를 제외한다면.

"암튼 몰라! 기타도 못 치고 베이스도 못 치고 피아노도 못 치던데, 다 갖고는 있더라. 메트로놈인가? 무슨 박자기도 갖고 있고."

잔뜩 떠올리다 보니 혹시 모를 걱정이 들어서 살짝 덧붙였다.

"물론 관심도 없고!"

"그래도 그만큼 부딪혔는데 알게 되는 게 있을 텐데. 목소리는 어때?"

이 언니가 오늘따라 왜 이렇게 관심을 보인담. 살짝 짜증 섞인 대답을 돌려주었다.

"언니는 이 와중에 그놈 목소리가 궁금해?"

"잘생겼어?"

"목소리가 잘생겨서 뭐 해!"

결국 그게 궁금했던 거였네. 나는 언니를 살짝 흘겨보았다.

"그래도 왜, 그 느낌이란 게 있잖아?"

"느낌은 무슨."

말이 나온 김에 그 녀석 목소리를 잠깐 떠올려보았다.

"그냥 미친 또라이야!"

잘생기고 나발이고. 그딴 게 문제가 아닌 놈이었다. 도대체 무슨 악기를 메인으로 하는지 알 수도 없을 만큼 쓸데없이 수집이나 하고, 사람보다 귀신한테 예의 바르고. 포기할 법도 한 타이밍에 메트로놈이나 틀어재끼는! 앞으로 최대한 덜 보고 싶고 길에서 우연히도 마주치고 싶지 않은 상또라이, 그게 내 이웃이다!

05
규칙 위반

"예뻐?"

지우 놈은 사람 얼굴을 보자마자 헛소리부터 했다.

"목소리만 보고 예쁜 걸 어떻게 아냐?"

"아, 목소리는 예쁘냐고!"

"몰라. 귀엽긴 했는데."

핸드폰 너머로 오~ 하고, 무슨 기대라도 하는 듯한 목소리가 들려왔다. 또 시답잖은 상상이나 하나 보다. 훅 불어오는 밤바람이 유달리 차게 느껴져 몸을 한 번 움츠렸다.

"야. 됐고. 그래서 왜 전화했냐? 나 추워. 빨리 말해."

"거기 난방도 안 되냐?"

"야, 밖이야. 지금 내 시간 아니라서."

슬리퍼 사이로 빼꼼 나온 발가락을 꼼지락거리는데, 지우 놈이 왠지 어물쩍거렸다.

"왜 전화했냐니까?"

"어… 그게…."

"야, 가자니까!"

취기가 살짝 묻은, 재촉하는 목소리가 넘어왔다.

"니네 술 마셨냐?"

"이승진! 서운해 마라. 지금 2차 하러 간다!"

"뭐? 가긴 어디로…?"

말을 채 끝내기도 전에 전화가 끊겼다. 이것들이 나 빼놓고 술 마신다고 자랑하러 걸었나? 술 사줄 거면 어디로 오라고 말이나 하든가.

속으로 한껏 궁시렁대며 집에 들어갔다. 그런데 공교롭게도 슬리퍼를 딱 벗자마자 벨소리가 갑자기 울려 퍼졌다. 놀라서 바로 전화를 끊고는 반사적으로 벽을 돌아보았다.

"아, 할 말 있음 아까 다 할 것이지…."

시계를 확인해 보니 아직 내 시간까지는 십 분 가량 남아 있었다. 합의했으니 어쩔 수 없지. 살금살금 안으로 들어가 책상 앞에 앉았다.

벽 너머에서는 바로 경고의 의미를 담은 똑똑 노크 소리가 들려왔다. 하여간 칼 같다니까. 지금도 저쪽에서 눈살을 한껏 찌푸리며 벽을 째려보고 있을 게 눈에 선했다. 얼굴은 본 적은 없었지만.

최대한 조용히 시간을 보내고자 생전 본 적 없었던 책을 펼쳤다. 그러나 늘 그렇듯이 딱히 내용이 눈에 들어오지는 않았다. 눈앞에 글씨가 한가득 펼쳐져 있긴 했지만 정작 머릿속에서 펼쳐지는 건 완전히 딴 생각이었다.

예뻐?

그러게. 예쁜지 안 예쁜지 궁금해할 법도 했는데 여지껏 그걸 생각해 본 적이 없었다. 하긴 얼굴도 못 보고 아는 사이가 되는 일이 흔하지 않으니까 그럴 만도 한가. 목소리는 좀 앳되게 들렸고, 신경질적이긴 했지만 귀여운 스타일인 것 같긴 했다. 얼굴과 목소리의 싱크로율을 믿을 수 있다면.

몇 살일까? 내가 내내 존댓말을 쓰긴 했는데 솔직히 나보다 나이가 많을 것 같지는 않았다. 가끔 쿵쿵하는 소리 들려오는 거 보면 운동하는 사람인가? 저번에 톱날 같은 소리도 그렇고. 집에 마이크가 있는 걸 보면 나처럼 음악 하는 사람인지도 모르겠다.

아니지. 미술 쪽일 수도 있겠다. 조각이라든가. 뭔가 갈리는 소리, 치이익 뿌리는 소리. 그리고 사각사각 깎아내는 소리가 들려왔으니까. 조각상을 갈아내고 장식을 뿌리고 또 깎고. 그럼 힘이 엄청 세겠는데? 의외로 쉽게 까불면 안 되는 예체능이 무용이랑 조각이라고….

"이승진!"

불현듯 울리는 초인종 소리에 화들짝 놀라 시간을 확인했다. 다행히 막 여덟 시가 된 참이었다.

"이제 내 시간이에요!"

"알거든?"

퉁명스러운 대답이 들려오기 무섭게 다시 초인종이 매섭게 울려대기 시작했다. 바로 현관으로 달려갔다.

"누구세요?"

"나야!"

"이리 오너라!"

나가 누군데, 라고 할 틈도 없이 술 취한 윤성이 빽빽 소리를 질러댔다.

"형님들이 불쌍한 자취생 면회 왔으니, 죄인 이승진은 문을 열라!"

"문을 열라!"

거기서 그치지 않고 재영까지 한마디 보탰다. 아무리 내 시간이라고 하지만 그래도 야밤에 이렇게까지 난리 칠 생각은 없었다! 아니나 다를까 옆집에서도 한 소리 거들었다.

"뭐야. 이 시간에?"

"아, 예. 늦었죠. 그래도… 지금은 제 시간이니까."

"아무리 그래도 이 시간에!"

틀린 말이 아니었기에 나도 모르게 주눅이 들었다.

"열두 시까지만 있을게요. 아니, 늦어도 열두 시 전엔 보낼 게요!"

하. 싸늘한 한숨이 전해졌다.

"진짜 미안해요. 오늘만 부탁할게요. 오늘만! 다신 안 그럴 테니까."

일단 대강 둘러대고 급하게 밖으로 나가니 술병을 한가득 든 윤성과 재영이 보였다. 특히 재영은 아주 고주망태가 되어 서는 혀가 다 풀려 있었다.

"이승진은 술을 받으시오!"

"야, 너 보고 있었지. 다 보고 있었지!"

"뭘?"

알딸딸하게 취해서 지들이 뭘 말하는지도 모르는 두 취객 은 일단 방에 던져두고, 아직 제정신인 지우를 붙들었다.

"너 진짜 이 시간에… 여기 방을 하나도 안 된다니까!"

최대한 소리 죽여 타박했다. 지우도 찔리긴 했는지 연신 내 눈을 피했다.

"열두 시 전까진 무조건, 꼭 저것들 데리고 나가야 된다. 알 았지?"

"알았어."

그런데 이놈도 말만 멀쩡하게 하는 거지 얼굴은 시뻘건 게… 이것들은 이제 2차라면서 대체 몇 병을 마시고 온 거야?

"야, 오늘 죽을 때까지 마신다!"

그런 주제에 여기서 더 마셔댈 작정인지, 재영은 술 냄새를 풀풀 풍기며 소리를 질렀다.

"이승진! 너 오늘 이거 다 마시고 무조건 붙는 거다."

"롹앤롤!"

윤성도 덩달아 소리 지르고 지우까지 합세하려 들었다. 그나마 지우 놈은 눈치를 주면 입을 다물기는 하는데, 그게 다였다. 저놈이 여기서 멀쩡한 건 저 녀석 주사가 남 술 먹이는 거라서 그런 거였다.

지우는 시뻘게진 얼굴로 술을 따르고. 윤성은 고주망태가 돼서 먹고 죽자며 빽빽 소리를 지르는 아수라장 속에서 시간은 속절없이 흘러만 갔다. 이것들은 남의 속 타는 것도 모르고 잔만 비워대지. 아주! 답답한 마음에, 평상시 그나마 가장 제정신이었던 재영의 등짝을 때렸다.

"야, 재영아. 너 집에 가야지! 와이프랑 딸내미가 기다리겠다."

"와이프… 아, 우리 와이프. 그치."

재영은 잠깐 끄덕이는가 싶더니 실없이 웃으며 덧붙였다.

"와이프 애들 데리고 친정 갔어! 프리~덤!"

"프리! 프리!"

"먹고 죽자, 죽어!"

죽으려면 제발 혼자 죽어라. 밖에서! 재영과 윤성이 막무가내로 목소리를 높여대자 내 눈은 벽 쪽으로 한없이 굴러만 갔다.

"야. 야. 이승진. 너 뭘로 데뷔한댔지? 그거, 뭐, 드리블 어게인?"

윤성이 헛소리를 하자 갑자기 나한테 불똥이 튀었다.

"드리블은 무슨 드리블이야. 드림 어게인이라고. 이거 취했네. 야. 가라."

"드림… 드림 어게인."

"너 나 보고 말해. 봐봐. 눈 마주쳐. 안 돼? 안 되면 취한 거야. 가라."

"가셔야겠습니다. 이승진 참가자님!"

다 풀린 헛바닥으로 그렇게 떠들어대는 게 얼마나 얄미워 보이던지. 나만큼은 제정신으로 버티려고 했는데, 순간 너무 술이 당겼다.

"가긴 어딜 가. 여기 내 집이야!"

"집? 니가 집이 어딨어."

윤성이 나를 툭 쳤다.

"가수는 죽어도 무대 위에서 죽어야지. 베짱이 정신 몰라?

얼어 죽어도 개미의 집 안에는 들어가지 않겠다! 너른 벌판에
서 한 줄기 곡조를 뽑지!"

"베짱이가 지 발로 나갔냐? 개미한테 쫓겨난 거지!"

한마디 쏘아붙이고 나니 괜히 목이 탔다. 윤성을 한 번 흘
겨보고 난 뒤 재영이 들고 온 술을 원샷했다. 확실히 좋은 술
이라 맛은 있었는데, 도수가 장난이 아니라 순간 목구멍이 훅
뜨거워졌다. 얕은 기침을 뱉고 있는데 윤성이 내게 삿대질을
해댔다.

"너는, 너는 임마 다르지. 너는 니 발로 나간 베짱이고."

취한 와중에서도 분위기가 싸늘하게 가라앉았다. 이런 눈치
파악 하나는 빠른 지우가 윤성을 툭툭 쳤다.

"야… 너 취했다. 작작하고…"

"왜, 틀리냐? 아니! 내가 저 새끼가 노래를 잘하면 말을 안
해!"

가만히 듣고 있자니 절로 손이 움직였다. 윤성을 팬 건 아니
고. 그냥 술잔으로.

"막말로다가 실력은 내가 더 있어. 근데? 저게 보컬이라 눈
에 띈 거 아니야! 보컬만 쳐주는 더러운 세상!"

"너 베이스잖아! 베이스만 살아남는 밴드면 그건 솔직히 까
여도 할 말 없다!"

"뭐 어때! 나만 까이나, 니들도 까이나, 쟤만 사나! 다 거기

서 거기지."

역시 술 먹을 때 가장 달달한 안주는 욕이다. 그렇지 않아도 맛있고 비싼 술이었는데 욕까지 곁들여 먹으니 그렇게 달 수가 없었다.

"야. 니네…."

양주 세 잔을 스트레이트로 원샷하고 나니 세상이 참으로 아름다웠다. 난 꼿꼿하게 윤성만 삿대질을 하려고 했는데, 손가락이 절로 빙빙 돌면서 세 놈을 다 가리키게 된 게 아닌가.

"내가, 내가 못 한다고? 내가 노래를 못 해?"

혀가 살짝 풀리는 게 스스로도 느껴졌다. 그리고 어느샌가 몸도 슬며시 돌아갔다. 분명히 윤성한테 하는 말이었는데 나도 모르게 벽을 보기 시작했다.

"내 노래 들어는 봤어요?"

벽도 빙빙빙 도는 것이 뭐라 대답을 해주는 것 같았다. 아니지. 저도 한 잔 달라는 건가? 바로 호응하여 달달한 술 한 잔을 싸구려 벽지에 쫙 뿌려주었다.

"내가 어떤 마음으로 노래하는지, 들어 본 적은 있냐구요! 듣고 까는 거냐고!"

익숙한 헛웃음 소리가 들렸다. 하지만 그 소리를 인식할 즈음, 이미 내 몸은 내 것이 아니었다.

"똑똑히 들어요. 내가 제대로 들려줄 테니까!"

그 순간, 난 이미 음악과 하나가 되어 있었다!

✻✻✻✻✻✻✻

다시 눈을 떴을 땐 귓가에 새소리가 울렸다. 이야. 이 도심 한복판에서도 새가 사는구나. 꾀꼬리가 예쁘게도 지저귀는… 아니, 뻐꾸기?

"뻐. 꾹. 뻐. 꾹."

벽 너머에서 정직한 발음의 뻐꾸기 소리가 들렸다. 뭔가 하고 눈을 번쩍 뜨…고 싶었지만 머리가 너무 아파서 도저히 그럴 수 없었다. 천천히 눈을 떠 보니 어젯밤 벌였던 술판의 흔적이 그대로 남아 있었다. 이 치사한 놈들은 한 개도 치우지 않은 채 싸그리 자취를 감췄는지 한 명도 보이지 않았다.

"이제부터, 아까부터, 한참 전부터! 내 시간이다. 뻐-꾹."

"아이고…."

게다가 왠지 목도 굉장히 아파서 쉰 소리부터 나왔다. 대충 목 위로 전부 죽을 맛이라 나도 모르게 앓는 소리를 흘렸다. 그러자 저쪽에서는 그럴 줄 알았다는 듯 싸늘하게 혀를 차는 소리가 돌아왔다.

"아프겠지. 당연히 아프겠지."

"아… 저기… 어제는…."

"그렇게 처마셨는데 머리가 안 아플 수가 있나."

그 말따나 머리가 깨질 것 같았다. 나도 모르게 머리에 손을 얹고 허리를 일으켜 앉았다. 벽에 몸을 기대니 노래방 마이크로 크게 키운 옆집 이웃의 목소리가 들려왔다.

"그리고 그렇게 질러댔는데 목이 안 아플 수도 없겠고."

머리가 윙윙 울려서 크게 들리는 건지 그냥 마이크 때문에 원래 울리는 소리로 들리는 건지도 좀 헷갈렸다.

"근데 그 무엇보다, 그 난리를 쳤는데 양심이 아파야 하지 않을까?"

그런 와중에도 그 매서운 한마디는 아주 선명히 귓가를 파고들었다. 서서히 아픔이 걷히면서 지난 밤 있었던 그 난리가 조금씩 떠오르기 시작했다.

"놀랍게도 그쪽 친구들은 다 멀쩡한 것 같긴 하더라고. 다들 부지런한 직장인인지 한 놈은 여섯시 알람 듣고 갔고, 한 놈은 일곱 시 알람."

"아… 그랬구나."

미칠 듯한 죄책감이 밀려오면서 나도 모르게 탄식을 뱉었다.

"원래는 좋은 애들인데요…."

"응. 그렇겠지."

무언가 살벌하게 갈리는 소리가 들려왔다. 제발 저게 사포

같은 거였으면 좋겠다. 칼이라든가, 그밖에 무슨 날붙이가 아니고.

"또 한 놈은 금방 갔어."

"아. 네. 걔는 그게 아마…"

"과일."

"지우라고…."

사아악. 싸늘하게 갈리는 소리가 들리자 온몸에 소름이 돋았다. 그래. 사포로 칼을 가시는구나. 그럴 수 있지. 칼, 갈 수 있어. 그럼.

"잘, 잘못했습니다!"

하지만 거기에 내가 갈리고 싶진 않았다! 뒤도 돌아보지 않고 뛰쳐나왔지만, 뒤쪽에서는 계속 칼 가는 소리가 들려왔다. 사악. 사악… 진짜 공포 영화 속 귀신처럼 싸늘한 웃음소리까지 함께였다.

"어차피 구조적으로 옆집에 갈 수가 없다며?"

지우는 사람 속도 모르고 태평한 표정으로 과일 상자를 내려놓았다. 나는 나라 잃은 표정으로 머리를 싸맨 채 그리도 태평한 지우를 올려다보았다.

"실제로 가고 말고를 떠나서! 분위기가 너무 무서웠다니까? 그리고 아무리 길이 복잡하대 봤자 옆집 사는 사람이고 이웃인데, 길 가다 만나면? 아니지. 벽 부수고 쳐들어오면 그땐 뭐라고 하냐? 내가 무슨 염치로 거기 얼굴 보고 있어?"

"그냥 조용히 하겠다고 그러고 싹싹 빌어. 혹시 그 사람이다, 싶은 여자 보면 그냥 입 다물고 있고. 그 사람 니 얼굴도 모르잖아?"

틀린 말은 아니었다. 키가 몇인지 몸무게는 어느 정도인지. 머리는 긴지 짧은지. 코가 높은지 낮은지 등의 정보를 전혀 모르는 사이였으니까.

"근데 왠지 알아볼 것 같아."

"무슨 수로?"

"감으로."

지우는 별 희한한 놈 다 보겠다는 듯이 눈을 흘겼다.

"아, 그냥 그런 게 있어! 딱 보면 딱 알겠는!"

"야. 저기 지나간다."

그 말에 바로 과일 매대 밑으로 몸을 숙였다. 잠시 후 빼꼼 고개를 내미니, 웬 고양이 한 마리가 가게 앞을 지나가는 게 보였다.

"아씨. 이게 어디서…."

"예에, 어서 오세요!"

또 반사적으로 냉장고 뒤로 몸을 숨겼다. 이번에는 그냥 손님으로 온 아주머니였다. 숨어 있기도 나와 있기도 멋쩍어 아주머니가 청포도를 좀 보다가 빈손으로 떠날 때까지 옆에서 구경만 하고 있었다. 아주머니가 가게를 나서고도 잠깐 틈을 본 뒤에야 다시 스멀스멀 지우 옆으로 돌아왔다.

"난 진지하거든?"

"잘못을 우리가 했으니까 찔리는 건 이해하는데, 뭐 그렇게 쫄 건 없다 이 소리지."

"그렇긴 한데…."

"야. 막말로 방금 저 손님이 목소리가 엄청 귀여울 수도 있는 거 아냐!"

내가 여전히 떨떠름한 기색을 보이자 지우는 아주머니가 떠나간 방향을 가리켰다. 그러더니 아주머니가 보고 있던 청포도 한 박스를 들어 건네주었다.

"이거 들고 가서 정중히 사과해."

"청포도? 이거, 뭐, 여자들이 좋아해?"

"샤인 머스캣! 이 촌스런 놈아."

청포도, 아니 샤인 머스캣을 받아들고 지우를 멀뚱히 바라보았다.

"뭐가 달라?"

"청포도는 싼 거. 샤인 머스캣은 비싼 거. 수입!"

상자에 적힌 포도 산지를 슬쩍 살펴보려 하니 지우가 내 손을 턱 잡았다.

"비싼 건데, 싸게 줄게. 만 원만 내고 가."

그 손을 스윽 치우고 포도 산지를 제대로 확인해 보았다. 내 이럴 줄 알았지.

"수입 샤인 머스캣이 경북에서 나나? 됐다. 이 사기꾼 새끼야!"

무거운 포도 상자는 턱 내려놓고 가게를 나섰다. 곧 뒤에서 지우 녀석이 괜히 뜨끔해서 내지르는 목소리가 들려왔다.

"아, 어차피 안 보이잖아!"

"넌 술 먹고 전화나 하지 마!"

나도 지지 않고 가볍게 한 번 내질러준 뒤 다시 집으로 걸어갔다. 가게를 나섰을 때만 해도 가벼웠던 발걸음이 집 근처 복잡한 골목에 들어서자 천근처럼 무거워졌다. 입에서도 푹푹 한숨이 나왔다.

솔직히 그때는 경황이 없어서 헤맨 거지. 대낮에 여유롭게 입구를 찾으려고 하면 찾아갈 수는 있을 거다. 저게 샤인 머스캣이든 청포도든 간에 사과의 의미로 한 박스 내려놓고 가는 것도 불가능하지는 않아 보였다. 물론 배송의 정확성이 다소 떨어질 수는 있겠지만, 그거야 내가 놔뒀다고 하면 저쪽도 알아서 찾아갈 거 아닌가.

뭐라도 놓고 가야 하지 않나 하는 생각에 괜히 서성거리기만 했다. 뭘 두고 가지? 뭘 갖다 바쳐야 어제 그 난리를 만회할 수 있을까. 뭘 어떻게 해야….

만날 수 있을까?

그 생각이 든 순간 나도 모르게 뺨을 짝 때렸다. 만나긴 뭘 만나. 왜 만나? 누군 줄 알고? 정신 차려라. 이승진.

아무리 궁금해도 그렇지 지금 만났다가는 최악의 첫인상만 남길 뿐이었다. 아니지. 첫인상은 원래 최악이었다. 아니야. 그걸 내가 왜 따지고 있지? 애초에 왜 궁금해? 그냥 진상 이웃에 불과한 상대를, 왜 보고 싶어 하냐고!

아씨. 모르겠다. 아직 술에서 덜 깬 건지 머리가 혼란스러웠다. 진정하고 제대로 따져보자. 어제 뭘 했고, 이제 뭘 하면 그걸 해결할 수 있을지. 그러니까 어제는 술에 취해서….

"욕했나?"

맞다. 욕한 것 같다.

"아… 내가… 쌍욕을 했구나. 했네… 했어!"

확실히 한 것 같다. 입에도 담지 못할, 기억도 안 나는 지독한 말을 얼굴도 모르는 옆집 이웃한테 실컷 퍼부은 기분이 들었다. 이렇게 찝찝하고도 복잡 미묘한 기분을 설명할 수 있는 사유는 욕설, 그거 하나밖엔 없었다!

06
고해 성사

차라리 욕을 해라. 미친놈들아.

"귀신님! 우리 승진이 자알 좀 부탁드립니다!"

귀신 취급은 이제 끝났는가 했는데 아니었나 보다. 열두 시엔 간다고 하더니, 그 말을 믿은 내가 바보지.

자정이 조금 넘은 시간. 옆집에서는 아주 상쾌한 술판이 벌어졌다. 부어라 마셔라 술이 달다 어떻다, 마누라 잔소리가 심하다 그 잔소리라도 듣고 싶다…. 아주 옆집 사는 놈 신상은 기본이고 그 교우관계에 폭넓은 가족관계까지 줄줄이, 전혀 궁금하지 않은 TMI가 한가득 쏟아졌다.

"알람 귀신님!"

그래. 그러니까 이놈이 이 동네에서 과일가게 운영하는 아저씨. 이름은 지우랜다.

"우리 승진이 꼬옥 붙여주세요…."

이건 왠진 몰라도 이웃이랑 사이가 퍽 안 좋은 듯한 베이스 연주자 윤성.

"역시 귀신한텐 절을 해야지. 한국인은 절이야! 신토불이!"

그리고 여긴 마누라 잔소리에 시달리시는 한의사 양반이고 이름은 재영.

"님, 님이라고! 저엉중하게 대해!"

마지막으로 저 뻔뻔한 녀석이 내 옆집에 사는 이웃. 이승진. 드림 어게인인지 드리블 어게인인지 하는 오디션 프로를 준비하고 있는 음악쟁이란다. 두 글자로 요약하면 백수.

"귀신님! 제가 다시 한 번 도전하겠습니다!"

그런데 이제 보니 백수보다 그냥 진상에 더 가까운 놈인 것 같기도 했다. 아까부터 어디에 꽂힌 건진 모르겠는데, 이놈은 누가 시키지도 않은 노래를 계속 빽빽 불러대고 있었다. 술에 잔뜩 취해서 뺵사리나 미친 듯이 내는 주제에!

"야. 작작 해라?"

"자꾸자꾸 듣게 해드릴게요!"

참다 참다 도저히 안 돼서 한 소리 하면 그걸 또 기가 막히게 잘못 알아듣고 다시 노래 부르기 시작했다. 선곡도 어찌나

다채로운지 그 옛날 조용필 명곡부터 생전 들어본 적 없는 지 자작곡까지 오만 노래가 다 튀어나왔다.

아주 그냥 고장난 스피커가 따로 없네. 듣다 듣다 답답한 마음에 한숨을 푹 내쉰 다음, 그냥 떠들어라 하고 내버려 두었다. 저러다 지치겠지. 아니, 인간이면 지쳐야지!

"이승진, 땡! 땡! 때앵!"

하지만 그놈은 전혀 지치지 않았고 결국 내가 먼저 백기를 들었다. 노래방 마이크를 켜고 장단을 맞춰주기 시작한 것이다. 물론 그렇게 놀아주고 싶은 기분은 아니었기에 아주 건성으로 땡!을 외치는 정도였지만, 웃기게도 이번엔 꽤나 효과가 있었다.

그만하라면 그대만 바라본다는 노래를 시작하고 좀 자라고 하면 잘자요 라는 노래를 불러대던 놈이 땡! 소리에는 입을 다물었다. 너무 갑자기 조용해져서 어이가 없을 정도였다. 옆에 모인 친구 놈들도 왠지 조용해져 있었다. 갑작스럽고 어색한 침묵에 멀뚱히 눈을 깜빡이다 마이크를 내려놓았다.

"있잖아요…"

이불을 끌어 올리려던 순간, 힘없는 목소리가 들려왔다. 설마 또 시작인가?

"내가 왜 노래를 포기 못 하는 줄 알아요?"

거 주사 한번 더럽네. 이번엔 하소연인가 했는데 바람 빠진 웃음소리가 들려왔다.

"이러니까 꼭 고해성사하는 것 같다. 고해성사요. 해본 적 있어요?"

없었다고 대답하려다 말았다. 왠지 귀를 기울이고 싶은 기분이 들었다. 술기운이 진하게 묻어나는 성가신 목소리인데도.

"실은요, 내가 이 자식들을 배신했어요."

멋쩍은 웃음소리가 말 사이사이에 계속 섞여 들려왔다.

"아니… 원래는 그러려고 한 건 아닌데, 그냥, 되게 흔한 경우 있잖아요. 그 뭐. 그룹으로 나갔는데 한 명만 선택 받고… 그런 거…"

죄책감 섞인 목소리가 묵직하게 내려앉았다. 누가 꾹 누르기라도 하는 것처럼.

"그때 거절하는 게 맞는 건데… 그건 아는데… 그래도 왜… 다 같이 안 되는 것보다는, 누구 하나 솔로로 유명해지면 차차… 다 잘 될 수 있잖아요? 밴드로 나중에… 근데…"

그 녀석의 말이 차차 느려졌다.

"아니요. 그냥… 아니에요. 아니었던 것 같아요."

갑자기 짧은 웃음소리가 들려왔다.

"다 거짓말이에요. 그냥 제가 이기적이었어요. 바보 같고…"

"맞네."

"예?"

얼빠진 소리가 났다. 아마 지금쯤 술에 잔뜩 취해 벌게진 눈을 끔뻑이고 있겠지. 느리게 한 번, 어쩌면 두 번쯤.

"너 바보 맞다고."

"아, 거 초면에… 아니지. 한 번도 본 적 없으니까… 어, 영면에…?"

"영면은 죽는 거고! 어떻게 하나하나 그렇게 바보 같냐?"

"본 적도 없는 사이에 너무한 거 아니에요?"

입을 삐죽이는 모습이 그려졌다. 그 녀석 말마따나 본 적도 없는 사이인데, 이상하게 그런 얼굴이 떠올랐다. 눈은 왠지 작지 않을 것 같고. 코는 좀 뭉툭하지 않을까? 입은 얼굴에 비해 좀 클 것 같다.

"그래. 근데 본 적도 없는데, 너 되게 바보 같아. 그게 어떻게 이유가 돼?"

작지 않은 눈을 껌뻑이며 얼굴에 비해 큰 눈을 가볍게 다무는 얼굴이 보이는 듯했다. 그냥 그런 그림이 눈앞에 살며시 내려앉았다.

"어떤 거요?"

"다! 혼자 잘 되는 거랑, 니가 포기 못 하는 거랑 그게 무슨 상관이야?"

지금쯤 술이 깨고 있는 걸까. 벽 너머에서 자그마한 딸꾹질 소리가 났다.

"너 혼자 잘 됐음 그냥… 혼자 잘한 거지. 그냥 니가 잘났던 거지. 아주 잠깐이나마!"

"잠… 잠깐인지 아닌지 어떻게 알아요?"

"그럼 너 지금도 잘났어?"

바로 조용한 침묵이 이어졌다.

"잘났냐고!"

"아니요…."

얼빠진 대답이 돌아오자 나도 모르게 웃음이 났다. 누가 보면 선생님한테 혼나는 학생인 줄 알겠네.

"그럼 어떤데? 못났어?"

"아…니고 싶어요."

"그럼 아닌 거네."

의자를 끌어와 앉았다. 진짜 학생 상담이라도 들어간 것처럼. 의자 끄는 소리가 들렸던 건지, 자리에 앉자마자 건너편에서 깊은 한숨 소리가 넘어왔다.

"아니고 싶다고 아닌 게 돼요? 저 그쪽이 보기에도 못났다면서요. 남들이 다 못났다, 하는데 혼자 안 못났다고 하면… 무슨 소용이에요."

"나 너 본 적 없어."

아차 싶었던 듯 줄줄 이어지던 말이 문득 끊겼다.

"그래서 난 몰라. 니가 못났는지 잘났는지."

이제는 내 입에서 말이 술술 나왔다. 리액션 하나 전해지지 않지만, 왠지 그 녀석이 아주 열심히 듣고 있는 것 같아서.

"나는 하나도 모르니까, 니가 내 앞에서 못나고 싶으면 넌 못난 거고 아니면 아닌 거야."

이 말에 귀 기울이는 얼굴이 보이지는 않아도 느껴지는 것 같았다. 그래서 잠깐 나도 모르게 착한 선생님이 되어갔다. 드물게 퉁명스럽지도 까탈스럽지도 않고 오히려 꽤 차분하고 어느 정도는 다정한 말투가 되어간다는 게 스스로도 느껴졌다.

"저기요. 그럼요."

소리가 들리지 않아도 알 수 있었다. 저 말썽꾸러기 학생 같은 이웃이 지금 손가락을 조심스럽게 꼼지락거리고 있을 거라는 걸.

"사실 제가 되게 잘난 부분이 하나 있는데."

"뭔데?"

팔짱을 탁 낀 채 의자에 등을 기댔다.

"저 원빈 닮았어요."

"진짜 미친 새끼가…."

"그쪽은 송혜교 닮았죠?"

너무 어이가 없어서 되묻지도 못했다. 반사적으로 웃음이 터져 나올 뿐이었다. 계속 이어지는 황당함에 또 계속 짧은 웃음을 흘리다가 겨우 말을 꺼냈다.

"너 내가 그 사람들 팬이었으면 여기 벽 박살 났어!"

"그럼 볼 수 있겠다."

더 어이가 없어서 이번에는 그냥 굳어버렸다.

"그쪽은 저 안 보고 싶어요?"

"내가 너…가 왜 보고 싶어!"

당황한 나머지 혀가 꼬여버렸다.

"안 궁금해요? 원빈인지 투빈인지?"

"되게… 매를 부르는 화법을 쓴다. 너."

"아. 저 취했잖아요. 좀 봐줘요. 헤헤헤."

바보 같은 웃음소리가 들려왔다. 이건 정말, 너무 바보 같았다. 괜히 마른침을 삼키며 벽을 노려보았다.

"저는요. 그쪽 진짜 보고 싶거든요."

"미…."

미친놈이 뭐라는 거야, 라는 말이 턱 끝까지 나왔다가 입천장에서 덜컥 걸리는 기분이 들었다. 하필 그 순간 그 녀석 목소리가 좀 좋다는 생각을 해 버려서.

"아니, 이게 어떻게 안 궁금해요? 집에서 공사장 소리를 내는 사람이 옆집에 사는데. 뭐 하고 사는지, 도대체 어떻게 생겼는지. 사실 괴력의 소유자는 아닌지 그런 거."

괴력은 또 무슨. 웃기는 녀석이라는 생각이 들…다가 말았다. 이어진 말이 대뜸 내 머릿속에 브레이크를 걸어 놓아서 일

순 머리가 하얘졌다.

"목소리는 엄청 귀여운 사람이 말은 무지 까칠하게 하는데."

"귀여워? 너 날 언제 봤다고…."

"나는 왜 그게 믿지가 않은지."

이런 상황에 놓인 게, 이런 말을 들은 게 언제였지. 느리게 눈을 깜빡이며 되새겨 보아도 도저히 떠오르지가 않았다.

"그쪽은 안 궁금해요?"

당연한 일이었다. 이래 본 적이 없었으니까. 얼굴 한 번 본 적 없는 상대라면 더더욱.

"야. 나는…."

대답을 해야 하는 말이었을까. 이쪽에서도 저쪽에서도 고요한 침묵만이 이어졌다. 왜 고요함은 벽을 뚫고도 이어질 수 있는 걸까. 괜히 초조하게. 단어를 고르며 입을 달싹이다가, 아무 말도 떠오르지 않자 그제야 뒤늦게 중요한 사실을 떠올렸다.

"…겁나."

이렇게 오랫동안 누군가와 말을 고르며 대화해본 게 아주 오랜만이었다는 걸. 나를 미워하지 않는 사람을, 나 또한 미워하지 않으며 다음 말을 기다려 본 일은 더욱 오랜만이었다. 그리고 모든 낯선 것들을 마주할 때 흔히 그러하듯이 지금 나는 꽤나, 겁이 났다.

이 녀석은 내가 얼마나 못났는지 모르니까. 그냥 이렇게 못나지 않은 척, 잘나고 센 척 굴고 있으면 나는 잠깐이나마 강한 사람이 될 수 있었다. 그 시간이 끝나는 게 겁이 났다. 이 관계가 사라지는 게 달갑지 않았다.

달갑지 않은데, 그런데….

"근데… 궁금해."

달콤하지 않아도 괜찮을 거라는 생각도 들었다.

"네가 노래를 왜 포기 못 하는지."

어차피 내 삶에 달가운 일만 이어질 거라는 기대는 하지도 않았다. 지금 자는 건지 듣는 건지 모르는 벽 너머의 저 녀석이 정말 원빈을 손톱만큼이라도 닮았을 거란 기대를 애초부터 하지 않은 것처럼.

"네 무대가, 네 꿈이…."

짧은 숨을 삼켰다.

"네가 궁금해."

아무 대답이 돌아오지 않았다.

다음 날이 되어 우리의 사용 시간이 몇 번 바뀔 때까지도 옆집에서는 별 반응이 없었다. 물론 나라고 특별히 답을 기다렸던 건 아니었고, 그냥 좀 궁금했다. 그 말 안 듣는, 불량아까진 아니지만 공부를 잘했을 리도 없었을 듯한 학생이 그 순간 깨어 있기는 했는지가 말이다.

"아야!"

"왜 그래요?"

하지만 공구 세트를 무심결에 떨어트릴 정도로 궁금하지는 않았다. 지금 망치에 발을 살짝 찍힌 건 그러니까, 이게 원래 위험한 작업이라서 그랬을 뿐이었다.

"다쳤어요?"

그 녀석의 걱정 어린 목소리가 들려왔다. 솔직히 내심 찔렸다. 어제 저 녀석이 끝까지 깨어 있었던 건 아닐까 걱정도 되고.

"아냐. 괜찮아."

쓱. 이 사이로 얇은 소리가 새어 나왔다. 터져 나올 뻔한 비명은 입술을 지그시 깨물어 참고, 애써 정신을 챙겨 덧붙였다.

"신경 쓰지 마."

"아닌 것 같은데…."

신경 쓰지 말라는데 더 신경을 쓰기라도 하는 것처럼 낮은 소리가 들려왔다. 어젯밤 죄책감인지 부끄러움인지 모를 게 저 녀석의 목소리를 꾹 눌렀을 때가 괜히 떠올랐다.

"병원 가 봐야 하는 거 아니에요?"

그때와 꼭 닮은 목소리가, 이상하게도 그때보다 훨씬 가깝게 들렸다.

"아, 오바하지 말고 노래나 하세요."

나는 평소와 아주 다를 바 없는 태도로 한마디 툭 던졌다.

"오바한 적 없어요. 걱정한 거지."

그 녀석의 목소리도 다시 툭, 튀어 올랐다. 아무것도 짓누르지 않는 듯한 말투가 들려오자 괜스레 마음이 놓였다. 조금 토라진 듯한 기색이 묻어나는 게 신경 쓰이긴 했지만.

"그럼 걱정하지 마. 괜찮으니까."

의자에 앉으며 가볍게 덧붙였다. 스윽 끌어올려 살핀 발에는 피가 약간 흘러나와 있었다.

"혼자인 것 같은데, 어떻게 걱정을 안 해요?"

고개를 들어 벽을 바라보았다.

"뭐 꺼내려고 했거나… 뭐 꺼내야 하거나… 암튼 도움 필요한 거 있으면 말해요."

그 녀석은 내 시선을 느끼기라도 한 것처럼 멋쩍은 목소리로 말했다. 자박자박. 양말이 장판을 스치며 나는 소리가 들린 것 같았다. 어정쩡하게 머리를 긁으며 벽 근처에서 제자리걸음을 하는 모습이 얼핏 그려졌다.

"내가 왜?"

"그냥요."

숨을 한 번 쉴 정도의 시간 동안, 어색한 침묵이 이어졌다.

"혼자 있을 때 힘들면 서럽잖아요."

이내 침묵보다 더 어색한 헛기침이 들려왔다.

"서러우면 더 힘들고."

그 뒤에 무슨 말을 하든 침묵보다도 헛기침보다도 어색할 것 같아 아무 말도 하지 않았다. 이어진 그 녀석의 사용 시간 동안, 와인과 크로와상 샌드위치로 고요한 야식을 먹으면서 나는 자꾸만 벽을 돌아보았다.

궁금해서. 솔직히 궁금해서. 아니, 그 녀석이 궁금한 게 아니라. 그 녀석이 내 답을 궁금해할지가 조금 궁금해서. 그 뒤로 소리도 없이 와인을 따르고 샌드위치조차 느리게 씹어 조용히 먹은 것도 다 같은 이유였다. 마침 그사이에 그 녀석의 노랫소리도 조금은 들려왔는데, 그게 나름 듣기 좋았던 건… 그냥 좀 다른 문제였고.

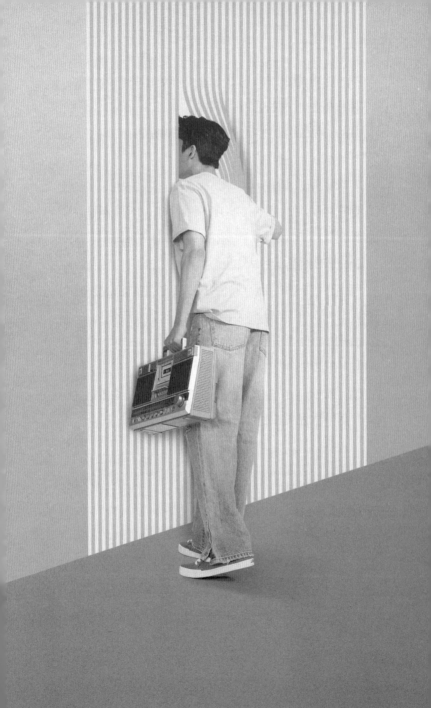

07
집에 가고 싶다

문득 훅, 어른이 된 것 같은 기분이 밀려 올 때가 있다. 그 어느 때보다도 집에 가고 싶은 그런 순간 말이다.

"야, 뮤지션!"

나를 제외한 주변의 모든 사람들이 다 참 멀끔해 보일 때. 그런데 홀로 멀끔하지 않은 내 모습이 큰 죄라도 되는 것처럼 느낄 때, 요약하자면 남의 결혼식에 하객으로 참석했을 때. 더 짧게 요약하자면 지금 이 순간이 그랬다.

"정장 좀 입고 오지."

있어야 입지, 하려다가 관뒀다. 다른 적당한 핑계를 떠올리고 있는데 윤성이 뭐라 말할 새도 없이 대뜸 나타나 나와 지우의 등짝을 짝 때렸다.

"야! 오랜만에 우리 다 모였는데, 뒤풀이 가셔야지?"

"뒤풀이한대?"

"난 먼저 갈게."

혹시 붙잡힐까 싶어 바로 끼어들었다. 아니나 다를까 윤성은 냅다 아쉬운 티를 팍팍 내며 인상을 찌푸리더니, 살짝 소리 죽여 물었다.

"너 혜지랑 헤어진 지가 언젠데 아직도…."

"아니야. 그런 거!"

떨떠름하게 대답하고는 바로 덧붙였다.

"오디션 준비하려고."

"야. 그래도 이게 얼마 만인데! 준비는 평소에 했어야지!"

다행히 윤성은 집요하게 물고 늘어지지는 않았다. 어차피 곧바로 다른 핑곗거리가 생기기도 했고.

"니가 양심이 있음 쟤 좀 봐라."

윤성은 바로 내게 어깨 동무를 하고는 한쪽에서 열심히 통화를 하고 있는 재영을 가리켰다.

"곧 무릎 꿇겠다. 안 그냐?"

그 말마따나 열심히라는 표현 외에는 재영의 현 상태를 설명할 길이 없었다. 수화기 너머를 향해 보이지도 않을 고개를 연신 조아려가며 이번 생일 선물 기대하셔도 좋다느니 끝나자마자 바로 가겠다느니. 누가 보면 조폭 보스한테 비는 줄 알겠다.

"유부남도 저렇게 열심인데, 리드 보컬이 빠지면 되겠냐?"

윤성은 러브 앤 피스 손짓을 해 보이며 내 눈을 빤히 마주쳤다. 뭐라 할 말이 없어 지우를 흘깃 바라보았지만, 이쪽도 도움 안 되긴 매한가지였다.

"롸앤롤!"

"예아!"

아니, 오히려 방해를 하고 있었다. 이것들은 사람 속도 모르지. 나도 모르게 짧은 한숨을 흘렸다.

"자, 가자!"

윤성은 뻔뻔스레 나와 지우의 등을 떠밀었다. 떠밀리는데 어쩌겠나. 가야지. 나는 또 짧은 한숨을 흘렸지만, 그런 비언어적 신호를 알아챌 놈들이면 진작에 이런 푸쉬도 하지 않았을 터였다.

이놈들은 이제 앞으로 절대 모를 거다. 어른이 아니어도 괜찮았던 일상을 살다가, 별안간 어른이 되어야 하는 순간에 내몰리는 게 어떤 기분인지. 이 녀석들은 그 기분을 전부 말끔하게 잊어버린 어른들이었으니까.

참 오고 싶지 않았던 뒤풀이 자리는 유치할 정도로 화려하게 꾸며져 있었다. 통째로 빌린 가게 한쪽 벽면에는 커다란 플래카드가 붙어 있었다. 주당 커플 신혼여행은 술집이냐. 결혼식은 예식장이라 다행이다. 이 공간의 모든 이들이 공유하는 추억이 있어야만 적을 수 있는 농담이 괜히 시선을 끌었다.

왁자지껄한 분위기 속에서 재영은 누구보다 마음이 급한 듯 연신 술을 들이켰다. 결혼에도 미리 취했으니 술에도 누구보다 빨리 취할 생각인 것처럼 보였다.

"나 시간 없어. 빨리 채워. 빨리!"

"또 쫓겨나지 말고 천천히 먹어."

윤성이 말리는데도 재영은 별로 움직임을 느리게 할 생각이 없어 보였다. 성대에 힘을 꽉 주고 말을 해야 겨우 소통이 되는 이곳에서는 빨리 감기만 존재하는 것 같았다. 잠깐 멍해져 있으니, 곧 신랑 신부가 일어나 입을 열었다.

"와줘서 고맙다. 다들 왕창 마셔라!"

신랑은 큰 소리로 선언하고 신부는 환하게 웃고. 참 보기 좋은 광경이었다. 아마 대학에서 마주할 수 있는 최상의 해피엔딩이라고 해도 과언이 아닌 모습일 듯했다. 그 그림 같은 모습에 나도 괜히 웃음이 나왔다.

남들 사이에 녹아들어 나도 자연스레 잔을 부딪쳤다. 그렇게 좀 취해보려던 순간, 가장 마주치고 싶지 않은 사람의 얼굴이 보였다.

"오랜만이네. 승진 오빠?"

곧이어 역시나 급속도로 어두워진 밴드 멤버들의 안색이 눈에 들어왔다. 내 표정은 어땠냐고? 아마 저들보다 조금 더 나빴겠지. 전 여친을 이런 꼴로 마주쳤는데 누군들 밝게 웃을 수 있겠는가.

"오빠들 다 잘 지냈지?"

나는 속이 타는데 내 전 여친 혜지는 그렇지만도 않았나 보다. 아무렇지 않은 표정으로 우리를 돌아보며 안부 인사를 보냈다. 그저 참 반가워 보였다.

그 순간 우리 모두는 재영과 똑같은 짓을 했다. 술과 안주를 먹는 손놀림을 점차 빠르게 하기 시작한 것이다. 물론 목적은 달랐다. 재영은 한 방울이라도 더 알코올을 즐기고 싶었을 뿐이었겠지만, 나는 시간을 조금이라도 빨리 보내기 위함이었으니까.

방금까진 빨리 감기만 존재하는 것 같았는데, 이젠 시간이 0.5배속으로 느려진 것 같았다. 술잔에 배속 버튼이라도 달린 양 더 빠르게 잔을 비웠지만 별 소용이 없었다. 아무래도 이 어색한 시간을 빨리 끝내고 싶다는 내 간절함이 자유의 시간을 만끽하고 싶다는 재영의 간절함을 이기지 못했는가 보다.

간절한 마음끼리의 배틀에서 시원하게 K.O 패를 당하고, 나는 결국 자리를 뜨는 것을 택했다. 집에 갔냐고? 그랬으면 좋았을 텐데, 어딘가를 떠난다는 건 그 자체로 상당한 용기가 필요한 행동이더라. 나는 그 자리를 그대로 떠나서 남은 이들 모두에게 공연히 혜지와의 지난 인연을 상기시킬 만한 용기가 없었다.

그 결과 그냥 술집 테라스로 빠져나와 담배에 불을 붙였다. 반가운 얼굴은 아니더라도 오래된 인연을 만났으니 오랜만에 담배 한 개비쯤, 괜찮지 않을까.

"오랜만에 오빠들 보니까 좋다."

안 괜찮았던 걸까? 혜지는 거의 바로 따라 나와서는 묘하게 아련한 목소리로 내게 말을 걸었다.

"아직도 담배 피우네. 끊으라니까."

"아… 그냥. 간만에."

혜지는 애교스럽게 살짝 눈을 흘기더니, 무언가 결심한 듯 숨을 들이쉬었다.

"있잖아. 오빠."

이어진 말을 하면서 내 눈을 계속 똑바로 바라보았다. 용케도, 혜지는 그럴 수가 있었다.

"나 결혼해. 축하해 줄 거지?"

어? 하고 나도 모르게 얼빠진 대답을 돌려주었다. 그러고는 애써 웃음 지었다.

"당연하지. 축하해. 진짜… 그, 잘 살아."

기대한 대답이 맞았던 걸까. 혜지는 가벼운 미소를 지었다.

"고마워. 그래도 결혼 전에 오빠 봐서 좋다."

"그래?"

"오빠한테 축하 받아서 좋아."

왜? 하고 얼빠진 물음을 던질 뻔했지만 애써 참았다. 그 한 마디에 너무 많은 의미를 담게 될까 봐.

"오빠는 나한테 뭐… 하고 싶은 말 없어?"

사실 분위기도 그렇고 굳이 나와서 이런 얘기를 구태여 꺼 낸 것도 그렇고. 혜지는 내가 많은 의미를 담길 바랐던 것 같 긴 했다.

"그냥…."

하지만 나는 그러고 싶지가 않았다.

"잘 살아."

적당한 대답을 돌려주자, 혜지는 날 가만히 바라보더니 어 색한 웃음을 지었다. 그리고 담배가 다 타기도 전에 혜지가 먼 저 들어가고 나서도, 분위기는 내내 어색했다.

그래도 별 수 있는가. 혜지가 내 반응을 궁금해한 게, 애정 이나 미련 따위가 남아서 그러는 게 아니라는 걸 뻔히 아는데. 우린 그렇게 대단한 연인이 아니었다. 나 또한 그렇게까지 호구가 아니었고.

혜지는 그냥 조금 아련해지고 싶었을 뿐일 거다. 그래서 살짝 떠본 거. 그게 다였다. 어른들이 흔히 쓰는 화법처럼 예쁘게 지난 인연을 마무리하고, 조금 감성적인 기분으로 새 삶을 맞이하고 싶었으리라.

"아… 진짜."

나는 탄식처럼 한마디를 내뱉었다. 그리고 대충 아무도 없으리라 생각하며 짧은 진심을 내뱉었다.

"집에 가고 싶다."

"아, 미안!"

집에 들어서자마자 벽 너머에서 조금 놀란 듯한 목소리가 들려왔다.

"그쪽 시간인데, 없는 것 같아서 내가 쓰고 있었어."

살짝 경쾌하고 좀 귀여운 목소리. 꽤나 앳되게도 들리는 그 목소리에 평소보다 더 기운이 들어간 것 같았다.

"금방 정리할게. 잠깐만 기다려."

"괜찮아요. 천천히 정리해요."

그리고 내 목소리는 평소보다 배는 더 기운이 빠져 있었다. 아마 저쪽도 바로 알아차렸으리라. 뭐지? 하고 고개를 드는 모습이 괜히 눈에 선했다. 비록 그 고개가 어떻게 생겼는지는 전혀 모르지만.

그대로 철푸덕 주저앉듯이 의자에 몸을 맡겼다. 오늘따라 온몸에 긴장이 탁 풀렸다. 솔직히 술도 마셨겠다, 그냥 이대로 침대에 흘러 내려가 잠들고 싶기도 했지만 애써 악보로 손을 뻗었다.

연습은 꾸준함이 중요하니까? 이번 오디션에는 반드시 붙어야 하니까? 그런 이유도 없지는 않았지만, 더 중요한 이유가 있었다.

"연습하는 거 맞아?"

그냥 투정 부리고 싶었다. 대놓고, 나 오늘 힘들어 죽겠으니까 내 말 좀 들어달라고 목소리에 있는 힘껏 티를 내고 싶었다. 그리고 그러자면 목소리를 내야 하지 않는가.

"술주정이야?"

"뭔 상관이에요. 내 시간인데."

왠지 저 벽 너머에 이웃한테는 이렇게 투덜대도 좋을 것 같았다. 애초에 싸가지는 저쪽이 먼저 없었겠다.

"오디션이라 그래서 시간도 더 챙겨줬구만."

저쪽에서도 살짝 서운한 기색이 묻어나는 목소리가 들려

왔다.

"지금 컨디션 회복하는 중이라 그래요. 회복 중."

마지막 세 글자에 꾹꾹 힘을 눌러 담아 말했다.

"무슨 일 있었어?"

"그게…."

기다렸다는 듯이 대답하려다 말을 삼켰다. 그게 뭐 자랑이라고 떠벌리냐.

"그냥 사회생활이요. 별거 아니에요."

"별거 아니긴. 실연이라도 당한 사람 말튼데?"

"아 진짜 그런 거…."

말을 끝맺기도 전에 전화벨 소리가 시끄럽게 울려댔다. 그러고 보니 진동으로 바꿔 놓는다는 걸 까먹었다. 어차피 내 시간이니 상관없나?

"여보세요."

"오빠, 나야."

심드렁하게 전화를 받자마자 수화기 너머로 들려오는 목소리에 후회부터 했다. 아차. 번호 확인할걸.

"어, 어. 혜지야. 어… 어. 너구나."

이제 와서 바로 끊을 수도 없고. 뭐라 할지 고민하다가 바보 같은 추임새만 줄줄이 늘어놓았다. 자꾸 입이 말랐다.

"잘 들어갔어?"

"그치. 뭐! 너도 잘 들어갔지? 무슨 일 있어? 왜?"

미치겠다. 당황했다는 티를 이렇게까지 낼 일이냐고.

"일 있어야 전화할 수 있나?"

솔직히 일 있어도 전화하기 어려운 사이라고 생각하지만. 그 말을 그대로 내뱉을 수야 없었다. 적당히, 그러나 열심히 얼버무렸다.

"그게… 어… 뭐 꼭 그런 건 아닌데…"

"그냥. 오랜만에 봤는데 그렇게 그냥 헤어지기 아쉬워서."

"어어. 그랬구나. 그랬어. 음…"

문득 벽 너머에서 풉, 웃음소리가 들려온 것 같았다.

"아, 왜요!"

"내가 뭐?"

"왜? 무슨 일 있어?"

반사적으로 던진 말에 두 여자의 반응이 들려왔다. 벽 너머는 바로 조용해졌지만, 혜지는 떨떠름하게 말을 이었다.

"누구랑 같이 있나 보네."

"아냐. 그냥… 어, 옆집."

틀린 말이 하나도 아닌데 왠지 거짓말을 한 것 같은 기분이었다.

"거짓말."

그리고 혜지는 그런 걸 기가 막히게 알아차리는 사람이

었다.

"오빠 거짓말하면 목소리에 다 티 나. 그걸 아직도 자기만 모르네."

"아하, 그, 그래? 근데 진짜 옆집인데…."

어색하게 웃으며 뺨을 긁었다. 혜지도 웃으며 답했다.

"옆집 사는 사람한테 말하면 소리가 전달이 돼?"

"아… 그러네."

그렇구나. 안 되는 게 맞지. 이렇게 지낸 지 며칠이나 됐다고, 벌써 너무 익숙해졌나 보다. 곧 혜지의 목소리가 묵직하게 가라앉았다.

"나한테 들키면 안 되는 사람이야?"

"아니! 아니, 그게 왜?"

나는 도저히 이런 상황에서 내가 누굴 만나든 네가 신경 쓸 이유가 어딨냐는 식의, 냉정한 말은 꺼낼 수가 없었다. 헤어진 지는 한참 됐고 이젠 결혼까지 준비한다는 전 여친. 남보다 못한 사이인 상대방 앞에서도.

"좀 어색할 수도 있지… 뭐…. 새 사람 만나는 게…."

"그게 뭐가 어색해! 너는 결혼도 한다며."

내가 뱉어놓고 정말 어색하게 입을 다물었다. 혜지도 잠깐 복잡한 기분으로 말을 고르는 게 느껴졌다. 그러다 겨우 다시 입을 연 듯 조심스러운 물음이 돌아왔다.

"혹시 안… 하게 되면?"

"어?"

잠깐 귀를 의심했다.

"그럼 내가 일 없이 연락해도 돼?"

순간 멍해져서 말없이 벽을 바라보았다. 그쪽에서도 아무 말이 들려오지 않았다. 내가 스피커폰으로 하는 것도 아니고, 설마 전화 소리까지 들릴 리는 없는데 왜 괜히 찔리는 걸까.

"혜지야. 너 취했다."

"오빠, 나…."

이 잠깐만큼은 드물게 단호해졌다. 대답을 끝맺기 전에 바로 전화를 끊어버렸고, 다행히 다시 연락이 오지는 않았다.

아니. 이게 다행인 건가? 머리가 복잡해져서 괜히 뒷머리를 벅벅 긁고 있으니 곧 벽 너머에서 조심스러운 한마디가 들려왔다.

"차였어?"

"아니거든요!"

흐음. 못 믿겠다는 듯 짧은 소리가 들렸다. 그래. 통화 내용 다 들킨 마당에 괜히 둘러대는 게 더 어색하겠다.

"차인 건 옛날에 차였구요. 근데, 간만에 다시 만나서."

알 만하다는 듯 아아 추임새가 넘어왔다.

"좀 안 좋은 꼴로 만났나 보네."

"엄청요. 남들 다 양복인데, 나만 혼자 그냥… 그냥 옷이고."

한숨이 푹 나왔다. 결국 이런 하소연을 하고 싶었던 건데, 막상 하려니까 마음이 복잡한 건 또 어쩔 수가 없었다.

"나 논다. 나 회사 다니는 것도 아니고, 뭐 번듯한 가정 있는 것도 아니다. 그런 티가 팍팍 나는 복장이요."

"그거 때문에 혼자 찔려서 그래?"

"쪽팔려서요."

"그거 니가 쓴 표현이다. 난 그 말 안 했어."

또 한숨을 내뱉으려고 했는데, 왠지 짧은 웃음이 나왔다. 분위기가 아주 조금이나마 풀려서 그런가, 저쪽에서도 조심스러운 물음이 들려왔다.

"근데, 그게 다야?"

"아니면요?"

"그럼 좀 낫지. 그것뿐이면… 좀 찌질하잖아."

"아니거든요!"

아니긴 한데, 아닌 게 더 찌질한 것 같기도 하다. 잠깐 고민하다 낮은 소리로 털어놓았다.

"그 전 여친이 결혼한대요. 것도 돈 많은 놈이랑."

"더 찌질하네."

"아이씨…."

심통은 났지만 또 맞는 말이라서 별로 할 말도 없었다. 그저 고개만 푹 숙였다.

"근데 또 안 한다네요."

"뭐야, 그게? 한다는 거야 만다는 거야?"

"몰라요. 뭐… 하려고 했는데 어려워졌고… 그런가보죠."

떨떠름하게 말을 끝맺자 저쪽에서 하! 헛웃음소리가 넘어왔
다.

"근데 그 얘길 너한테 또 왜 한대? 사람 가지고 노는 것도
아니고!"

"아. 뭐… 할 수도 있죠."

"없어!"

내 몫까지 끌어다 쓴 단호한 말투에 픽 웃음이 났다. 저쪽
말투에는 화난 기색이 뚝뚝 묻어나왔지만.

"네가 먼저 물어본 것도 아니고, 아니. 물어봤어?"

"안 물어봤어요."

"그래! 물어본 것도 아닌데 그런 티엠아이를 왜 풀어? 자기
혼자 로맨스 영화 찍냐고! 이젠 남인데, 남!"

왠지 그 분노가 퍽 귀엽게 느껴져 자꾸 웃음이 샐샐 삐져나
왔다. 그럼 자기는 왜 거기다 화를 내고 있대. 얼굴도 모르는
남 일인데.

"뭐 미련 남은 거야? 그럼 정리를 깔끔하게 하고 와서 들이
대든가 해야지. 상도덕도 없나!"

"설마요. 미련 같은 거 남기기엔… 제가 너무 찌질해서."

"뭐가 찌질한데, 너 뭔데!"

어라. 이거 대답해야 하는 건가?

"뭐 하는 애길래 그렇게 찌질한데!"

나 뭐 하는 애지? 잠깐 고민해봤다.

"양복도 직업도 없는… 백수요. 나이는 서른한 개나 먹
은…."

"서른하나야?"

거기가 문제야?

"그쪽은 몇 살인데요?"

잠깐 헛기침 소리가 들려왔다.

"암튼, 양복은 그렇다 쳐도 직업은 있지. 너 음악 하잖아."

"아, 말 돌리지 말고요. 몇 살인데요?"

"하여간 자기 하는 일이 직업인 줄도 모르고, 그러니까 노
래에 진정성이 없지!"

어딘가 찔리는 구석이 있는지 슬쩍 단어 사용에 힘이 들어
갔다.

"사실 저보다 어린 거 아니에요? 근데 반말을 그렇게 막…."

"사람이 직업에 소명이 있어야지!"

누가 봐도 말을 돌리려는 의도가 아주 명백해 보였지만, 애
쓰는 게 좀 귀여웠다. 하긴. 나보다 나이가 많다기엔 애초에 목

소리부터가 너무 귀여웠다고.

"지망생도 직업으로 쳐주게요?"

"예술가에 지망생이 어딨어. 뭔가 만들고 있으면 다 프로지."

그런데 나보다 어리다고 하기엔 또 가끔 이렇게 너무 똑똑한 소리를 한단 말이지.

"돈을 받아야 프로죠."

"넌 돈 벌려고 노래하나 보다?"

"그건…"

선뜻 대답이 나오질 않았다. 잠깐 앓는 소리를 흘렸는데, 곧 벽 너머에서 내가 할 대답을 가로채 갔다.

"그러니까 자꾸 못나지지. 그렇게 비합리적인 선택이 어딨어?"

나보다 훨씬 뼈아프게 팩트로 후려갈기면서.

"아, 그럼 어떡해요! 제가 할 줄 아는 게 이것밖에 없는데."

"왜. 어디 아파?"

문득 고개를 숙여 내 몸을 쭉 살펴보았다.

"아니요?"

"사지 멀쩡하면 다른 할 일 많겠네. 당장 나가서 막노동을 뛰어도 먹고살겠고, 요새 배달맨도 많고. 하다못해 식당에서 설거지를 할 수도 있잖아."

쏟아지는 팩트에 안 아팠던 몸도 아파지는 기분이 들었다. 괜히 몸에 힘이 풀려 휘청거렸는데, 그런 내 모습이 보일 리 없는 벽 너머에서는 또다시 뼈아픈 질문을 날렸다.

"돈 같은 거말고, 진짜 이유나 말해봐. 솔직하게."

곧이어 헛기침 소리가 따라 들려왔다.

"필요하면 듣고 잊어줄 테니까."

대답을 기다리는 듯 조용해졌다. 약간은 긴장된 분위기마저 흐르는 벽을 가만히 바라보며, 의자를 끌어와 앉았다.

"하고 싶어서요."

뭐? 라고 되묻든지 철없게 여기는 웃음소리가 들려오든지 그럴 줄 알았다.

"노래가 하고 싶어서요. 그냥… 그래서."

아니면 싸늘한 잔소리가 돌아올 거라 생각했다.

"노래하고 싶은데, 다른 일을 계속 해야 하면 그동안 노래할 수 없으니까. 그래서 좀 더 노래하고 싶어서… 좀 더 노래할 수 있게… 돈도 버는 거고. 아니, 그냥."

하지만 그 셋 중 무엇도 들려오지 않았다.

"노래하기 위해서 노래해요."

말이 되는 건지도 잘 모를 만큼 참 이상한 대답에도, 돌아오는 건 침묵뿐이었다. 이 이상하고 서툰 말을 가만히 듣고 있다는 걸 알려주는 침묵. 추임새도 나를 바라보는 눈빛도 없지만 분명하게 알 수 있었다. 저 벽 너머에 내 말을 경청하는 누군가가 있다는 걸.

"그럼 그게 네 직업이네. 노래하는 사람."

내 말이 끝나고도 조금 더 기다린 뒤에야 조심스러운 목소리가 넘어왔다. 차분하고 어른스럽게 들렸다.

"그런 것도 직업이 돼요?"

"직업은 돈을 얼마나 버느냐로 정하는 게 아니야. 그게 네 일상을 어떻게 채우고 있느냐로 정하는 거지."

조곤조곤하게 이어지는 대답에 귀를 기울이니 자연스럽게 깨달을 수 있었다. 몇 살이든 간에 이 사람은 나보다 어른이겠구나.

"네가 하루 중 가장 많이 하고 가장 많이 생각하는 일. 그게 네 업무야. 남들이 돈을 얼마를 주건 너를 어떻게 생각하건, 너를 소개할 수 있는 건 너밖에 없어. 그러니까…"

나도 모르게 벽 쪽으로 조금 몸을 기울였다.

"그냥, 네가 지금 하고 있는 일을 믿어. 그게 너야."

"그게 무지 초라해도요?"

평소 저 사람의 태도라면 이쯤에서 또 화를 내고도 남았다. 나는 그걸 익히 알고 있었는데도, 괜히 한마디 더 물어보고 싶었다.

"안 초라해."

왠지 저 목소리에 믿음이 갔다. 내가 저기 힘없이 기대도 괜찮을 것 같았다. 그래도 무너지지 않을 것 같다는, 생각이 들었다.

"하나도 안 초라했어. 네 노래. 좋았어."

그대로 몸에 힘을 쭉 빼고 벽에 툭 기댔다. 붓질하는 소리가 벽을 타고 전해져 왔다. 아주 작고 조심스럽게 무언가를 칠하는 듯한 소리였다. 최대한 내 시간을 방해하지 않으려는 듯 조심스러운 손놀림에서, 그 어떤 눈빛이나 얼굴보다 짙은 진심이 들렸다.

08
와이파이 건배

　　　　집에 있는데도 집에 가고 싶은 기분이
든다면 어디로 가야 할까. 이건 집에서 출근하고 집으로 퇴근
하는 재택근무자의 영원한 숙명 같은 문제이기는 했다.

　그래서 최소한 투룸 이상의 규모에서 살며 작은 방에서 큰
방으로 출근하는 기분까지는 조성해놓았다. 하지만 이것도 나
혼자 컨셉 잡고 움직일 때나 통했지, 다른 사람이 불쑥 끼어들
면 금세 흐트러지고 마는 방법이었다.

　"하지 마라."

　예를 들면 주책맞은 언니가 심부름해 온 물품을 내려놓자
마자 바로 옆방과 이어진 벽에 달려드는 일 따위. 퍽 불편한

상황이었지만 내 집에서 내 집으로 도망칠 수도 없지 않나. 나는 그냥 언니를 흘겨보며 격렬하게 눈치를 줄 수밖에 없었다.

"하지 마, 쫌!"

내가 들으라는 듯이 한숨을 푹 내쉬어도 언니는 여전히 주책맞게 벽을 똑똑 두드렸다.

"나갔어!"

"나갔어?"

그제야 언니는 손을 거두었다.

"결국 나갔어? 합의 봤다며! 세상에, 얼마나 버티디? 바로 나갔어?"

"잠깐 나갔어. 외출."

"아, 아… 외출했다고…."

언니는 민망한 듯 헛기침을 하더니 괜히 나를 툭 쳤다.

"놀랐잖아."

"언니가 왜 놀라. 얼굴도 모르는 사람 나가든 말든."

"말본새 봐라."

핀잔 어린 눈길로 흘겨보든 말든 나는 언니가 사다 준 물건을 정리하기 시작했다. 언니는 그 옆에서 또 좀처럼 떠날 기세를 보이지 않고 팔짱을 낀 채 얼쩡거렸다.

"안 가?"

"너는 언니가 간만에 왔는데 서운하게…."

"아무 일 없었어."

"진짜?"

말이 끝나기가 무섭게 언니는 두 손으로 턱을 딱 괴고 아주 부담스러운 시선으로 나를 바라보았다.

"진짜지. 내가 일 생길 게 뭐 있겠어."

"저기."

언니는 벽을 척 가리켰다.

"없어."

"여기."

그리고 내 얼굴을 가리켰다.

"내가 뭐?"

"너 눈이, 저기로 많이 가. 몰랐지?"

"뭐래…."

시선을 아래로 떨구자 언니는 스윽 고개를 옮겨 내 눈길을 따라왔다.

"요거 봐. 요거 찔릴 때 눈 피하는 거. 이 버릇 어디 안 가지."

"아, 안 찔려!"

"너…."

정말 찔리는 건 없었지만, 언니가 괜히 사람을 몰아세워서 인지 나는 침이 목구멍 뒤로 무겁게 넘어가는 듯했다.

"친해졌구나."

"뭐?"

언니는 기세등등하게 말하더니 씩 웃었다.

"친구 생겼지? 그래서 아쉬워졌지? 내가 네 자존심을 아는데, 그렇게 쫓아내니 마니 난리 쳤으면서 막상 친해지니까…."

"언니. 가세요!"

더 주책맞은 소리를 늘어놓기 전에 끊어버리고는 등 떠밀어 내쫓았다. 언니는 말 그대로 등을 떠밀리며 질질 쫓겨 나가면서도 현관 옆 서랍을 흘겨보며 한마디를 더 얹었다.

"홍라니! 약 안 챙겨 먹어?"

"괜찮아져서 안 먹은 거야!"

"정말이지?"

질질 끌려 나가 주던 언니가 발걸음을 뚝 멈췄다.

"봐. 나 괜찮아 보이잖아."

흐음, 언니가 나를 위아래로 열심히 살펴보더니 대뜸 씩 웃음 지었다.

"왜 그렇게 웃어?"

"괜찮아 보여서."

언니는 내 어깨를 가볍게 토닥였다.

"그래도 방심하지 말고! 일 나기 전에 제대로 챙겨 먹어라?"

"아, 알았어. 잔소리는…."

낮은 소리로 구시렁대며 휘휘 손짓했다. 그러자 또 사람을 참 기특하게 보는 미소가 돌아왔는데, 그게 그렇게 부담스러울 수가 없었다. 대충 고개를 숙이고 건성으로 손인사를 하니 그제야 언니가 집을 나섰다.

"아, 라니야!"

그런데 나서자마자 다시 들어왔다.

"너 등기 왔더라. 내가 대신 받았어."

거의 올 일 없는 우편물을 들이밀고. 나는 어리둥절해서 우편물을 받아 살펴보았다.

"올 데가 없는데…."

"그럼 잘 지내고!"

그제야 언니는 정말 떠났고, 내 손에는 달갑지 않은 소식이 들려 있었다. 우편물 겉면에 적힌 커다란 두 글자를 본 순간 나는 오랜만에 약이 간절해졌다.

법원.

누가 그곳을 좋아할까. 수년을 공부해 거기 일자리를 얻어낸 사람도 평생에 한두 번 가야 하는 사람도 달가워하지 않을 장소다. 법원과 감옥, 경찰서. 좋은 일로 갈 이유 없는 대표적인 관공서들이니까. 나 역시도 마찬가지였다. 아니, 내게는 좀 더… 불편한 장소였다. 방금까지 괜찮았던 호흡이 눈에 띄게 거칠어질 만큼.

제대로 옷을 챙겨 입고 약도 챙겨 먹고. 요 근래 어느 때보다 번듯한 모습으로 나서서 가장 그럴듯한 건물 앞에 섰다. 하지만 내 상태는 최근 그 어떤 순간보다도 엉망이었다. 나오는 순간부터 집에 가고 싶었지만, 꾹 참고 나왔다.

나는 어른이니까. 내가 존중하지 않으면 아무에게도 존중받을 수 없는 시시하고 시시한 어른이니까.

양옆으로 길게 놓인 테이블에 서로를 존중하는 척하고 있는 어른들이 앉았다. 차분하고 단정한 사람들로만 가득한 합의조정실에는 적막하고 싸늘한 공기가 감돌았다. 긴 테이블 가운데 상석에 앉은 조정위원이 가장 먼저 침묵을 깼다.

"자, 사건의 당사자들이 출석했으니, 조정을 시작하겠습니다."

조정위원은 사무적인 목소리로 말을 이었다.

"피고와 피고 대리인은 잠시 나가 주세요."

나가자마자 휴, 한숨부터 나왔다. 그 잠깐 사이에도 내 안색이 눈에 띄게 안 좋아졌던지 대리인을 맡아주신 변호사님은 걱정 어린 투로 물어보셨다.

"괜찮으세요? 너무 힘드시면 무리하지 않으셔도…."

"아니에요. 괜찮습니다."

괜찮아야죠. 어쩌겠어요. 한탄에 가까운 뒷말은 가볍게 삼키고 애써 웃음 지어 보였다. 어느 정도는 요즘 정말로 괜찮아진 것도 사실이었다. 그 이유가 뭐든, 지금은 굳이 따지고 싶지 않았다. 이 시기에 괜찮아졌다는 게 정말 다행스럽게 다가올 뿐이었다.

"아마 합의하는 방향으로 풀릴 거예요. 이윤을 다 가져오기는 어려울 건데…"

변호사님은 조심스럽게 말을 꺼냈다.

"그래도 이전보다는 나아질 겁니다."

"네. 그거면 됐죠."

이번엔 덧붙일 말이 없었다. 내가 바라는 건 정말 딱 그 정도였다. 사랑받는 건 꿈꾼 적도 없었고 존중도 과분하다. 그저 나를 상처 주지만 않았으면. 내 것을 빼앗아 가지만 않으면 족한데, 저 방 안에서 원고라는 이름을 달고 있는 저놈은 그 작은 소망 하나를 우그러트렸다. 아주 그럴듯한 어른의 방식으로.

곧 그 녀석, 동원창이 합의 조정실에서 나왔다. 복도가 좁은 탓에 어쩔 수 없이 잠깐 눈이 마주친 순간, 동원창은 심드렁한 헛기침을 흘렸다. 차갑다고도 할 수 없을 만큼 무심한 반응을 무시하며 나는 동원창이 떠난 조정실로 돌아갔다.

"예. 앉으세요."

사무적인 목소리로 말을 거는 조정위원에게 역시 사무적인 태도로 고개를 끄덕인 뒤 자리로 가서 앉았다.

"원고 당사자는 지적 재산권 분배를 7대 3으로 생각하고 있다고 합니다."

"7대 3이요?"

받아들일 수 없는 비율에 반사적으로 목소리가 높아졌다.

"해당 캐릭터는 피고가 원고의 회사에 재직하던 당시에 디자인한 것이라는 주장이에요. 해서 당연히 업무상 저작권에 해당된다고 합니다만."

"아닙니다!"

내 감정이 아무리 동요해도 조정위원은 꿈쩍도 하지 않았다. 나도 곧 진정하고 사무적인 투로 다시 말을 이어갔다.

"당시 회사에 다니고 있었던 것은 맞지만, 그 캐릭터는 저의 개인 작업물이었습니다."

사실을 말하는 건데도 심장이 불안하게 뛰었다.

"동원창 대표, 아니 원고가 당시 앞두고 있던 미팅에 선보일 디자인이 없다는 이유로 제 개인 작업물을 보여 달라고 요구했어요. 그렇게 그 캐릭터가 채택된 겁니다."

시선은 불안정하게 흔들려 갈 곳 없이 방황했다.

"채택될 거라 생각 안 했습니다. 임시방편용 선택지 중 하나로 쓰일 거라 생각하고, 임시로 디자인 사용을 허락해줬을 뿐입니다. 회사를 위해서요."

입이 바짝바짝 말라갔다.

"동원창 대표가 그럴 줄 알았다면 별도의 계약이라도 맺었을 겁니다. 제대로 된 법적 절차로 저작권을 넘긴 것도 아니었으니까, 업무상 저작물이라 볼 수 없다고 생각합니다."

조정위원은 사무적으로 의견을 수렴할 뿐이었다. 부러울 정도로 차분해 보였다.

"그럼 피고는 어느 정도 비율의 합의를 원하시죠?"

무거운 숨을 애써 들이쉬었다.

"그래도 제가 당시 재직 중이었던 건 사실이고, 암묵적 동의로 해석할 여지도 없지 않다는 건 아니까…"

시선을 조심스레 내리깔며 말을 마무리했다.

"5대 5로 생각합니다."

솔직히 먹힐 거라고 생각한 제안은 아니었다. 그런데도 다행인지 불행인지, 합의는 차차 진행되었다. 조정이 성립되었다는 말을 들었을 때까지도 실감이 나지 않았다. 잠시 후 밖으로 나서는 동원창이 굉장히 못마땅해 보이는 표정을 짙게 띤 꼴을 보자, 그제야 마음이 놓였다.

"감사합니다. 변호사님."

그리고 겨우 감사 인사도 전할 수 있었다. 내 표정이 내내 굳어 있다 간신히 풀린 걸 의식하셨는지, 변호사님은 어른스러운 미소를 지어 보이셨다.

"그동안 수고했어요."

그 뒤에 몇 번의 자연스러운 인사치레가 오가고 나서 변호사님을 먼저 보냈다. 잠깐 그 자리에 남아, 뒤늦게 편해진 마음을 다독였다. 그러고 나니 저편에 달갑지 않은 얼굴이 보였다.

"아씨, 그냥 고등법원까지 갈 걸 그랬나."

동원창은 아무래도 이 합의가 마음에 들지 않은가보다. 고맙게도 말이지.

"쉽진 않았을 겁니다. 빨리 끝내는 게 편하죠."

저쪽 변호사도 한마디 거들었다.

"내가 진짜 불쌍해서 넘어간다. 저거 공황장애 있다는 것도 뻥일 거예요. 예?"

동원창은 내가 나오는 방향을 향해 삿대질을 해댔다. 내가 어느새 밖으로 나와 저한테 성큼 다가간 건 일도 눈치채지 못한 채.

"판사한테, 불쌍하게 보일라고…"

삽시간에 얼굴이 굳어갔다. 뒤늦게 양심이니 뭐니, 그런 비슷한 걸 챙기려 드는 꼴이 참 우습기 그지없었다.

"불쌍?"

그 잘났다는 듯 치켜드는 손가락을 홱 낚아챘다.

"아, 아아아아! 아 미친…!"

그리고 냅다 위로 꺾어버렸다. 굽혀지면 안 될 방향으로 구부러져서 바들바들 떨리는 손가락을 한 삼 초? 정도 유지시켰다가 홱 내던져버렸다. 동원창은 그 사이 득음이라도 할 기세로 째지는 소리를 질러대더니 곧 제 손가락을 틀어쥐고 주저앉았다.

"야, 야! 이 또라이야! 옆에 변호사 있는 거 안 보여? 변호사 앞에서 이게 아주 폭행죄로 잡혀가고 싶나…!"

어쩔 줄 몰라 하는 동원창 측 변호사 따위를 신경 쓸 거면, 내가 끝끝내 신경 써 주지 않은 우리 언니가 너무 불쌍해지지 않나. 나는 방금 꺾어버린 손가락 방향대로 내 중지를 가볍게 구부려 들이밀었다. 물론 나는 구부려지는 방향대로 구부렸다.

"이 또라이가 진짜…!"

"아는 욕이 그거밖에 없어?"

기가 차다는 듯 신음 섞인 분노를 흘리는 동원창 앞에서, 나 역시 기가 차다는 듯 코웃음을 쳐주었다.

"너 내가 책 좀 읽으랬지. 어쩜 그렇게 여전하냐."

아주 한심하다는 듯한 눈길로 흘겨보기도 해주었다. 동원창은 무슨 자판기처럼 내가 깔보면 깔보는 대로 냅다 성이 나서 어쩔 줄을 몰랐다.

"넌 참 변했다? 오빠, 오빠 하면서 쫓아다닐 땐 언제고."

"오빠는 무슨. 너 유치원 졸업할 때 나 태어날 계획도 없었어! 이 양심 없는 새끼야!"

돌아서는 척, 일부러 가방을 거침없이 휘둘러 싸대기를 후려갈겼다. 내가 친 게 뺨인지 대가린지 흔적기관 같은 양심인지는 모르겠지만, 알 게 뭐람?

"계획은 있었어! 계산해 봐, 너 그때 최소 태아 상태였다!"

동원창은 내 뒷모습에 대고 참 저급한 반격을 내질렀다. 이 정도야 예상했는데, 그 뒤에 이어진 더 무식한 소리에는 나도 모르게 발을 한 번 멈추고 말았다.

"최소 임신 8주!"

분노와 후회가 뒤섞인 한숨을 푹 한 번 내뱉고 다시 발을 움직였다. 분노는 당연하다지만 후회는 뭣 때문이냐고? 순진하게 디자인 넘겨준 거? 그것도 후회된다. 지금 한 대 더 못 친 거? 그것도 좀 아쉽지만, 일단 저 옆에 있는 게 변호사이긴 하니 이성은 챙겨야 했다.

하지만 그 모든 것보다 가장 후회되는 건, 저딴 소리를 반격이랍시고 하는 인간의 가스라이팅에 내가 한 번이라도 넘어갔다는 사실 자체였다. 사실 한 번도 아니었다. 오빠, 오빠 하며 바보짓 했던 인생 최악의 연애 기간 내내 당했으니까. 도대체 몇 번이야, 그게?

화날 만한 상황이었고 후회할 만한 행동이었어서 미처 몰랐다. 내가 오늘 내 생각보다 더 고생했다는 걸. 뒤늦게 몰려온 불안감에 땀이 비 오듯 흘러 머리카락을 다 적셨다. 애써 호흡을 고르게 하려고 애썼지만 쉽게 나아지지 않았다.

땀에 젖어 흘러내린 머리카락을 한번 쓸어 올렸다. 그러고도 나아질 기미가 보이지 않아 묵혀뒀던 약을 꺼내 먹었다. 벽에 등을 기댄 채 무릎을 꼭 끌어안았다. 뭐라도 손에 쥐니까 조금 나아진 것 같아, 살포시 눈을 감고 심호흡을 했다. 아주 천천히, 느리게, 느리게….

"저기요."

그렇게 잠깐 눈을 붙였을 때였나. 익숙한 목소리가 잠을 깨웠다.

"거기 있어요?"

뭘 의도한 건지 모를 경박하면서도 가벼운 노크 소리도 함께였다.

"왜?"

뭔진 몰라도 꽤 신나 보이는 박자였다. 아직 무거운 눈꺼풀을 간신히 들어 올리고 심드렁하게 말했다.

"붙었어요."

나지막이 말한 그 녀석은 슬며시 들떠선, 바로 목소리를 높였다.

"2차 붙었어요! 오디션!"

히히 하고 정직한 소리로 웃었다. 세상에 진짜 저렇게 웃는 사람도 있구나. 나도 모르게 웃음이 나왔다. 짧고 낮은 소리로.

"밑에 계시는구나."

그 녀석, 내 이웃은 그 심드렁한 소리만 듣고도 용케 내 위치를 찾아 스륵 내려왔다. 하긴 나도 그 녀석이 내려온 걸 바로 알아차렸구나.

"혹시 오늘 바빠요?"

"아냐. 그냥 있어."

"저기, 그럼요."

그 녀석은 잠깐 말을 고르더니 벽에 좀 더 가까이 다가와 조심스럽게 얘기를 꺼냈다.

"제가 오늘 한 턱 쏘고 싶은데, 어때요?"

"네가?"

기운 빠진 목소리로 물었다.

"네가 왜?"

"아, 왜긴요! 그야…."

그 녀석도 살짝 기세가 누그러졌다. 다만 나랑은 다른 이유였던 것 같다.

"제 노래 들어줬잖아요. 그쪽이."

쑥스러움, 그런 거.

"연습! 덕분에 연습 잘했으니까요. 연습이 얼마나 중요한데 요… 그죠?"

"그러네."

따지고 싶은 건 많았지만 조용히 입을 다물었다. 피드백도 없었는데 무슨 덕분이냐, 뭐 도움이 됐다고 친들 그게 나한테 한 턱 쏘기까지 할 이유나 되느냐, 그 밖에도 웃긴 점은 많았 지만 그냥, 그냥 넘어갔다.

"먹고 싶은 거 다 얘기해 봐요. 내가 다 사줄게요!"

벽 너머에서 그 녀석이 바보처럼 웃고 있을 것만 같아서. 히히, 정직한 웃음이 눈에 선해서 그냥 냅뒀다.

"뭐 먹고 싶어요? 다 얘기해 봐요!"

그리고 그렇게 내버려 뒀더니 그 녀석은 신나서 혼자 떠들 기 시작했다.

"주관식은 너무 어렵나? 그럼 내가 얘기해줄게요. 골라 봐 요."

신이 많이 났는지 말이 점점 빨라졌다.

"한식, 중식, 양식… 아, 나 돈이 없지. 참치… 더 비싸구나. 그럼 어… 아! 돈까스?"

혼자 원맨쇼 하는 것도 아니고. 듣고 있자니 조용히 입가에 미소가 떠올랐다.

"그럼 떡튀순 어때요? 김천 만수르 정식, 이런 거!"

"여기 김천 없어. 바보야."

듣다 듣다 끼어들었다. 기가 한풀 꺾였는지 잠깐 조용해졌
는데, 나는 그 잠깐 동안 한마디를 내뱉으면서도 웃음이 나왔
다.

"그리고 누가 떡튀순 먹으러 김천 가나? 떡볶이집이 널리고
널렸는데."

"엽떡…?"

샐샐 작게 흘러나오던 웃음을 그 한마디에 시원하게 터트려
버렸다. 벽 너머에서도 헤헤 하고 또 정직한 웃음소리가 들려
왔다. 정말 어떻게 사람이 저런 소리로 웃을 수 있을까.

"초, 초밥?"

"메뉴는 왜 또 바뀌어. 그리고, 마음은 고마운데."

마른침을 삼키는 소리가 들린 것 같았다.

"오늘은 좀 그래. 시간도 늦었고, 내가 좀 피곤해."

"왜요? 오늘 많이 바빴어요?"

그대로 모르쇠 하려 했는데, 궁금해 죽겠다는 목소리로 물
으니 괜히 장난기가 발동했다.

"엄청. 전쟁하고 왔거든."

"이겼어요?"

그게 궁금해? 순진한 물음에 또 웃음이 났다.

"이겼지!"

"에이! 그럼 더 먹어야죠. 나와요!"

"나갈 기운이 없다니까. 너 같음 한바탕 하고 왔는데 또 나가고 싶겠어?"

잠깐 고민하는 듯 음, 소리가 들려왔다.

"알았어요. 그럼 안 나가면 되는 거죠?"

"그래. 오늘은 안 나가고 싶어."

"맛있는 건 좋고?"

이건 뭐가 다른 문제지? 살짝 의아했지만 일단 수긍해 주기로 했다.

"나쁠 거 없지."

"그럼 축배 들 준비해요. 메뉴 끝까지 안 골랐으니까, 이번 엔 내가 정해요!"

또 한껏 신이 난 그 녀석은 히히 웃으며 덧붙였다.

"다음엔 그쪽이 고르고."

자연스럽게 다음이 있는 척 굴던 녀석은 갑자기 조용해졌다. 뭔가 싶어 벽을 똑똑 두드려도 별다른 말이 들려오지 않았다. 새삼 시계를 확인해 보니, 지금은 또 마침 그 녀석 시간이었다. 충분히 떠들어도 되는데 그런 분할 같은 건 잠깐 잊어버렸나 보다.

자기 시간을 침묵으로 쓰든 말든 그건 자유긴 했다. 무슨 생각인지는 모르겠지만, 사실 이럴 경우 많은 녀석들은 아무 생각 없는 경우가 태반이긴 하더라. 이번에도 그런 건 줄 알고 조용히 몇 시간을 넘기려 침대에 누웠다.

"배달이요!"

그러고 이십 분쯤 됐나? 기운찬 목소리와 함께 초인종이 연신 울려대기 시작했다. 침대에서 벌떡 일어난 나는 상황 파악이 되지 않아 잠깐 멍하니 있었다.

"안 시켰어요!"

문 앞은 잠깐 조용해졌고 벽 너머가 다시 살짝 시끄러워졌다. 잠시 후, 다시 문 앞에서 언성이 높아졌다.

"맞다는데요!"

누가? 황당해할 새도 없이 다시 초인종이 미친 듯이 울려대기 시작했다. 째지는 벨소리에 머리가 아파오자 일단 밖으로 나가봤다.

"민증 확인이요."

배달부는 지극히 심드렁한 표정을 말했다. 뭔가 하고 캐물어 봤자 어차피 모를 것 같아서 얌전히 주민등록증을 보여주었다.

"맛있게 드세요."

짧은 확인 뒤, 굉장히 성의 없이 끝나는 인사말과 함께 치킨 반 마리 세트가 턱 던져졌다. 이게 뭔가 하고 영수증을 살펴보니, 제일 먼저 눈에 들어오는 건 황당한 요청사항이었다.

'안 시켰다고 하면 그 집 맞아요. 그치만 혹시 모르니까 함 전화 주세요.'

"뭐야…."

직원으로 마주했다면 참 진상이었겠다. 추가 옵션도 뭘 그렇게 더했는지 길기도 했다. 치즈볼에 소스는 또 종류별로. 소떡소떡도 있었다. 커다란 봉투 속 내용물을 이리저리 확인해보며 방 안으로 돌아왔다.

"어때요! 치킨 좋아해요?"

문이 닫히기 무섭게 벽 너머에서 들뜬 목소리가 넘어왔다.

"너 우리집 주소는 어떻게 알았어?"

"찍었죠. 옆집이니까."

황당한 웃음밖에 나오질 않았다.

"틀리면 어떡하려고."

"그럼 뭐, 돈 날리는 거죠."

곧 바보 같은 웃음과 함께 더 바보 같은 멘트가 돌아왔다.

"근데 우리나라 사람들 택배랑 배달 음식엔 진심이라서. 이런 걸로는 사람 안 속였을걸요."

내가 어이없어 웃으니 저쪽에서도 웃었다. 두 웃음 사이에 연관관계가 있었다기보다는 그냥 자기가 생각하기에도 좀 웃겼던 거에 가까워 보였지만.

"그리고 맞혔나 본데요? 전화 한 번밖에 안 온 거 보니까."

바보, 라고 하기에도 아까웠다. 자기도 바보 같은 거 알겠지. 그냥 그러려니 하고 봉투를 확인했는데 새삼 참 든 게 많아 탄식이 나올 지경이었다. 돈도 없다면서!

"뭘 이렇게 많이 추가했어?"

"뭘 좋아할지 몰라서! 소스 있는 거 다 추가했으니까, 취향 대로 찍어 먹어요."

이번에는 벽을 똑똑 두드리는 소리가 들려왔다. 다만 아까 와는 조금 재질이 다르게 들리는 소리였다.

"맘에 들면 얼른 와서 같이 먹어요."

"같이?"

치킨을 챙겨 벽 앞에 앉았다. 다시 조금 가벼운 무언가로 두드리는 듯한 소리가 들렸다.

"건배해요!"

혹시, 하는 마음으로 캔맥주를 꺼내 벽을 톡톡 두드렸다.

"와이파이!"

벽 너머에서 한껏 들뜬 건배사가 들려왔다.

"건배."

심드렁한 목소리로 답했다. 자꾸만 샐샐 새어 나오는 웃음 은 비밀로 하고.

09

나쁜 X

벽을 사이에 두고 짠, 건배한 다음 싸구려 캔 맥주를 깠다. 안주로는 집에 있던 오래된 땅콩을 아드득 씹어 먹었고. 배달비를 감당하며 혼자 치킨 한 마리 반을, 그것도 사이드 한가득 추가해서 먹기는 지갑에 너무 미안한 짓이었다.

"근데 누구랑 싸운 거예요?"

일단은 벽 너머에서 들려오는 소리를 벽에 매단 굴비 삼아 자린고비 메타로 가기로 했다. 어휴. 저 살점. 부드럽게도 뜯긴다.

"있어. 엑스."

"전 남친이요?"

나 스스로도 놀랄 정도로 화들짝 놀랐다. 그러다 다시 내가 왜 놀라나, 싶어 조심스레 자세를 바로 하고 맥주를 한 모금 마셨다.

"그 표현 쓰지 마! 기분 나빠."

으, 하고 몸서리치는 소리가 들려오자 살짝 웃음이 새어 나왔다.

"엑스를 꼭 형용사로만 쓰나. 명사로도 쓰잖아."

"형용… 명… 뭐요?"

"몰라서 묻는 건 아니지?"

설마, 하는 단어가 섞인 듯한 물음에 잠깐 발끈했다.

"아니거든요! 그냥 잠깐 어, 그, 생각한 거예요."

"나쁜 엑스. 그런 거 있잖아. 욕 필터링할 때."

잠깐의 정적 사이 맥주를 삼키는 소리가 들려왔다. 조심스럽게 다시 물었다.

"그럼 엑스 보이… 그거는 아니구요?"

잠깐의 정적 후 떨떠름한 대답이 이어졌다.

"아, 몰라. 아무튼 이젠 안중에도 없어."

나는 이 정보가 안중에 뿌리를 내린 것 같지만, 분위기상 더 물어봐도 될 것 같지는 않았다. 그래도 입 다물고 있기도 싫어 조심스럽게 살짝 돌려서 말을 꺼냈다.

"그럼 이번엔 왜 만났어요?"

이번엔 아예 깊은 한숨만 들렸다.

"물어봐도 돼요?"

괜히 찔려서 먼저 물어보니, 살짝 힘 빠진 대답이 돌아왔다.

"안 될 거 없어. 그냥 법적 문제로 만난 거니까."

전 남편은 아니죠? 솔직히 거기까지 물어보고 싶기도 했지만 온 힘을 다해 참았다.

"동원창이라고 알아?"

"어!"

들어본 이름이었다. 왜지?

"그 인간이 그렇게 유명했나."

입을 좀 삐쭉이는 듯 시원섭섭한 목소리였다. 왠지 해명해야 할 것 같아 곧바로 덧붙였다.

"그냥 이름만요. 뭐 하는 사람인진 모르고."

"검색해 봐."

바로 핸드폰을 꺼내 검색해 봤다.

"그거 관종이라 인터뷰니 뭐니 엄청 많을 거야."

과연 그 말대로 인터뷰 동영상이 몇 개나 떴다. 올해의 스타트업 CEO라는 컨셉으로 여기저기서 활보하고 다닌 모양이었다. 그중 하나를 골라 켜봤다.

"어, 이 사람…"

확실히 낯익었는데 어디서 봤는지 기억이 나질 않았다. 흰 피부에 쭉 잡아당긴 듯 깨끗하지만 묘하게 찌푸려져 사람 빈정 상하게 하는 미간. 멀끔하게 차려입었는데 살짝 재수 없는 슈트까지 분명히 눈에 익었다.

"인터뷰 내용은 한 개도 믿지 마. 그거 다 거짓말이니까."

화면 속 동원창은 자기 회사에서 각 디자이너들의 저작권을 제대로 보장하고 있다는 얘기를 하고 있었다. 그 밖에도 사내 복지가 아주 좋다는 거 등등, 대체로 회사 자랑이었는데 은근슬쩍 자기 자랑을 섞어서 푸느라 바빠 보였다.

"그 새끼, 사방팔방에서 말만 저작권 보장이니 어쩌니 하지! 진짜로는 내 디자인 홀라당 훔쳐 갔다니까? 양심도 없는 새끼!"

엑스니 뭐니 하는 필터링은 어느새 내던지고 맥주 들이켜는 소리만 들려왔다.

"진짜요? 아씨, 병맥 사줄 걸 그랬네!"

"됐어. 집에 맥주 많아. 너도 하나 더 까!"

말이 끝나기가 무섭게 치익 하고 맥주캔 까는 소리가 넘어왔다. 빠르다.

"아까 한 대 쳤어야 했는데!"

"아, 한 대로 되겠어요? 아주 실컷 패줬어야지!"

그리고 나도 나대로 왠지 술이 더 당겼다. 왜 이렇게 밉상이지, 이거?

"한 대 치지도 않고 뭘 이겨요!"

"이게 뭘 모르네. 법적으로 이겼어. 그 새끼가 끝까지 7대 3으로 지가 돈 더 가져가는 걸로 합의하겠다고 하는 걸, 내가 내 몫 깔끔하게 챙겨왔다고!"

"잘했어요!"

잔을 높이 치켜들었다.

"건배!"

"건배!"

반대편에서도 맞장구치고, 각자 맥주를 들이켰다. 그러고 다시 보니 어디서 봤는지 살짝 기억이 날 듯 말 듯했다.

"다시 보니까…."

하지만 아직은 떠오르지 않았다. 재채기가 나올 듯 말 듯할 때처럼 기억이 머릿속 어딘가에 걸려 나오지 않는 기분이었다.

"생긴 것도 구리네! 이봐. 눈 봐봐. 눈이 아주 다 찢어져 가지고, 뱀눈이잖아요! 뺨에 아주 욕심이 드글드글해서는!"

"버려. 눈 버린다. 뭘 그렇게 뚫어져라 보고 있어."

저쪽은 내심 기분이 좋은 듯 말투에 웃음기가 묻어나왔다.

"저… 근데요."

기분이 좋아진 것 같으니 나도 다시 용기를 내봤다.

"아, 어쩌다 이런 거랑 사귀었어요?"

안 사귀었다니까! 라는 대답이 돌아오길 바라고 지레짐작으로 질러본 건데. 돌아온 건 깊은 한숨이었다.

"내 말이. 나도 왜 그랬는지 모르겠다."

진짜 사귀었구나. 괜스레 입안이 떫었다.

"만날 때도 별로였죠? 안 봐도 눈에 선하네. 지금도 미련 한 개도 없죠?"

"당연하지! 엄청 별로였어. 맨날 사람 가스라이팅 하고… 입만 열면 지 자랑이었다니까!"

그럼 된 거지, 싶으면서도 왠지 목이 탔다.

"나이도 많은 놈이 나잇값도 못 하고! 돈 많으면 다냐고."

"그럼요! 돈보다 사람이 중요하죠!"

맥주가 아주 술술 들어갔다. 반면에 안주로 내온 땅콩은 줄어들 기미도 보이지 않았다.

"디자인 훔쳐 갈 때도 그랬어. 이거 잘 되면 자기만 좋겠냐고, 다 우리 같이 좋자고 그러는 거랍시고 사람을 살살 구슬렸는데…."

벽 너머에서 깊은 한숨이 들려왔다. 내 속에서도 복잡한 심경과 함께 한숨이 흘러나오나 했는데, 술 냄새 묻어나는 트림이 새어 나왔다.

"결국은 다 지가 채가려고 하더라. 옛정이니 뭐니 운운하면서 사람 내쫓을 때는 언제고…."

조용히 맥주를 들이켜는 소리가 넘어왔다.

"고소까지 하질 않나."

"와, 와! 그쪽이 고소한 거예요? 양심도 없지! 아니, 양심까지 갈 것도 없다. 염치만 있어도 그렇게는 못 하죠!"

방금 간 새 맥주캔을 요란하게 내려놓으며 그보다 더 요란하게 화를 냈다. 그 반응이 퍽 마음에 들었는지 웃음소리가 들려왔다.

"내 말이."

웃음 섞인 그 목소리에, 나는 소리 없이 미소 지었다.

"아무튼 사귀었던 사람한테 갑자기 연락하는 사람 치고 제대로 된 사람 없다니까요."

별 생각 없이 던진 말이었는데 조심스러운 물음이 돌아왔다.

"너 전 여친이 또 연락했어?"

"예? 아뇨."

어리둥절해져서 대답했다.

"저번에 전화가 끝이었어요."

혹시 그게 좀 안 좋게 들렸나? 급히 둘러대듯 덧붙였다.

"아, 걔랑은 좋게 헤어졌어요! 그게 또, 씨씨였어서! 서로 연락을 안 하려고 해도 어느 정도는 뭐 소식이 오가는… 그런 거라…."

"아닌 것 같던데."

아드득. 땅콩을 씹는 소리가 유독 크게 울렸다.

"뭐가요?"

"친척도 아니고 대학 친구잖아. 연락 안 하려면 얼마든지 하지."

땅콩 몇 알 겨우 집어먹었을 뿐이었는데 어째 속이 안 좋아지는 듯했다.

"아이, 그게… 좀 달라요. 친해서."

"아무리 달라도 전 남친인 건 똑같지! 내가 보기엔, 걔가 너 이용하는 거야."

입에 쓴맛이 감돌아서 마냥 맥주를 집어삼켰다. 싼 거라 그런지 쓴맛이 오래 남는 듯했다.

"어우, 저 이용해서 나올 게 뭐가 있다고…."

"있지. 감정!"

맥주를 들이붓던 손을 멈췄다.

"좋게 헤어졌다며? 그리고 지금 그 여친은 누군가랑 결혼을 하네 마네, 안 좋게 헤어지네 마네, 하고 있고."

"전… 여친이요."

가장 정정하든 말든 상관없는 부분이었지만 굳이 짚고 넘어갔다.

"암튼! 자기 현재 연애 상황이 맘에 안 드니까, 옛날에 좋았던 낭만을 끄집어내서 이용하는 거지. 내가 이렇게 사랑받았다! 어쩌면…"

단호한 목소리가 이어졌다.

"나는 아직도 이렇게 사랑받고 있다! 깔끔하게 끝난 전 남친한테, 내 기억 속 로맨스한테!"

내심 짐작하고 있던 심리에 뼈아프게 얻어맞고 나니 술기운이 다 달아나는 것 같았다. 맥주 탓에 살짝 벌게진 눈을 느리게 깜빡였다.

그 순간, 느리게 다시 뜬 눈에 선명히 보이는 게 있었다. 악기와 옷가지들이 제멋대로 흩어져 있는 좁고 낡은 방? 그것도 있었지만, 그보다 더 중요한 게 보였다.

'야! 혜지 예랑이래. 잘생겼지?'

내 스스로 기억 저편에 묻어 뒀던, 아주 불쾌하고 찝찝한 순간.

의도치 않게 미용실 치트키를 쓰고 나니 스스로가 다 어색했다. 어디 가시냐는 질문에 전 여친 보러 가요, 라고 있는 사실을 그대로 말했을 뿐이었는데. 그 순간 훅 바뀌던 미용사분의 눈빛을 잊을 수가 없었다. 올 게 왔구나, 하는 그 눈빛에서는 전의마저 엿보였다.

"왔어?"

하지만 막상 혜지를 마주하자 그 눈빛도 다 이해할 수 있었다. 나는 그나마 미용사분 혼자만의 전쟁이었지만, 혜지는 의도하고 누군가의 도움을 한껏 받아왔다는 티가 잔뜩 났다. 전투적인 치장을 마무리한 뒤 들었던 한마디도 그 순간에는 전부 이해가 됐다.

"오빠 머리했네. 웬일이야?"

꼭! 이겨서 돌아오세요.

"그냥. 오디션 붙어서. 기분 낼 겸."

이건 확실히 이기고 지는 전쟁이었다. 서로 나는 지금 아무튼 너보다 더 잘 살고 있다는 걸 열심히 어필하는.

"그래? 축하해!"

혜지는 환하게 웃었다. 일견 순수해 보이는 그 웃음을 마주하니 잠깐 양심이 찔리는 듯도 했지만, 애써 참았다.

"고마워. 근데 최종은 아니고, 2차. 아직 한 번 더 보러 가야 돼."

꾹 참고 최대한 여유로우면서도 무심한 척 말했다. 그런데 혜지는 오히려 풉 웃는 게 아닌가. 그 여유가 정말 웃긴다는 듯이.

"진짜 여전하네."

"그… 그래?"

열심히 여전하지 않으려고 했던 터라, 좀 찔렸다. 뜻밖의 반응에 나도 모르게 얼빠진 대답을 해놓고서는 헛기침을 했다.

"응. 완전 여전해."

"너는, 뭐… 어… 음, 잘 지내?"

혜지는 애매하면서도 씁쓸한 웃음을 지었다.

"잘 지내고 싶지."

솔직히 잘 지냈으면 했다. 설령 못 지내더라도, 나한테 이러는 게 정말 그냥 힘들어서. 옛날에 의지했던 오빠니까. 지금 마음 둘 곳이 없어서 잠깐 고민 상담이나 하려는 의도이길 간절히 바랬다.

"근데… 쉽지 않네."

하지만 혜지가 나를 은근하게 바라보며 머리를 쓸어 넘기는 모습을 보며 그런 바람을 유지하기란 쉽지 않았다. 벽 너머에서 들려왔던 조언이 자꾸만 머릿속에 울렸다.

'괜히 지금 힘들다고 어필하면서 너랑 만났던 시절 상기시키면, 백퍼야.'

"결혼은 현실이라더니 그 말이 딱 맞는가 싶다가도… 우리 만날 때 생각하면, 그냥 상대가 문제인 것 같기도 해. 우린 좋았잖아. 그치?"

'거기다 보자마자 너 만나는 사람 있는지 떠보기부터 한

다?'

"오빠는 지금 만나는 사람 있어?"

'그럼 더 따질 것도 없어. 그 뒤에 저 혼자 찔려서 무슨 핑계를 대든.'

"내가 그만하자고 한 거니까, 괜히 신경 쓰여서….'

"없어."

확인 사살이 더 이어지기 전에 단호하게 끊어냈다. 내 딴에는 더 실망하고 싶지 않아서 내뱉은 소리였는데, 혜지는 표정이 밝아졌다.

"의외다. 오빠 정도면 인기 많을 것 같은데."

"왜, 혹시 후회돼?"

핸드폰을 흘긋 보고는 돌직구를 던졌다. 지우 녀석에게서 카톡이 와 있었다.

"조금."

혜지는 아무것도 없는 테이블 위에 시선을 내리깔며 대답했다. 그러고는 얕은 한숨을 내쉬었다. 별로 흘러내린 것 같지도 않은 머리카락을 일부러 귀 뒤로 쓸어 넘기면서.

"사실 지금 많이 힘들거든. 나이 차가 있어서 그런가…. 오빠는 알잖아. 나 원래 연상 좋아하는 거. 그래서 괜찮을 줄 알았는데… 이게 어른스러운 건가 싶으면서도, 뭔가 복잡해."

"실은 나도 계속 신경 쓰였어."

"오빠가?"

의외라는 듯한 대답과 함께 혜지는 고개를 들었다.

"어. 그날 너랑 결혼할 사람 얘기 듣고…."

조심스럽게 단어를 고르니, 혜지는 내 그 반응이 퍽 좋았던 것 같다. 입으로는 난처한 듯 추임새를 내면서도 표정은 살짝 밝아졌다.

"그래서 조금 찾아봤는데, 법적인 문제가 조금 있더라고."

"뭐? 법?"

그리고 곧 혜지의 얼굴에서는 화색이 싹 사라졌다.

"저작권 관련해서 사기? 혐의로 법적 공방을 좀 했나 봐."

"사기?"

혜지는 째지는 소리로 한마디를 내지르며 오늘 그 어느 때보다도 진실한 표정을 드러냈다.

"직원 디자인을 훔쳐 썼다더라. 그래서 바로 요전에 법원도 갔다 왔대."

"법, 법원…? 오빠는 그걸 어떻게 알았어?"

순식간에 혜지의 안색이 안쓰러울 정도로 어두워졌다. 최대한 틀린 말은 아니게끔 하려고 에둘러 표현했는데도 이 정도일 줄이야.

"옆집 사는 사람이 그 피해자더라. 이야, 진짜 세상 좁지?"

그때 마침 지수한테서 또 카톡이 왔다. 나는 빠른 답장으로 약속한 신호를 보내고, 조금씩 공격의 수위를 높여가기 시작했다.

"아 근데 나도 잘은 몰라. 직접 얘기 들은 게 아니고, 경찰 왔다 갔다 해서 시끄러워 가지고 물어본 거라."

"경찰까지 왔…어?"

"이게 돈 문제라서. 그쪽이, 아. 그러니까 피해자인 우리 옆집 사람이 합의 안 해주면 재산 몰수, 이런 것도 있을 수 있다던데?"

그리고 가벼운 MSG를 살살 뿌려주었다.

"재, 재산…? 그렇게 큰 건이야?"

혜지는 이제 거의 사색이 되어서 물었다.

"그 디자인 때문에 생긴 수익이 좀 큰가 보더라고. 그래도 혜지 너는 괜찮지? 네가 저번에 그랬잖아, 너는 돈보다…."

"당연히 안 괜찮지!"

거기서 내가 뭐라 더 결정타를 날릴 것도 없이, 혜지가 스스로 클라이막스를 만들어 주었다.

"내가 돈 때문 아니면 왜 오빠랑 헤어지고 그런 아저씨를 만나? 회사 대표라기에, 선 본 사람 중에 제일 돈 많아서 만난 건데!"

딸랑.

맑은 도어벨 소리가 울린 그때, 카페는 사상 유례없는 정적에 휩싸였다. 정확히는 나와 혜지가 마주 앉은 테이블 그리고 저쪽 동원창이 서 있는 입구까지가 그랬다.

"뭐… 아저씨?"

그게 문제야?

"혜지, 혜지 너… 지금까지 날 그런 시선으로 보고 있었나?"

그 부분은 방금 말 중에 가장 부정할 수 없는 사실이었던 것 같은데. 싸늘해진 분위기 가운데 마음속으로만 구시렁대며 혜지에게로 눈길을 옮겼다. 혜지는 지금 상황을 어떻게 처리해야 할지 몰라 사색이 되어 있었다.

동원창은 성큼성큼 혜지에게로 다가왔다. 테이블 건너편에 있는 내 존재는 다행히 아직 눈치채지 못한 것 같았다. 눈치껏 스윽 몸을 옆으로 비트니, 카페 유리벽 너머에 선 지우가 눈에 들어왔다.

지우는 벌써 기세등등해져선 엄지척 자세를 해보였다. 임무 완수! 라고 입모양으로 말하는 것 같았지만, 나는 씩 가벼운 미소를 지어줄 뿐이었다. 아직 축배를 들기에는 한참 일렀다. 본 게임은 이제 시작이니까.

"그래! 내가 틀린 말했어? 나보다 열 살이나 많으면서, 그게 아저씨 아니고 뭔데!"

"이게 오빠, 오빠 하면서 쫓아다닐 땐 언제고…!"

"능력 있고 잘나야 오빠지! 사기꾼 주제에 어딜!"

"사, 사기…!"

동원창은 기가 차다는 듯 눈을 굴렸다. 그러다 도망가려던 나를 딱 발견하더니 이쪽으로 연신 삿대질을 해댔다.

"너 솔직히 말해. 저놈이랑 붙어먹어서 헛바람 든 거지?"

"붙어먹어? 진짜 말을 왜 그런 식으로 해?"

"지금 이게 붙어먹는 거 아님 뭔데!"

어느새 사람들이 다 이쪽을 주목하기 시작했다. 바로 옆 테이블에서 수다 떨고 있던 커플은 물론이고 저쪽에서 혼자 노트북하기 바빠 보였던 개인 손님까지.

"괜히 책임 전가하지 마. 우리 한참 전부터 파혼하니 마니 얘기 나오던 건 싹 다 잊었나 봐? 자기가 어린 여자애만 보면 눈 돌아가서 말 나온 것도 다 잊었지 아주?"

"내가 언제 눈이 돌아갔어!"

"맨날 그랬지! 왜, 사기 치고 다니느라 바빠서 까먹었어?"

사방에서 수군대는 소리에 나는 신경 쓰여 죽겠는데 정작 당사자인 둘은 아무렇지도 않은가 보다. 어느새 지우 놈까지 슬쩍 들어와서는 야, 파혼이래 파혼, 그러고 있었다. 지는 원래 알던 얘기였으면서 새삼스럽게도 군다.

"너 아까부터 무슨 말도 안 되는 소리야. 내가 언제 사기를 쳤대!"

"다 들었어. 오빠가 직원 저작권 훔쳐 썼다며. 법원도 갔다 왔다며!"

이렇게 내가 말한 것 중 정확히 사실만 찝어서 지적해줄 줄은 몰랐다. 혹시 거짓말이랑 사실이 문장 단위로 이미 티가 나고 있었나?

"야. 저작권을 어떻게 훔쳐 쓰나? 훔쳤다고 쳐도 디자인을 훔친 거지. 말을 할 거면 뭐 하나라도 똑바로 알고…."

"이거 봐. 이거. 지금 그게 중요해? 틈만 나면 사람 지적하고 잘난 척 굴잖아!"

"니가 틀린 말을 했잖아!"

점차 언성이 높아지고 있었다. 이쯤에서 도망가야 할 것 같은데 지우 녀석은 핸드폰을 꺼내 들어 영상을 찍기 시작했다.

"내가 말이 틀렸어? 그래도 오빠, 아니 너보단 낫지. 넌 인간이 틀려먹었어!"

"뭐, 뭐? 너 말 다했어?"

"아니! 아직 할 말 남았거든? 서지도 않는 게…!"

짝.

귀를 의심하게 하는 단어 선택과 효과음을 시작으로, 카페 안은 사상 유례없는 웅성거림으로 가득 찼다. 이제는 심지어 카운터에 있던 알바생조차 흥미진진한 표정으로 핸드폰을 들이민 상태였다.

놀란 건 우리들뿐만이 아니었다. 충격적인 효과음을 자아낸 동원창은 지가 한 짓이 스스로도 믿기지 않는다는 듯 치켜든 손을 가만히 바라보고 있었다. 아무래도 그 부분이 어지간히도 콤플렉스였나 보다. 저도 모르게 싸대기를 칠 정도면.

"혜… 혜지야. 이건…"

뻑.

다시 한 번 귀를 의심하게 하는 효과음이 들려오면서 눈을 의심하게 하는 광경이 펼쳐졌다. 혜지가 조그맣고 딴딴한 가방을 휘둘러 동원창을 거칠게 내려친 것이다. 심지어 한 번도 아니고 여러 번이나.

동원창이 바짝 쭈그러들어서는 꼼짝도 못하고 앓는 소리를 냈다. 이거는 뭐 선빵만 뺏겼다 뿐이지 거의 혜지의 압승이라고 볼 수 있었다. 혜지는 저러다 사람 잡겠다 싶을 지경으로 가방을 내리쳐댔다. 슬슬 말려야 하나 생각이 들 때쯤, 혜지가 마무리 일격을 날렸다.

"다신 보지 말자. 똥원창 새끼야."

딸랑.

딸랑, 짝, 뻑으로 이어진 광란의 소동은 딸랑으로 끝이 났다. 혜지는 명품백에 묻은 먼지를 가볍게 털며 카페를 떠났고 동원창은 기가 팍 죽어서는 잠깐 동안 꼼짝도 못 했다. 곧 숨죽인 비웃음 소리가 새어 나오자 그제야 몸을 서서히 일으켰다.

"핸드폰 꺼! 시발, 구경났어? 끄라고!"

동원창은 욕지거리를 내뱉으면서도 아주 느리게 움직였다. 아무래도 혜지의 손이 많이 매웠나 보다.

"찍지 마! 안 꺼?"

엉거주춤 일어서면서 위협해봤자 무서울 리가 있나. 솔직히 무섭기보다도 웃겼다. 전 여자 친구를 이용했다는 죄책감마저 잠깐 잊힐 정도로 웃겨서, 나도 슬쩍 인파에 섞여 핸드폰을 꺼 내들었다.

찰칵.

기자회견을 방불케 할 정도의 플래쉬가 쏟아진 그 순간. 광란의 소동에 짧은 에피소드가 덧붙여졌다. 동원창이 하필 내 핸드폰 카메라와 눈이 마주친 것이다.

"뭘 봐! 끄라고!"

동원창은 기세 좋게 소리쳤지만, 다행히 나를 알아보지도 또 무력을 쓰지도 못했다. 그대로 도망치듯 카페를 떠나갈 뿐이었다.

따지고 보면 안심하고 말 것도 없이 당연한 일이었다. 나랑 옆집 사는 사람이랑 자기 사이의 관계를 동원창이 알 리가 없으니까. 아니, 안다고 쳐도 알아볼 수 있을 리가 없었다. 옆집 이웃조차 내 얼굴을 모르지 않는가.

"야. 혜지 얼굴은 가리고 올린다."

"어. 어. 그래야지."

그런데도 지금 나는 혜지보다 그 옆집 사람을 더 생각하고 있었다. 이 장난 같은 작전에 동참해준 지우 녀석조차 혜지의 초상권을 챙기는데도, 나는 미처 거기까지 떠올리지도 못했다. 지금 내가 신경 쓰이는 건 딱 하나였다.

"근데 혹시 나도 찍혔냐?"

혹시 그 사람이 이 영상을 본다면, 그래서 내 얼굴이나 뒷모습 같은 걸 알게 된다면… 나를 알아볼까?

10
비공개 고백

단번에 알아봤다. 그런 짓을 할 사람은 옆집 사는 그 녀석밖에 없었다.

"홍라니, 너 똥원창 봤어?"

"뭘 봐?"

언니가 요란스레 들이민 영상을 본 순간, 온몸의 직감이 알려주었다. 이건 그 녀석이라고.

"이거 봐. 여기, 릴스 조회수 터진 거. 여기 얻어맞는 사람!"

화면 속에는 웬 여자한테 맥없이 얻어맞는 동원창이 있었고 언니의 손가락 역시 그놈을 가리켰다. 하지만 내 눈에 제일 먼저 들어온 건 이 커플 뒤편에서 이러지도 저러지도 못한 채

움찔거리는 더벅머리 청년이었다.

"이거…"

"동원창, 맞지? 여기 봐봐. 나온다."

잠깐 입을 다물고 언니가 강조한 부분이 나오길 기다렸다.

'다신 보지 말자. 똥원창 새끼야.'

여자의 싸늘한 한마디와 그 뒤에 이어진 적막 속 카페를 확인하자 반사적으로 웃음이 나왔다. 언니는 나보다도 훨씬 환하게 웃으며 요란스레 내 등을 쳐댔다.

"언니, 진정 좀 해."

"지금 진정이 되냐? 아휴, 꼬시다!"

언니는 아주 신이 나서 입꼬리를 주체하질 못했다.

"동원창, 아니지. 똥원창! 이거 유명해지고 싶어서 그렇게 안달을 내더니 이제 인터넷에 얼굴도장 제대로 찍었네. 여친한테 흠씬 얻어맞고 차인 놈으로!"

너무 즐거운지 입이 귀에 걸린 채 내려올 줄 몰랐다.

"이거 평생 박제야, 박제!"

야호! 환호성까지. 누가 보면 로또라도 된 줄 알겠다. 나는 꽤나 친숙한 동원창의 추태보다도 언니의 요란스러운 반응이 훨씬 웃겼다. 아직도 입꼬리를 주체하지 못하는 언니를 뒤로하고 댓글을 읽어보았다.

- 야 이거 봐봐 ㅋㅋㅋ ㅈㄴ 웃김

– 이거 유튜브에서 풀버전 봤는데 저 사람 서지도 않는대 ㅜㅜㅜ 개불쌍

조롱의 수위가 강할수록 좋아요가 더 많이 찍혀 있었다. 어디까지 가나 보자는 생각으로 쭉쭉 댓글을 내려서 봤는데, 아무 반응 없는 댓글 하나가 눈에 혹 들어왔다.

– 관상은 사이언스라더니 뱀 눈깔 희번덕거릴 때부터 알아봤다; 쭉 째져 가지고.

프로필 사진에 있는 뒷모습을 보고 아까부터 하던 의심을 확신으로 바꾸었다. 저 더벅머리도, 저 사태를 끌어낸 장본인도 전부 옆집 저 녀석인 게 분명해 보였다.

오늘따라 조용한 옆집 벽을 한 번 살펴본 다음 그 댓글을 눌러보았다. 하필 이 순간 어플이 버벅거린 탓에 괜히 긴장까지 됐다.

"아, 뭐야…"

차라리 비공개 계정이었으면 모른 척 팔로우 신청이나 해봤을 텐데. 그 계정에는 아무 게시글도 올라와 있지 않았다.

"이럴 거면 인스타를 왜 해."

나지막이 투덜거리며 핸드폰을 던졌다. 그러자 언니가 기가 막히게 달려와 뒤에서 나를 와락 끌어안았다.

"깜짝이야!"

"야. 좋으면 좋다고 해. 언니가 이런 희소식을 들고 왔는데!"

"유난이야."

언니는 포기하지 않고 나를 빤히 노려보았다.

"좋아. 엄청!"

결국 내가 져줬다. 웃음기 섞인 한마디에 언니는 잔뜩 들떠서는 나를 꽉 안았다. 이렇게 정성 어린 행동에 내가 어떻게 버틸 수 있을까. 언니한테도, 그 녀석한테도.

한참 후 벽 너머에서 현관문이 열리는 소리가 들렸다. 언니를 보내고 혼자 있었던 나는 그 소리에 바로 벌떡 일어났다. 잘못한 것도 없는데 찔리는 구석이라도 있는 듯이, 괜히 어색해하면서 벽으로 다가갔다.

"왔어?"

"네. 왔어요."

이제는 이 정도 안부 인사는 일상이 되었다. 조심스럽게 한마디 덧붙였다.

"밥은… 먹었고?"

하지만 아직 여기까지 이어지는 관심에는 서로 익숙해지지 않았다. 그 녀석은 내 물음이 은근히 반가운 듯 짧은 웃음소리를 흘리고는 답했다.

"아직이요."

"그래? 그러면…."

나는 조심스럽게, 아주 어색하게 물었다.

"맥주 한잔 할래?"

그 녀석의 웃음소리가 조금 더 길고 확실해졌다. 방금 들린 건 웃음인지 숨인지 모를 소리였지만, 이번엔 누가 봐도 기분이 좋다는 게 느껴질 정도로 명확한 웃음기를 띤 대답이 돌아왔다.

"좋아요!"

"여기서!"

"어디 갈까요?"

이상하게 뒤바뀐 문답 순서에 그 녀석도 나도 잠깐 얼어붙었다. 잠시 후 내가 먼저 빠르게 해명했다.

"저번처럼, 여기서 맥주 짠. 없으면… 이번엔 내가 사줄게. 주소 불러봐."

"오늘 날도 좋은데…."

그 녀석은 짙은 실망감을 내비치며 말꼬리를 흐렸다. 왠지 잘못한 것 같아 찔리는 마음에 급하게 한마디 덧붙였다.

"밖, 밖에서 하기 어려운 얘기 하고 싶어서!"

어색하고도 짧은 침묵 후, 은근한 기대감이 서린 대답이 돌아왔다.

"맥주 있어요."

잠시 후 우리는 냉장고 구석에 항상 굴러다니는 저가 맥주 캔을 하나씩 들고 벽 앞에 마주 앉았다. 안주는 각자 취향대로 고른 과자. 내 경우는 초코볼이었다.

"자, 이제 말해 봐요."

대답 사이에 뭘 이로 끊어내려고 애쓰는 소리가 섞여 들려오는 걸로 봐서, 그 녀석은 편의점 마른안주 비슷한 걸 챙겨온 모양이었다.

"저기 혹시…"

벽 너머에서 긴장감 어린 헛기침이 들려왔다.

"똥원창, 그쪽이 한 거야?"

곧 멋쩍은 웃음소리가 넘어왔다.

"아, 이게 참… 손 안 대고 코 풀긴 했는데. 그래도 판은 제가 깔았죠."

기세등등한 목소리를 듣자 나도 샐샐 미소가 지어졌다. 묻고 싶은 게 많았지만, 일단은 잔뜩 들뜬 그 녀석의 반응을 좀 구경하련다.

"어때요? 통쾌했어요?"

그 녀석은 아주 뿌듯해하며 질문을 이어갔다.

"쩔었죠?"

유치한 단어 선택에 나는 웃음을 터트렸다.

"얘야? 쩔었쥬가 뭐냐?"

"아, 애라뇨!"

불만스러운 듯 가볍게 삐쭉거리더니 맥주를 한 모금 마셨다. 그러고는 이어 물었다.

"아니, 그러고 보니까 그쪽은 대체 몇 살이에요?"

살짝 사람을 뜨끔하게 하는 질문에 이번에는 내가 맥주를 한 모금 마셨다. 그 녀석은 그러면서 바로 덧붙였다.

"왜 맨날 반말해? 요?"

"나?"

능청스럽게 눈을 흘기며 뻔뻔한 대답을 돌려주었다.

"너랑 동갑!"

"네?"

보란 듯이 초코볼을 몇 알 집어먹으며 말을 이어갔다.

"나 너랑 무조건 동갑이야."

"그런 게 어딨어요! 나 몇 살인지 기억은 해요?"

"왜, 뭐, 말 놓고 싶어서?"

와그작, 초코볼이 부서지는 소리 뒤에 그 녀석의 장난스러운 웃음소리가 들려왔다.

"아니요. 어휴, 무서워서 어딜."

그리고 웃음 섞인 대답이 이어졌다.

"지금이 편합니다."

나는 조용히 생긋 웃음 짓고는 맥주캔을 들었다. 벽을 톡톡, 가볍게 두드려 소리를 보냈다.

"짠!"

그 녀석은 소리 높여 외치고는 나와 함께 맥주캔을 벽에 딱 부딪혀 건배했다. 어쩌면 우리의 캔은 각자 아예 엉뚱한 곳을 두드렸을지도 모르겠다. 그럼에도 건배한 셈 칠 수 있다는 게, 지금은 꽤 마음에 들었다.

"나도 첨엔 세상에 이런 우연이 다 있나, 싶었거든요? 근데 아무리 따져 봐도 혜지 결혼상대가 그쪽 엑스인 거예요."

천천히 취기가 오르는 몸을 벽에 부드럽게 기댔다. 그 녀석의 들뜬 무용담이 벽을 타고 귓가로 흘러들었다.

"진짜 세상 좁네."

"그쵸? 그래서 그 순간, 내 머릿속에 번쩍! 아이디어가 떠올랐죠."

얼마나 들뜬 건지 그 녀석이 바닥을 연신 쿵쿵 쳐대는 소리까지 전해져 왔다.

"이이제이! 오랑캐로 오랑캐를 잡는다고, 이거 잘하면 둘이 동시에 엮어서 멕일 수 있겠다, 내가 알고 있는 사실을 이 엑스들에게 알려주기만 해도!"

"오~!"

제법이라는 듯 추임새를 넣어주자 금세 의기양양해진 것 같았다.

"대박이죠?"

"그런 말도 알아?"

"그게 문제예요?"

또 삐죽거리는 목소리를 들으니 웃음이 터졌다.

"장난! 그래서? 니 전 여친은 그렇다 쳐도, 동원창은 어떻게 불렀어?"

"지우라고, 친구 도움 좀 받았죠. 그 자식 저작권 문제로 이래저래 찔리는 게 많은지 바로 넘어오더래요."

"원래 나쁜 놈들이 하나만 하지 않잖아."

히죽히죽 웃음이 흘러나왔다. 그러다 문득 그 녀석은 이 표정이 안 보이겠다는 데 생각이 미쳤다. 기분 좀 더 좋으라고, 칭찬 한마디를 더 얹어주었다.

"너 완~전 정의 구현한 거야!"

"멋있죠?"

딸꾹질이 나왔다. 대답 대신 맥주를 들이마셨다.

"저기요, 솔직히 멋있다고 생각했잖아요. 그죠?"

"뭐래. 하여간 적당히를 몰라요."

너무 빨리 마셨는지 두 뺨이 따뜻하게 달아올랐다. 그래도 목이 타서 맥주만 더 마셨다.

"그럼 뭐… 적어도 좀 재밌기는 했죠?"

기대하던 답이 좀처럼 돌아오지 않자 그 녀석은 떨떠름하게 다시 물었다.

"그쪽 좀 심심해 보이던데."

"내가?"

"그렇잖아요. 여기 사람 오가는 거, 소리 다 들리는데 손님 오는 일도 거의 없고. 밖에 나가는 소리가 들리는 것도 아니고…."

당연하지. 실제로 거의 안 오고 거의 안 나가니까.

"너 지금 발언, 전 세계 내향형한테 사과해."

"아, 그런 게 아니구요! 저도 인프피거든요?"

진심 어린 반응이 돌아오자 나는 웃음을 터트렸다.

"그게 남 일에 관심 많은 성격이던가? 우리 집 소리에 웬케 관심이 많냐?"

"다 들리는 거 뻔히 알면서."

투덜거리는 목소리가 들려왔다. 취기가 꽤 올랐는지 아까부터 저 녀석이 뭐라 말만 하면 내 입에서는 짧은 웃음이 계속 흘러나왔다.

"귀여워서!"

켈록. 벽 너머에서 기침 소리가 전해져왔다. 여기서 멈춰야 한다는 걸, 내 몸 어딘가에서는 인지하고 있었던 것 같다. 하지만 나는 거기서 적당히를 모르고 이절 삼절까지 나아갔다.

"너 귀여워서 자꾸 놀리고 싶어."

아마 적당히를 아는 나의 신체 기관은 아주 하찮은 녀석이었나 보다. 떼어내도 그만인 췌장이나 누구에게나 하나의 여분이 있는 콩팥 같은 거. 딱 그 정도의 역할만 하는 이성이나 체면 따위는 가만히 묻어둔 채 나는 자꾸만 웃어댔다.

"그리고 나 안 심심해. 네가 재밌어서."

나의 이성은 벽 너머에서 들려온 대답을 들은 순간에야 겨우 깨어났다.

"나 실제로 보면 더, 재밌을 건데…"

망설임 섞인 짧은 침묵 후 조심스러운 한마디가 넘어왔다.

"나 보고 싶진 않아요?"

두근. 두근. 심장 소리가 귀에서 들리기 시작했다. 이러면 많이 취한 거라던데, 지금 내 정신은 그 어느 때보다도 생생하고 또렷했다.

"좀."

이 대답이 벽을 타고 넘어가지 못했으면 좋겠다. 그런데 아주 재수 좋게, 또 우연찮게 벽 사이 틈을 타고 그 녀석의 귓가로 날아 들어갔으면 더 좋겠다. 이러지도 저러지도 못하는 애매한 마음을 꾹 삼키며 무릎을 당겨 끌어안았다.

쪼그려 앉은 내 시야에 가장 먼저 들어온 것은 약봉지였다. 날개가 돋아나기엔 너무 작은 대답 대신, 무시하기엔 너무 거

대한 현실이 묵직한 존재감을 뽐내며 내 눈에 날아들었다. 졸린 눈꺼풀을 몇 번 깜빡이는 걸로는 도저히 그 커다란 현실을 뽑아낼 수 없었다.

"나중에, 나중에 보고 싶어."

다만 나는 퍽 이상한 표현으로 그걸 삼킬 뿐이었다. 맛보는 게 아니라 물에 넘겨 삼키는, 오직 섭취만을 목적으로 태어난 알약을 먹듯이.

"나중에 언제요?"

"너 오디션 끝나고."

다행히 그 녀석은 거기서 더 캐묻진 않았다.

"그때 편하게 보자."

센스 있게 모른 척해준 건지, 그냥 그걸로 괜찮았던 건진 모르겠지만.

"근데, 나 오디션 끝나고 슈퍼스타 되면 어떡하게요?"

언제 분위기가 굳어졌냐는 듯 능청스러운 말이 돌아왔다.

"그때 가서 내가 그쪽 모른 척하면요?"

"지금은 아는 척할 수 있고?"

"아."

얼빠진 대답에 나도 모르게 웃음을 터트렸다.

"그쪽 인어 공주 아니잖아요! 되겠죠. 뭐… 만나서 한마디를 안 하게요?"

"그냥 목소리가 비슷한 사람이면?"

"그래도 전 알아봐요."

묘하게 단호한 대답이었다.

"어떻게?"

"그쪽이… 어… 되게 귀여운 걸 아니까."

또 웃었다. 그 녀석도 꽤나 취한 게 분명해 보였다.

"대답하면서 고민할 때는 어 하고 말을 고르고. 마른침을 자주 삼키는 것도 알고. 그리고 또, 자주 입을 꼭 다물지만… 입 밖으로 나온 말은 뭐랄까, 깔끔하고."

깔끔하다고 말하는 그 녀석의 목소리에서는 묘한 술냄새가 풍겼다. 은근히 늘어지는 단어와 살짝 풀린 발음.

"그래도 불안하면! 약속 하나 해요."

그 녀석은 짧게 숨을 삼켰다.

"오늘부터 1일 해요."

어쩌면 그 녀석이 오늘 한 말 중 가장 웃긴 소리였을 수도 있는데 이상하게 이번에는 웃음이 나오지 않았다.

"저기요?"

자기도 막상 뱉어놓고 불안했는지 그 녀석은 바로 물어보았다.

"싫…어요?"

"나랑 사귀자고?"

켁. 또 기침 소리가 들렸다.

"너 나한테 고백한 거야?"

"아, 아 그럼 뭐… 다른 1일도 있어요?"

그제야 아주 뒤늦게 웃음이 나왔다. 엄청 많이.

"그만 웃어요!"

그 녀석은 쑥스러운 듯 말렸지만, 그럴수록 나는 더 웃었다.

"너 나 못생겼으면 어떡할 거야? 네 취향 아니면? 1일 해도, 우리가 못 알아보면?"

"하루 이틀 사흘! 그렇게 더 알아둬서 나중에 알아보겠다! 뭐 그런 얘기죠. 그걸 다 풀어줘야 돼요? 아니 사람이 용기를 냈는데!"

한참을 웃다가 그 녀석의 한마디에 겨우 진정했다.

"그리고!"

사실 배가 너무 아팠다.

"그쪽 못생겼어도 이뻐요. 저한테는… 아마."

하, 편하게 몸에 힘을 빼고 벽에 기대어 가볍게 늘어졌다.

"야."

"왜요."

약간 실망감이 묻어나오는 목소리였다. 거절이라고 알아들었나 보다.

"나 송혜교 안 닮았어."

"저도 원빈 안 닮았거든요?"

"거짓말쟁이."

웃으며 놀리듯 말하고는, 슬쩍 덧붙였다.

"한… 백 일 전에는 제대로 말해 줘. 너 누구 닮았는지."

잠깐 정적이 흘렀다.

"그럼 우리 1일 맞아요?"

"오늘부터, 1일 해요."

일부러 목소리를 내리깔아 흉내 내자, 그 녀석이 벽을 콩콩
두드렸다.

"맞, 맞는 거죠? 좋다는 거죠, 그쵸?"

"다른 1일도 있어요?"

또 흉내 내고 또 웃었다. 아직 그 녀석과 통성명도 제대로
한 적 없다는 사실은 잠깐 잊은 채, 나는 진정한 비공개 연애
를 시작했다.

❤11 블라인드 데이트

얼굴도 이름도 모른 채 시작된 연애 첫날 아침이 밝았다. 아니, 둘째 날인가? 며칠이든 간에, 지금 나는 얼굴 대신 벽만 봐도 기분이 들떴다. 샐샐 삐져나오는 웃음을 못 이기는 척 살짝 삼키고 똑똑 문을, 아니 벽을 두드렸다.

"잘 잤어요?"

대답이 돌아오지 않았다. 잠깐 기다렸다가 좀 머쓱한 기분이 되어 헛기침을 했다.

"아직 자는구나?"

목소리를 은근슬쩍 키웠는데도 대답이 없었다. 창밖을 보니 해가 중천이었다. 평소엔 나보다 더 빨리 일어나는 것 같았는데. 설마 어제는 뭐 술김에 실수한 거고, 그게 부끄러워서 잠수 타는 건 아니겠지? 떨떠름한 불안을 안고 다시 벽을 두드렸다. 처음보다 힘 있게.

"잘 자요!"

"깨워줘."

갑자기 들려온 답에 놀라 벽 쪽으로 한 발 더 다가섰다.

"모닝콜! 듣고 싶어서."

"아."

아, 아아. 아하. 그제야 상황 파악이 되어 실컷 웃음을 흘려보냈다. 터트렸다고 하기엔 소소하고 미소라기엔 요란하게, 참 좋아서 어쩔 줄 모르겠다는 의사를 한껏 머금은 웃음을 줄줄 내보냈다.

"아, 좀. 말을 하지 그랬어요!"

"말하면 재미없잖아. 눈치 없긴."

"귀엽게."

어? 어어. 어후. 벽 너머에서도 웃음이 새어 들어왔다. 그 소리가 나더러 별꼴이라고 타박하는 것처럼도 들렸지만 아무튼 아주 귀엽게, 아마도 두 손으로 얼굴을 가린 채 웃고 있을 것 같았다.

"저도 깨워주고 싶은데, 그, 벽이랑 침대랑… 좀 멀지 않아요? 지금 서 있죠?"

"앉아 있어. 의자에."

"아, 의자…."

의자는 이동이 되는구나. 아주 당연한 사실을 새삼스럽게 깨닫고 나도 의자를 끌어와 앉았다. 머쓱하게 웃는데, 살짝 새초롬한 목소리가 넘어왔다.

"근데 뭐… 옆에서 자면… 좋긴 하겠다?"

입꼬리가 저절로 쓰윽 올라갔다.

"그쵸! 우리, 가까이서 잘까요?"

어떻게? 라는 식의 당연한 물음은 들려오지 않았다. 대신 이미 내 말뜻을 다 파악했다는 듯이 걱정 어린 한숨이 전해져 왔다.

"좋은데…."

"화이팅!"

못 이기는 척하는 웃음소리가 들려왔다.

"화이팅."

그러고는 서로 중노동을 시작했다. 대강 던져두었던 갖은 장애물들을 치워내고 침대를 벽 옆으로 옮기기 시작했다. 뒤늦게 이 침대를 어떻게 들였는지 떠올렸다. 지수 놈 도움 받아서 장정 둘이 낑낑대며 옮긴 침대였지!

벽 너머에서도 그리 드라마틱하게 가벼운 침대를 쓰고 있는 건 아닌지 아주 힘겨운 목소리가 들려왔다. 나야 혼자 어떻게든 옮기기는 했지만, 바로 옆에서 여자 친구…가 저러는 걸 듣고만 있자니 양심이 좀 아팠다.

"혼자 할 수 있어요?"

"어!"

비명과 기합이 섞인 대답이 들려왔다.

"도, 도와줄까요?"

"아니!"

나 또한 침대를 으쌰 밀면서 물어보니, 힘찬 거절이 돌아왔다.

"그래도 무거울 텐…."

쿵! 이번엔 대답도 아니고 힘찬 충격음이 울렸다.

"뭐라고?"

"무겁다고요!"

괜히 머쓱해져서 침대만 힘 있게 밀어냈다. 그래. 다시 한번 잊지 말자. 조각가와 발레리나는 까불면 안 되는 예술가 양대 산맥임을.

조금 늦게 나까지 침대를 벽에 딱 몰아붙이자, 아침 댓바람부터 시작된 중노동은 겨우 마무리되었다. 너나 할 것 없이 진이 다 빠진 우리 두 사람은 얇은 벽에 몸을 기대고 숨을 돌렸다. 한참 숨을 고른 뒤, 모닝커피를 준비하러 일어섰다.

"뭐해?"

"커피 내려요."

갖다 줄까요, 물어보려다 이럼 또 너무 만남에 집착하는 것 같다는 생각이 들어서 관뒀다.

"내려? 직접?"

"그럼요. 이 정도야."

왜 또 갖다 줄까요, 물어볼 만한 타이밍이 조성되는 걸까. 내가 너무 그것만 신경 쓰나?

"오… 제법인데?"

"제가 좀 하죠."

아, 여기서 한 번만 더 그럴 듯한 순간이 오면 그냥 아예 물어봐야겠다. 어쩌면 저쪽도 이제는 갖다 달라고 어필하는 걸 수도 있지 않냐고.

"나도 마셔야지."

하지만 곧 돌아온 건 그 어떤 중의적 의미도 없이 깔끔한 한마디였다. 벽 너머에 귀를 기울여봤지만 침대에서 일어났다가 돌아오는 소리만이 들렸다. 음료수 뚜껑 따는 소리까지 들리자 그냥 한숨 푹 내쉬고 포기했다.

"있잖아요."

드립 커피를 챙겨 와 침대에 걸터앉았다.

"오늘 혹시… 바빠요?"

"아니, 딱히."

커피 한 모금 마실 정도의 간격이 지난 후 대답이 이어졌다.

"작업말고는 딱히 없어."

"그럼…."

나는 숨 한 모금을 삼키고 이어 말했다.

"우리 오늘 데이트해요."

"데이트?"

저쪽은 조심스럽게 되물었다.

"만나자고?"

"아, 그…."

그야 나는 만나고 싶지만. 저쪽에서는 왠지 내켜 하지 않는 기색이 느껴졌다.

"꼭, 꼭 그러자는 건 아니구요! 그야 나는 보고 싶지만… 어… 아직 오디션 안 끝났으니까, 그, 부담스러우면…."

횡설수설. 스스로도 뭐라는 건지 모를 말을 주절주절 늘어놓다가 뒷머리를 긁었다.

"이 상태로 해도 되구요."

"어떻게?"

이번에는 이렇게 물어볼 만도 했다. 그야 나도 아이디어가 딱히 없었으니까.

"그냥… 뭐… 그냥… 하던 대로?"

흐음, 하고 못마땅한 기색의 추임새가 들려왔다.

"싫으면 나가도… 나가서 봐도… 좋…."

"나가자!"

"네? 진짜요?"

귀를 의심할 만큼 놀랐다. 좋았지만 섣불리 믿기가 어려웠다. 이렇게 쉽게, 갑자기?

"웬일이에요? 진짜? 어디 가고 싶은데요? 나 보고 싶…."

그리고 곧이어 들려온 소리에 다시 귀를 의심했다. 컴퓨터 부팅 소리.

"너도 노트북 있지? 핸드폰, 태블릿, 뭐 아무거나 다른 것도 좋고. 가져와 봐."

"예? 그걸 왜…?"

"구글 맵 되는 거. 아무거나!"

설마설마했지만 일단 시키는 대로 했다. 낡은 노트북과 작은 밥상을 가져와 침대 위에 대강 올려놓고, 지도 사이트를 켰다.

"가고 싶은 데 있어?"

언젠가 가보려고 즐겨찾기 해놓은 지점이 드문드문 눈에 띄었다. 그중 한 군데를 골라 반사적으로 대답하려다가, 문득 멈췄다.

"아니 잠깐만."

이렇게까지 해야 해요? 어디 아파요? 라는 질문이 턱 끝까지 나왔다.

"왜?"

하지만 이내 조심스러운 목소리가 들려오자, 나는 어쩔 수가 없었다.

"카페부터 갈까요, 밥부터 먹을까요?"

이 반응이 정답이었는지 벽 너머에서 안심한 듯 짧은 한숨이 들려왔다. 나도 나대로 씁쓸한 한숨을 흘렸다.

"가고 싶은 데부터!"

경쾌한 대답이 넘어왔다. 그래. 이것도 진도라면 진도인데 서두르면 좋을 거 없다. 퍽 아쉽기는 했지만 일단 오늘은 이렇게 만족하는 걸로 하자. 이러고 싶다는데 그렇게 해야지.

"그럼 브런치 어때요? 여기, 완전 핫플이래요."

"어디?"

"여기요. 그러니까…."

지도를 옮겨가며 가게 위치를 찾았다.

"이름을 말해봐! 검색해 보게."

"잠깐만요."

이왕 이렇게 된 거, 한 술 더 뜨고 싶었다.

"여기? 에브리…."

벽 너머에서 상호명을 읽는 소리가 들려왔을 때였다. 얼굴도 이름도 모르는, 나이만큼은 나와 동갑이라고 주장하는 여자 친구에게 첫 번째 메시지를 날려 보냈다.

"거기요!"

공기를 모아 슝 던져서.

"여기."

웃음기 섞인 대답이 들려오고 곧 내가 보낸 에어드랍 요청이 승인되었다. 드디어 연결되었다는 기분에 신이 나서, 인스타에서 유독 잘 나온 카페 풍경 사진들을 줄줄이 보냈다.

"야. 다른 데 섞여 있는 거 같은데?"

"그럼 엄청 넓은 카페라고 쳐요. 공간이 한 2중, 3중씩 겹친 다중 공간 카페. 뭐 그런 거."

어쩌면 실제보다 더 아름다울지도 모르는 브런치 카페 이미지가 한 조각 두 조각씩 공중에 둥둥 날아다녔다. 잠깐 실수한 척, 셀카 한 장 보내볼까 하다가 관뒀다.

"홍라니."

홍라니의 아이폰. 심플한 기기명을 확인한 것만으로도 충분했다.

"라니였구나."

그 정도로 충분히, 공기가 알알이 달콤해졌다. 디저트 없이도 슈가 하이가 올 만큼.

"난 이거, 오늘의 브런치!"

저쪽, 라니는 곧 들뜬 목소리로 물어왔다.

"넌 뭐 먹을래? 오늘은 내가 살게!"

"오… 진짜요? 여기 비싼데?"

"누나만 믿어."

동갑이라며? 괜히 장난기가 발동했다.

"네. 누님. 풀코스로 시켜주세요."

"여기 그런 거 없거든."

서로 가볍게 웃음을 터트렸다. 그런 다음 드릉드릉하던 장난기를 터트렸다.

"그럼… 난 라니랑 같은 거."

놀란 듯 벽 너머에서 잠깐 대답이 멈췄다. 곧 허? 허어? 어허허? 하고 듣는 사람이 더 웃음이 나는 웃음소리가 이어졌다.

"라떼 세트로! 요!"

나도 시원한 웃음을 터트리며 덧붙였다. 벽 너머에서 웃음소리는 끊어졌지만, 여전히 공기는 달랐다. 아무래도 화가 난 것 같지는 않았지만… 도대체 어떤 표정을 짓고 있는 걸까. 아주 많이 궁금했다.

배달이 오기 전까지 슬쩍 나가서 깜짝 방문을 해볼까도 싶었다. 아무리 길이 복잡하다지만 설마 또 못 찾을까. 아니 그에 앞서서, 번호라도 한 번 따볼까. 우리의 1일이 정말 연인의 1일이 맞다면 번호 하나 없는 건 이상하지 않나. 무엇보다 정말 좋아하는 마음이 있다면… 보고 싶은 게 당연한 거 아닌가? 미치지 않고서야!

"미친놈."

지우 놈은 깔끔하게 한마디로 일축했다.

"야. 로맨틱한 거야."

"로맨은 얼어 죽을, 여친 이름만 겨우 아는 게 정상이냐?"

"낭만 없는 새끼."

그 말을 떨떠름하게 받아넘기면서 장 본 것들을 으~ 하고 챙겼다. 지우 놈은 한참이나 내게 눈총을 준 뒤에야 장바구니를 같이 들어주었다.

"진심이냐?"

"뭐?"

"뭐든 간에."

"뭐래. 실없긴."

심드렁한 반응을 보인 뒤 복잡한 귀갓길에 나섰다. 집이 가까워졌을 때 즈음, 지우가 갑자기 내 어깨를 잡았다.

"그만 둘러봐. 임마."

"뭐? 내가 뭘?"

"너 아까부터 사람 지나갈 때마다 눈동자가 아주 스핀을

돈다. 돌아."

"내가 언제!"

그래도 도와주는 게 고마워서 잠깐 놈 자 떼 줬더니 이놈이 바로 이러네. 지우 놈은 날 아주 불쌍한 놈 보듯이 흘겨보았다.

"그렇게 둘러보다가 마주치면 알아볼 거 같냐?"

"알아보지! 목소리도 알고, 이름도 알고, 또…."

손가락을 접어서 세다가 멈칫했다. 지우 놈의 시선이 느껴지자 급하게 아예 주먹을 꽉 쥐어버리면서 덧붙였다.

"전 남친 이름도 알고!"

"옘병…."

지우 놈은 혀를 끌끌 차더니 앞장서서 갔다.

"야! 그쪽 아니야!"

둘로 갈라진 골목에서 지우를 멈춰 세웠다. 그러자 지우는 어리둥절한 얼굴로 나를 돌아보았다.

"아니야? 너네 집 이쪽이잖아."

"맞는데, 그리로 가면 안 되더라. 저번에 해봤어."

"뭐가?"

지우 놈, 아니 이제부터 내가 부탁을 하나 해야 하는 지우는 멍청하게 눈을 깜빡였다.

"배달."

나는 지우가 든 장바구니를 가리켰다. 지우는 장바구니와 나를 번갈아 바라보더니 가볍게 헛웃음을 쳤다.

"진심이냐? 주소는 알아?"

"저번에 찍었는데 맞았어. 근데, 내가 길눈이 어둡잖냐."

최대한 뻔뻔함을 유지하며 지우를 가리켰다.

"너는 길눈이 밝고."

"아니…. 야, 어차피 너나 나나 GPS 켜가지고 골목 이리저리 돌아서 가는 건데, 그럴 거면 걍 만나! 여기 밖에서 약속 잡고 만나라고!"

"아, 안 돼!"

반사적으로 외치고는 떨떠름하게 덧붙였다.

"안 된대."

"니 여친이?"

지우는 세상 다시 없이 한심한 놈을 바라보듯 사람을 연신 흘겨보았다.

"내 신세가."

싸늘하던 지우의 시선이 슬며시 아래로 내려갔다. 그러고선 오천 원짜리 슬리퍼만 덜렁 신은 초라한 내 발에 가닿았다.

"어이고, 어이고… 그래라… 그래…."

지우는 더 말을 얹지 않고 핸드폰을 들이밀었다.

"어딘데. 그래서."

"고맙다. 임마!"

나는 환히 웃으며 지우를 와락 끌어안았다. 몇 번 등을 토닥이고는 지난번에 대강 추측해서 맞혔던 주소를 찍어주었다. 사실 추측이랄 것도 없었다. 그냥 우리 집 주소에서 제일 끝에 있는 번지 숫자 하나만 바꾼 거였으니까.

"나중에 한 턱 쏠게!"

"됐어! 굶지나 마!"

진짜 우리 아빠라도 된 것처럼, 지우는 퉁명스러우면서도 애정 어린 한마디를 남기고 떠나갔다. 장바구니를 이고 지고 떠나는 그 듬직한 뒷모습을 향해 연신 손을 휘저었다. 지우의 뒷모습이 완전히 시야에서 사라진 뒤에야 슬리퍼 신은 발을 움직이기 시작했다.

차라리 미친놈으로 남는 게 나았다. 못난 놈이 되는 것보다는. 라니는 내가 못나지 않다고 해줬지만, 진짜 나를 보고도 그럴 수 있을까. 어쩌면 라니는 여전히 그럴 수 있다고 해줄지도 모르겠다. 정말 그렇게 여길 수도 있었다. 좋은 사람이니까.

하지만 나는 아니었다. 나는 진짜 나를 못나지 않다고 여길 재간이 없었다. 내 분에 넘치는 걸 뻔히 아는 오디션이라도 붙어놓지 않으면, 라니와 나 사이에 놓인 벽을 넘어설 용기가 생기지 않았다. 나는 고작 이승진이니까.

12
아바타 셰프

"배달이요!"

시킨 게 없는데 배달이 오는 것도 벌써 두 번째였다. 나는 이제 이게 무슨 일인지 뻔히 알면서도 일부러 웃음을 샐샐 흘리며 모른 척 외쳤다.

"안 시켰어요!"

"문 앞에 두고 갈게요."

이게 아닌데? 다급히 현관으로 달려 나갔다.

"안 시켰다니까요!"

"나오지 마세요! 승진이가 비밀로 하래요."

"승…"

이름이 훅 튀어나오자 나도 모르게 몸이 멈췄다.

"이름도 비밀인 건 아니죠?"

"아니, 저기…"

침을 꿀꺽 삼키고 나가려다 발이 꼬였다. 문 바로 앞에서 요란한 소리가 울리면서 장렬하게 넘어졌다.

"괜찮으세요?"

다행인지 불행인지 현관문은 아직 열리지 않은 상태였다. 굳건히 닫힌 문 너머로 걱정 어린 목소리가 전해져 왔다. 나는 문손잡이를 잡고 엉거주춤 일어섰다.

"지우 씨! 맞죠?"

"저도 아세요?"

긴가민가했는데 맞았나 보다. 어리둥절한 상대 대신 문을 바라보며 말했다.

"다음에! 밥… 같이 먹어요."

"저랑요?"

뭐 이상한 생각을 했는지 경악스러움이 섞인 대답이 돌아왔다.

"저희 언니랑요! 그리고 어…"

아직 조금 어색한 이름을 조심스럽게 내뱉었다.

"승진…이랑요."

그리고 다급히 덧붙였다.

"넷이서요! 시간 되실 때!"

"아… 네."

더 어색한 한마디 뒤에 부스럭 소리가 들려왔다.

"이거, 맛있게 드세요."

"네…."

굉장히 어색한 침묵이 잠깐 이어진 뒤 조심스럽게 현관문을 열어보았다. 거기엔 사람은 아무도 없고 뭔가 가득 담긴 장바구니만 놓여 있었다.

"고기?"

부엌으로 옮겨와 장바구니 안에 든 걸 하나씩 확인해 보았다.

"양파, 마늘… 소스도 있고."

요리 프로에서나 보던 신기하게 생긴 야채도 있었다. 초록색에 길고. 이게 아스파라거스던가? 신선한 재료들이 다양하게도 들어 있었지만 개중에 완제품은 소스 하나뿐이었다.

이걸 뭘 어쩌면 좋을지 모를 상태로 멀뚱히 서 있는데 곧 벽 너머에서 현관문 열리는 소리가 들려왔다. 곧바로 벽으로 달려갔다.

"스… 야!"

이름을 부르려다가 괜히 쑥스러워서 그냥 평소대로 말했다.

"이거 뭐야? 웬 장을 봐왔어?"

"잘 받았어요?"

으쌰. 벽 너머에서도 장 본 걸 정리하는 소리가 들려왔다.

"스테이크 해주려구요."

"스테이크?"

어리둥절해서 재료를 돌아보았다. 그러고 보니 소스 병에 스테이크용이라고 적혀 있었다.

"나 요리 못 하는데…."

여기 와보고 싶어서 그러는 거라기엔 저쪽도 저쪽대로 뭔가를 사온 것 같다. 그냥 평소처럼 각자 그러나 또 같이하려는 것 같은데… 재료만 갖고 어떻게 하려고?

"제가 하나부터 열까지 다 알려줄게요. 들으면서 해요."

"들으면서?"

그 녀석, 아니 승진은 자신만만한 목소리로 말했다.

"티비에 나오는 아바타 소개팅 같은 거 있잖아요. 그런 거라 생각해요. 아바타 요리."

"어… 그게 될까?"

솔직히 여전히 불안한 마음을 거두기가 어려웠다. 이런 걸 해본 적이 있어야 말이지.

"뭐 어때요. 우리 연애도 되고 있는데."

우리? 연애? 훅 들어온 멘트에 놀라 입을 가렸다.

"되고 있는 거 맞…죠?"

"어! 맞아."

불안해하는 기색이 보이자 나도 모르게 냅다 외쳤다. 그러고 내가 더 놀라서 쪼그라들어 버렸다.

"그럼 시작해요! 앞치마 있어요?"

"어, 어어! 있어!"

있나? 급하게 부엌으로 달려갔다.

"야채들 다 깨끗하게 씻고."

"그 정도는 나도 알아."

찬장 구석에 구겨져 있던 앞치마를 꺼내 두른 다음 시키는 대로 야채를 씻기 시작했다. 파프리카, 양파, 버섯까지 깨끗하게.

"양파 조심하구요."

웃음기 섞인 목소리가 들려왔다.

"너도."

양파를 씻으며 코를 훌쩍였다. 왠지 눈이 간지러운 것 같지만 지금 건드렸다간 대형 사고다. 참자. 참아.

"그리고 고기는 후추랑 올리브유에 재워 놓고요."

"올리브유?"

"집에 있죠? 양념은 안 샀는데."

있나? 뭔가 당연히 있어야 한다는 뉘앙스라 넙죽 대답해 버렸다.

"어, 어! 당연히 있지."

그러고 나서 뒤늦게 찬장을 뒤지니, 예전에 사둔 올리브유 한 통이 눈에 보였다.

"있…"

"있어요?"

아. 유통기한이 작년 여름까지였다.

"있어!"

올리브유는 대강 한쪽 구석에 던져놓고 비교적 신선한 참기름을 꺼냈다. 어쨌든 기름이니까 그게 그거일 거다. 백종원 선생님도 그러지 않았나? 다 또이또이라고.

"다 그냥 구우면 되는 거라 쉬워요. 이제 양파 썰고."

"벌써?"

급하게 후추와 참기름을 꺼냈다.

"천천히 해요. 중간에 모르겠으면 물어보고."

"아냐. 그냥 구우면 되는 건데 뭐…"

기세 좋게 양파를 도마 위에 얹고 칼을 꺼내 들었다.

"그럼 양파는 이쁘게 링 썰기."

"링?"

어슷썰기까지는 들어봤는데, 링 썰기? 양파를 손에 쥐고 한 번 살펴보았다.

"동그란 모양 그대로 썰면 돼요."

"어어…"

양파를 대강 도마 위에 얹어놓고 썰어냈다.

"얇게요!"

이만하면 얇겠지. 파는 것보다는 굵은 것 같지만 홈 메이드 인데 어떡하겠나.

"파프리카랑 아스파라거스도 그냥 가나쉬 용도니까 적당히 먹기 좋게 자르면 돼요."

"가나쉬?"

가나? 초콜릿인가? 정말 궁금했지만 스스로가 생각하기에도 너무 바보 같은 질문이라 삼켰다. 적당히 먹기 좋게 자르는 게 중요하지. 음. 그렇고말고.

"됐어요?"

"잠, 잠깐! 천천히!"

이제 겨우 양파 썰기를 끝낸 참이었다. 바쁘게 손을 움직여 파프리카를 도마 위에 가져오니 벽 너머에서 웃음소리가 들려 왔다.

"천천히 해요. 확인차 물어본 거니까."

"넌 다했어?"

입을 삐죽이며 물었다.

"얼추요?"

"그으러셔요?"

파프리카를 썰며 툭 던졌다. 좀 크게 잘린 것 같은데.

"근데 요리는 어디서 배운 적 있어?"

"생활 스킬이죠."

거들먹거리는 목소리.

"잘났어. 아주."

"나중에 얼마나 잘났는지 보여줄게요! 진짜로! 직접!"

웃음기 섞인 기세등등한 목소리에 살짝 미소 지으면서, 낯선 이름의 야채를 썰었다. 아스파라거스를 집에서 요리해 먹는 날이 올 줄이야.

"끝!"

"버섯도 적당히 썰고요."

"아까 말하지."

투덜대면서 버섯도 썰었다. 벽 너머에선 승진의 웃음소리가 들려왔다.

"진짜 끝!"

"그럼 이제 마늘만 편 썰면 돼요."

링썰기에 이어 편 썰기? 슬며시 물어보았다.

"편 써는 게 뭐야?"

"얇게 썬다구요. 조각조각, 납작하게!"

벽 너머에서 통통통 식칼을 두드리는 소리가 얼핏 들리는 듯했다. 새삼 참 지독하게 느껴지는 저 벽의 얇기를 체감하며 나도 마늘을 썰었다.

"어, 어… 이렇게 말이지?"

"잘되고 있어요?"

잘되는 척을 하기는 했는데 이건 내 눈에도 얇게 썰었다고 하기엔 무리가 있어 보였다.

"어!"

하지만 마늘은 원래 작으니까 얇다고 칠 수 있지 않을까? 두세 조각으로만 적당히 자르고, 빈 도마 위에서 식칼을 빠르게 움직여 통통통 소리를 냈다.

"그거 되면 아까 후추랑 올리브유에 재워 놓은 고기 있죠."

"어어."

애매하게 자른 마늘을 한쪽으로 빼놓고 고기를 챙겼다.

"그걸 구울 거예요. 가스레인지 불 켜 봐요."

후추랑 올리브유, 대신 참기름에 재워 놓은 고기를 꺼냈는데… 뒤늦게 후추를 좀 많이 뿌렸다는 생각이 들었다. 이거 닦으면 닦이나? 고민하며 고기를 이리저리 살펴보았다.

"팬에다가 고기 올리고…."

"잠깐, 잠깐!"

에라 모르겠다. 일단 시키는 대로 가스레인지를 켜고 그 위에 팬을 올렸다.

"어느 정도 익으면 야채도 같이 구울게요."

"알았어."

굽는 거니까 그냥 올리면 되겠지. 승진이 말한 대로 팬 위에 고기를 툭 올렸다.

"흭!"

"왜 그래요?"

고기는 매섭게 타들어 갔다. 이게 아닌가?

"다쳤어요?"

걱정 어린 목소리가 들려왔다.

"아니. 괜찮아. 근데 이거… 불이 너무 센 거 같은데…"

"아, 고기는 원래 센 불에 구워야 맛있어요."

이렇게까지? 겁나서 좀 멀리 떨어진 상태로 팔을 길게 뻗어 젓가락으로 고기를 뒤집었다. 피어오르는 연기가 아무래도 심상치 않았다.

"안 타?"

"그게 타는 게 아니고 마이야르 반응이라는 거예요."

아무래도 생활 스킬이 아닌 것 같았다. 누가 생활에서 저런 표현을 쓰냐고.

"그 반응이 있어야 풍미가 올라가거든요."

"풍, 풍미…"

떨떠름하게 대답하고는 죽어가는 고기를 바라보았다.

"슬슬 야채도 넣으면 될 거예요."

"어…"

집게로 아스파라 뭐라는 야채를 집어 들었다. 아직은 신선해 보이는 야채를 결연한 눈으로 바라보며 나지막이 읊조렸다.

"마이야르, 파이팅!"

"파이팅!"

승진은 귀엽다는 듯 웃음을 터트렸다. 나는 굳건히 심호흡을 한 번 한 뒤 자유분방한 크기의 야채들을 팬에 투하했다.

"아…."

얼마 지나지 않아 성호를 그어야 할 것 같은 비주얼의 스테이크 한 접시가 완성됐다.

"어때요! 아바타 요리, 할 만하죠?"

벽 너머에서는 다른 의미로 성호를 그어야 마땅한 성공작이 나왔나 보다.

"거의 아바타 셰프 수준 아니에요?"

나는 도저히 저 환상 가득한 희망을 깰 수 없었다.

"어… 할 만하네."

"저기요. 그럼요…. 다음에도 할래요?"

"어, 다음? 다음…."

어쩌지? 빠르게 머리를 굴리고 눈알도 굴리다 부엌에 굴러다니던 장바구니가 보였다. 그 순간 눈앞에 아이디어가 하나 번뜩였다.

"하자. 다음에!"

현관 도어락 소리가 들린 그 순간, 나는 그 어느 때보다도 반갑게 달려 나갔다. 그리고 도어락이 다 눌리기도 전에 문을 벌컥 열었다.

"언니!"

"애 좀 봐라…. 웬일로 언니를 이렇게 반겨?"

말없이 웃으면 언니를 안으로 들였다. 언니는 별일이라는 듯 사람을 빤히 보더니 피식 웃었다.

"연애한다고 신나긴 했나 보네. 아주."

그러고선 평소처럼, 평소와 다른 봉투를 내밀었다.

"고마워."

"어이구?"

언니는 살짝 핀잔 섞인 눈으로 나를 빤히 보았다.

"생전 안 하던 소리를 요게…."

"앉아, 앉아."

따가운 눈길을 피하면서 언니가 가져온 음식을 테이블에 세팅했다. 저번에 도전했다 실패한 것과 같은 메뉴인 스테이크였다. 야채의 구성이 조금 다른 것 같긴 하지만, 그 정도야 컨디션의 문제라고 봐도 무방하지.

"아직 안 왔어?"

언니는 앉으려다 말고 몸을 기울이더니 의아한 표정으로 물었다.

"왔어."

"어디?"

손을 들어 벽 너머를 가리켰다.

"저기."

그 순간 언니의 표정이 아주 복잡해졌다. 뭐부터 따져 물어야 할지 모르겠다는 건지, 수십 개의 질문이 한 번에 얼굴을 스쳐 지나갔다. 나는 혼란스러워 하는 언니 앞에서 뻔뻔하게 웃어 보였다.

"승진이야. 이승진."

"몇 살…인데? 얼굴은 봤어?"

언니는 천천히 정신을 가다듬었고 나는 가볍게 고개를 저었다.

"동갑이야."

그러고선 환하게 웃었다. 요근래 내가 지은 표정 중 가장 빛나는 얼굴로.

"무조건 나랑 동갑!"

13

벽견례

"뭐야, 의자 부족한 거 아냐?"

지우는 들어오자마자 한마디 했다. 나는 지우가 가져온 과일을 앞에 두고 핀잔부터 줬고.

"넌 왜 정장을 입고 왔냐?"

"왜? 결혼식 땐 멋있다며?"

생활감 물씬 풍기는 내 집과는 너무도 안 어울리게, 지우는 번듯하고 불편한 옷차림을 실컷 뽐냈다. 보라는 듯이 양 팔을 뻗으니 솔직히 그 꼴이 그렇게 웃길 수가 없었다.

"누구한테 잘 보이려고?"

"에이, 제수씨?"

"제수씨는 무슨 벌써…"

혹시 들었을까 싶어 벽을 홱 돌아보았다. 다행히 아무 소리도 들려오지 않았다. 목소리를 죽여 지수한테 다시 한마디 했다.

"너 쓸데없는 소리 하지 마."

"근데 이름이 뭐야?"

잠깐 망설이다가 말했다.

"홍라니."

"홍라니…. 그, 누님은?"

"누님?"

지우는 음흉한 웃음을 흘리면서 정장 앞섶을 매만졌다.

"저번에 그, 스테이크 배달하러 가니까 자기 언니랑 같이 보자던데."

"아, 아… 아 맞아. 안 그래도 언니분 오신다더라."

"그래서 누님은?"

말이 나오기가 무섭게 벽 너머에서 현관문 도어락 누르는 소리가 넘어왔다. 지우는 바짝 긴장해서 벌떡 일어났다.

"오신다. 오시나보다. 왔네."

"그러게."

벽을 가볍게 두어 번 두드렸다.

"저기요! 인사하세요. 제 친구예요."

어리둥절해서는 눈을 멀뚱히 깜빡이는 지우를 흘긋 봤다.

"야. 인사해."

"아… 안녕하세요."

지우는 아직 상황 파악이 안 되는 듯했지만 일단 멋쩍게 인사를 전했다.

"안녕하세요. 언니, 그, 그 사람… 어… 지우 씨."

먼저 라니의 목소리가 넘어왔다. 지우 이름은 언제 알았지? 내 이름도 모를 텐데….

"안녕하세요."

곧이어 좀 더 어른스러워 보이는 언니분의 목소리가 들렸다.

"안녕하세요!"

나도 인사를 한 다음 지우의 표정을 살폈다가, 순간 당황했다. 지우는 상황 파악을 끝내자마자 너무 좋다는 듯이 헤 웃고 있었다.

"야. 이쁘시네."

"목소리만 듣고 어떻게 알아?"

"목소리가 이쁘시잖아!"

지우는 해맑게 웃으며 자리에 앉았다.

"그리고 은근 재밌다. 야."

정장을 입고 온 보람은 알아서 잘 챙긴 것 같았다. 곧 나도 지우도, 아마 라니도 언니분도 다 자리에 앉는 듯 의자 끄는 소리가 이어졌다.

"같이 뵙는 줄 알고 와인 챙겨왔는데, 못 드려서 아쉽네요."

"와인… 제가 받으러 갈까요?"

냅다 끼어드는 지우 놈을 퍽 치고는 바로 수습했다.

"아유, 아닙니다!"

그리고 소리 죽여 지우에게 한마디 더 했다.

"야, 받긴 뭘 받아."

"아, 왜? 니네 커플이 비대면 연애하는 거지, 나까지 비대면 해야 되냐?"

"아니 그게 문제가 아니라… 넌 그냥 술 얻어먹으려는 거잖아!"

정곡을 찔린 지우는 씩 웃었다.

"티 나냐?"

반대편에서 다소 낯선 웃음소리가 들려왔다.

"다음엔 더 좋은 걸로 챙겨 드릴게요."

아예 처음 듣는 목소리는 아니었지만 아무래도 라니 외의 소리가 들려오는 건 드문 일이었다. 그것도 라니와 닮은 듯 참 다른 목소리라 더 기분이 묘했다.

"아니에요. 다음엔 저희가 챙겨 드려야…."

"네! 기대하고 있겠습니다!"

넉살로 꽉 들어찬 지우 놈의 배를 쿡 찔렀다. 다행히 지우는 금방 몸을 푹 숙이며 입을 다물었고 건너편에서는 상쾌한 웃음소리가 들려왔다. 적당한 아이스 브레이킹이 된 셈 치자.

"저희도 저희대로 마실 거 준비해 놨으니까요. 같이 또 각자! 건배나 할까요?"

늘 먹던 캔맥주보다 조금 비싼 브랜드의 맥주병 뚜껑을 땄다.

"건배요?"

곧 잔에 맥주를 따라 높이 치켜들었다.

"와이파이!"

"건배!"

반가운 라니의 목소리가 넘어왔다. 곧이어 지우도 잔을 들었다.

"건배!"

"…건배!"

한 박자 늦게 들린 언니분의 목소리를 신호로 짠! 건배를 마무리했다. 그 뒤로는 생각보다 평범한 대화가 오갔다. 언니는 뭐 하시는 분이며 우리는 평소에 뭘 하는 사람들인지 등등. 지우는 그럴 듯한 청년 스타트업 대표인 척하려고 한 오분 정도 노력하다가, 결국 골목 저쪽에 있는 과일가게 사장임을 솔직히 털어놓았다.

취기가 어느 정도 올랐을 때였다. 지우가 요즘 잘 나가는 과일 종류를 줄줄이 늘어놓으며 홍보 아닌 홍보를 해대던 중, 언니분의 목소리가 들려왔다.

"어. 술 떨어졌다."

"그러니까 샤인머스캣이… 어, 따라드릴까요?"

"너 취했냐? 니가 어떻게 따라드려!"

헛소리를 해대는 지우 놈의 어깨를 툭 쳤다. 벽 너머에서 웃음이 들렸다.

"아, 금방 갔다 온다니까."

"저기가 가까워도 먼 곳이야."

"뭐 북한이냐?"

지우는 투덜대면서도 결국 자리에 앉았다. 그때까지도 언니분의 폭소는 끊어지질 않았다. 듣다 못한 라니가 민망해하며 말릴 정도였다.

"언니, 그만 좀 웃어."

"아, 아니. 아우. 이게 한 번 생각이 드니까 너무 웃겨서."

"재밌으셨다니 다행이네요. 그래도… 야, 한마디 더해."

아무튼 분위기는 띄워졌으니 좋은 게 좋은 거지. 내가 지우를 한 대 더 툭 쳐서 부추기자 겨우 진정하신 언니분의 목소리가 다시 넘어왔다.

"아녜요. 그 말도 말인데, 상황이랑 연결돼서 웃겨 가지고. 삼팔선 그은 것도 아닌데 바로 옆에서 못 넘어가는 게 신기하잖아."

언니분은 가볍게 웃으며 덧붙였다.

"안 넘어가는 건가? 둘 다 진짜… 별나."

"내가 뭐?"

라니가 투덜거리는 듯이 말하자 언니분이 흐음, 짧은 소리를 냈다.

"아니, 좋으면 보고 싶고. 손잡고 싶고. 뭐 더한 것도 하고 싶고 그렇지 않나?"

"언니!"

벽 너머에서도 툭 치는 소리가 들려왔다. 아까 내가 퍽 치는 것도 다 들렸겠구나. 다소 찔리는 기분으로 지우를 바라보니 이 녀석은 또 좋다고 웃고 있었다.

"맞죠! 요샌 왜 자만추라는 말도 있잖아요."

"자만추?"

"자보고 만…"

들리거나 말거나 지우 배를 냅다 한 번 퍽 쳤지만, 이미 늦은 것 같았다.

"어머 미친 새끼!"

뒤이어 벽 너머에서는 헉 하는 소리가 들려왔다. 벽 양쪽에서 서로 웅성거리던 중 뒤늦게나마 수습하려고 지우의 멱살을 잡아챘다. 안 보이겠지만 성의라도.

"죄송합니다! 이게 어디서 이상한 걸 듣고 와가지고… 저,

저는 안 그래요! 얘두요!"

"네, 네! 안 그럽니다!"

서로 어쩔 줄 몰라 하는 애매한 침묵이 잠깐 이어진 뒤, 라니의 목소리가 넘어왔다.

"진짜 안 그래?"

"네? 자, 자만추요?"

언니분이 픕 웃는 소리가 들렸다. 제대로 말해야 한다.

"아뇨! 나는, 나는 그러니까… 다른 자만추 좋아해요! 그니까 원조! 자연스러운 만남 추구! 어, 우리처럼!"

"다른 거는?"

라니는 망설임 섞인 목소리로 말을 이어갔다.

"전반적으로."

"다, 다요! 난 지금이 좋아요! 이런 연애를 누가 해봤겠어요? 엄청 특별하고… 또… 안 보이니까 더 설레고…그래서 정말, 더 좋아요."

뒷말은 더 잇지 못했다. 지우가 내 등짝을 픽 친 탓이다. 거기다 벽 너머에서도 툭 치는 소리와 웃음소리가 넘어왔다.

"건배하시죠!"

지우는 멋쩍게 머리를 헝클어트리는 내 옆에서 잔을 치켜들었다. 곧 언니분의 웃음기 섞인 목소리가 들려왔다.

"와이파이!"

"건배!"

나랑 라니가 뭐라고 말을 하기도 전에 지우가 먼저 냅다 호응했다. 거의 바닥을 보이는 맥주잔과 텅 비어 있을 와인 잔이 얇은 벽을 사이에 두고 가볍게 부딪혔다. 그리고 나는 아직한 번도 제대로 이름을 불러보지 못한 여자 친구와 눈을 마주쳤다. 지금 눈빛이 맞닿아 있는 거면 좋겠다고 바라면서, 벽을 바라보았다.

지우는 술 냄새를 짙게 풍기면서 넥타이를 풀어헤쳤다. 깨끗하게 비워진 술상을 치우며 일어나는데, 지우가 대뜸 어깨동무를 해왔다.

"야. 술 냄새 나. 좀 치워!"

"너, 너어어. 나 가면 몰래 만나려고 그러지."

빈 그릇을 싱크대에 대강 옮겨두고 지우 놈 등짝을 퍽 쳤다.

"헛소리하지 말고 가, 빨리."

"나 보내고 뭐 하려고!"

묵직한 지우 등을 연신 밀어대는데 이놈은 계속 버텨댔다.

"너 일로 와봐."

"아 냄새 난다고, 임마!"

지우는 취기가 어지간히도 올랐는지 진심으로 달라붙어
왔다.

"야, 너… 이 형님이 한마디 해두는데…"

"양치나 하세요."

"얼굴은 확인하고 사겨."

이번에는 내가 진심으로 밀쳐냈다. 육중한 몸을 비틀대며
물러나는 지우 놈을 바라보고는 단호하게 말했다.

"내가 너냐?"

"아님 몸매라도!"

"으이구, 으이구…!"

온 힘을 다해 지우 놈을 흘겨보았다.

"니가 그러니까 연애를 못 하는 거야. 어? 사람이 영혼이 통
하는 상대를 만나야지, 아주 그냥 머릿속에 이상한 생각만 드
글드글해서…"

"야! 자만추는 아니더라도! 만자추까지는 해야지. 어? 만났
으면 자…"

"꺼져, 미친 새끼야!"

이젠 이판사판이라는 심정으로 지우 놈을 현관문까지 질질
밀어냈다.

"알았어. 알았다고!"

결국 지우 놈은 못 이기는 척 밖으로 나갔다. 드디어 치웠

다는 생각에 안도의 한숨을 푹 내쉰 그때, 아주 무식하게 현관문을 쾅쾅쾅 두드리는 소리가 울려 퍼졌다.

"가라니까!"

"이 새끼들이 술 먹는데 형님한테 연락을 안 해!"

문을 열자마자 보인 건 지우 옆에 추가로 생긴 불청객이었다.

"나만 빼놓고 이것들이…!"

윤성은 술을 들고 음흉하게 웃으며 은근슬쩍 들어오려 했다.

"잘 먹을게. 잘 가."

하지만 나도 두 번은 안 당한다. 바로 윤성과 지우를 통으로 떠밀며 현관문을 닫았다.

"어? 야! 야! 사람이 왔는데, 야!"

무슨 원념처럼 문을 거세게 두드리는 소리가 이어졌지만 그 것도 잠깐이었다. 그렇게 의지를 담아 내내 두드릴 수 있는 놈 들이었으면 뭘 해도 해냈지. 곧 두드리는 소리는 끊어졌고, 인 기척도 사라졌다. 혹시 모르니까 굳이 다시 열어보진 않고 그 냥 침대로 돌아왔다.

"자요?"

조심스럽게 벽 너머에 물었다.

"혹시 깨웠으면 미안해요. 저것들이 아주 술만 보면 눈이 돌아가서…"

대답이 돌아오지 않았다. 술 때문에 좀 깊이 잠들었나?

"근데요, 그, 아까 그거는 진짜… 나는 아니거든요. 쟤가 그 렇게 생각하는 거지…"

조금은 안심하고 조금은 실망한 기분으로 변명 같은 말을 이어갔다.

"끼리끼리는 사이언스라고는 하지만 뭐 그렇게 치면 우리도 끼리끼리고, 그러니까 바운더리가 다른 끼리끼리니까… 아 그 게…"

변명이 너무 길어졌는지 제멋대로 꼬였다. 바짝바짝 말라가 는 입술에 침을 묻혀 가면서 어설프게 덧붙였다.

"아무튼 저는 좋아한다고요. 우리 상황도…"

심호흡을 한 번 뱉고 마른침을 삼켰다.

"라니 씨도."

대답이 또 돌아오지 않는 걸 보니 아무래도 잠든 게 확실 한 듯했다. 그 편이 오히려 나을지도 모르겠다. 이름 어떻게 알 아냈냐고 캐물으면, 에어드랍에서 봤다고 해야 하는데… 그럼 또 이름 알자고 에어드랍한 것 같지 않나. 그건 또 그것대로 음흉해 보이고. 다시 해명을 하면….

"나도."

속으로 헛소리를 중얼거리며 돌아서려던 그때, 짧은 대답이 돌아왔다.

"나도 너 좋아해. 이승진."

그 순간 다 깨달았다. 캐물을 것도 해명도 필요 없었다는 걸. 그냥 거기 있는 당신이 여기 있는 내 이름을 불렀다는 것만으로도, 나는 너무나 충분했다.

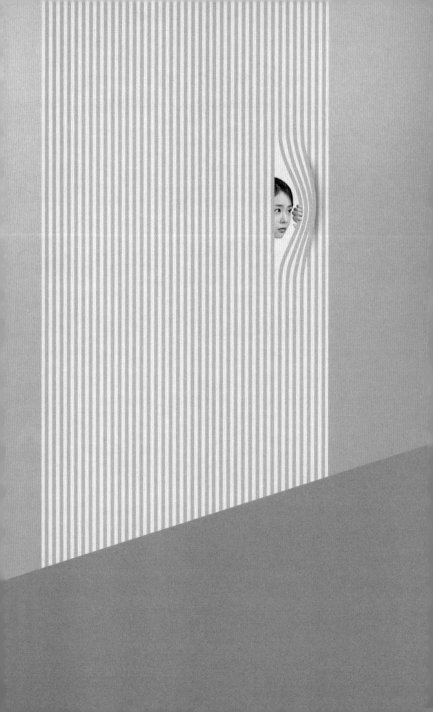

14
악몽의 시작

어젯밤, 휘영청 밝게 뜬 달빛 아래에서 언니는 대뜸 내 볼을 꼬집었다.

"아유. 예뻐."

그때 나는 왜 그러냐는 뜻으로 눈을 깜빡였다. 으으으, 이상한 소리를 내는 내게 언니는 웃으며 말했다.

"너 좋아진 게 좋아서. 얼굴이 확 폈네."

"그래?"

나는 쑥스러운 듯 웃었고, 언니는 애정 어린 눈길로 나를 바라보았다.

"앞으로 이렇게만 지내. 혹시 저게 말썽 피우면 바로 이르고. 알았지?"

알았다고 당연한 대답을 돌려주며 언니를 보냈다. 밤바람은 딱 좋게 서늘하고 취기는 기분 좋게 올라 있었다. 어디 하나 나무랄 것 없이 깔끔하고 참 좋은 밤이었다. 배웅하고 난 뒤에는 특별하고 설레는 굿나잇 인사도 주고받았고.

아무것도 나무랄 게 없었다. 정말 좋은 기분이었고, 내일까지도 내내 그렇게 다 행복하고 괜찮기만 할 것 같았다. 그랬는데.

'너 나 차단했냐?'

고작 두 문장짜리 문자 메시지가 그런 기분을 다 망쳐놓을 수 있을 줄은 몰랐다. 내가 그렇게 약해빠진 인간이라고는, 생각하고 싶지 않았다.

'메일 보냈으니까 확인해라.'

동원창은 그 짧은 메시지 안에서도 더없이 삐딱하고 고자세였다. 부재중 전화도 몇 통이나 와 있었다. 연신 연락을 해대야 받을까 말까 하는 상대라는 걸 알면서도, 어떻게 이런 식으로 나올 수 있을까. 대체 무엇이 이런 태도를 가능하게 하는 걸까. 내가 동원창한테 궁금한 건 이제 그거 하나뿐이었다.

"혹시 캣타운이라는 만화 알아?"

벽 너머에 있는 승진에게는 그밖에 모든 것이 궁금했다.

"어! 나 그 만화 어릴 때 시리즈별로 다 있었는데!"

내가 딱 한마디만 던져도 바로 벌떡 일어나 호응해주는 게 신기하긴 했다. 그런데 적어도 그것만은 왜 그런지 알 것 같았다. 그냥 느껴졌다.

"나도. 시리즈별로 다 있었어."

내내 흔들리던 기분이 겨우 좋아져서, 살며시 웃음을 흘렸다. 여기에 진짜 내 캐릭터가 들어간다고? 그제야 다른 많은 문제를 제쳐두고 겨우 좋아할 수 있었다.

"아니 그러니까, 지금 거기 새로운 캐릭터로 그쪽 디자인을 쓰겠다는 거죠? 거기서 쓰겠다고 했다는 거죠? 그죠? 맞죠?"

"바로 쓰겠다는 건 아니고, 기존 디자인에서 작화에 맞게 좀 수정해 보자는 것 같은데…."

승진은 나보다 더 신나서 방방 뛰었다. 그 덕에 나는 계속 웃음이 났다.

"아니, 그니까!"

들떠서 아주 박수까지 짝 쳤다.

"그게 쓰겠다는 거죠! 와, 진짜! 나 진짜 지금 어느 때보다도 너무 나 보여주고 싶다. 지인짜로 소름 돋았다니까요!"

내 예상을 훨씬 뛰어넘은 반응에, 웃음을 멈출 수가 없었다. 쑥스러우면서도 좋았다.

"와. 내가 천재 작가랑 대화하고 있었네! 사인해줘요!"

"어떻게?"

웃으며 묻는데도 승진의 호들갑은 끝날 생각을 안 했다.

"벽에다가? 아니다, 저번처럼 에어드롭으로…"

그때 잠깐 승진의 말이 멈췄다.

"누가 왔나? 잠깐만요."

웃으며 벽 너머에 귀를 기울였다. 무슨 택배라도 받았나 보다. 그놈의 악기가 또 추가되려나? 이번에는 뭘까. 기타는 안 쳐도 사 모으는 거라던데 새 거 하나 장만했나?

"오빠, 갑자기 미안."

순간 내 얼굴에서는 웃음기가 싹 사라졌다.

"혜지야."

"이러면 안 되는 거 아는데, 생각나는 사람이 오빠밖에 없어서."

울음기 섞인 여자의 목소리가 이어졌다. 익숙하다면 익숙한 목소리였다. 작은 가방으로 동원창을 몇 대나 후려갈긴 뒤 똥원창, 한마디를 날리던 그 사람이었다. 영상에서는 누구보다 굳세 보이던 그 사람이 지금은 맥없이 울음을 터트리고 있었다.

"나가자. 나가서 얘기하자."

곧 현관문이 열렸다가 닫히는 소리가 들렸다. 그리고 벽 너머에서는 더 이상 아무 소리도 들려오지 않았다.

"승진아."

대답이 없을 거라는 걸 알면서도 불러봤다. 역시나 아무 답이 돌아오지 않았다. 당연한 건데, 그 정도는 알고 있는데도 눈앞이 흔들렸다.

"이승진."

손을 초조하게 쥐었다 폈다. 애써 노트북 화면 속 메일을 바라보았지만 한 글자도 읽히지 않았다. 글자가 점점이 흩어지면서 희게 변했다.

눈앞에 떠오르는 건 동원창 동영상뿐이었다. 얼굴이 제대로 보이지 않아도 상당한 미인이라는 건 충분히 알 수 있었다. 길게 늘어진 머리카락은 웨이브가 부드럽게 들어가 우아하고 청순해 보였다. 얻어맞는 동원창이 죽자고 앓는 소리를 내는 게 참 웃겨 보일 만큼, 가방을 휘두르는 팔은 너무 얇았다.

"이럴 때가 아니지."

한숨 섞인 혼잣말을 내뱉으며 뺨을 쳤다.

"생각하자. 생각…."

머리를 싸매고 몸을 수그렸다. 눈만 뜨면 보고 싶지 않은 게 보여서 아예 눈을 꼭 감아버렸다. 그러고 천천히 심호흡을 두어 번 했을 때, 핸드폰이 울렸다.

혹시 번호도 어느샌가 알아내 준 거 아닐까? 내가 말하지 않아도, 거기까지 알아주지 않을까? 헛된 기대로 흘긋 바라본 핸드폰 화면에는 지금 가장 만나고 싶지 않은 사람의 이름이 떠 있었다.

동원창은 구석 자리에 쭈그려 앉아선 온 힘을 다해 몸을 웅크리고 있었다. 새까만 선글라스와 마스크까지 쓰니 오히려 더 눈에 띄었다. 아주 관심을 있는 대로 받고 싶어 안달이 났나 보다. 성큼성큼 다가가 동원창 맞은편에 철푸덕 앉으며 일부러 큰 소리로 외쳤다.

"안녕, 똥원창?"

"이게 진짜…."

동원창은 자기가 무슨 연예인이라도 된 것처럼 계속 주변을 의식하며 둘러보았다. 그 꼴을 보니 절로 실소가 새어 나왔다.

"옛다, 관심."

그리고 비웃음을 굳이 감추려는 시도도 하지 않고 툭 던져 줬다. 혀를 빼꼼 내밀어 한 차례 더 놀려주기도 했다. 동원창은 사람을 노려보며 콧김을 한번 뿜더니 못 이기는 척 선글라스와 마스크를 벗었다.

"싸우자고 만난 건 아니고."

곧 주섬주섬 계약서를 꺼내 펼쳐 보였다.

"어떡할래?"

나는 시선만 내리깔아 계약서를 흘끔 살폈다. 동원창은 계약서를 손가락 끝으로 요란스레 툭툭 두드리며 다시 물었다.

"당연히 할 거지?"

그러고는 더없이 양아치 같은 말투로 설명을 이어갔다.

"계약은 저쪽이랑 회사 대 회사로 진행할 거고, 수익은 전처럼 5대 5."

법적인 설명을 듣고 있을수록 눈에선 힘이 풀려갔다. 되도록 인연을 끊고 싶었는데, 좀처럼 그럴 용기가 나지 않았다. 동원창은 계약서를 손가락으로 두드리며 덧붙였다.

"이거는 우리가 너한테 외주로 그렇게 계약을 한… 안 듣네?"

동원창은 내 눈 앞에 손가락을 들이밀며 딱딱 소리를 냈다.

"야. 니 입장에선 내가 개새낄 순 있는데."

"알긴 아네."

영혼 없이 툭 한마디를 던지자, 동원창은 또 짜증스레 콧바람을 내뿜었다.

"그래도 이건 회사한테도 큰 건이지만 너한테도 중요한 일이잖아? 안 그래?"

그러더니 다른 서류를 또 꺼내들었다.

"자. 봐봐. 니가 혹시 까먹었을까 봐 가지고 온 거야."

거기에는 수년 전 찍은 내 증명사진이 박혀 있었다.

"너 우리 회사 처음 들어올 때 이력서. 이때 생각해 봐."

내 시선 또한 그 이력서에 박혔다. 희망찬 미소를 짓고 있었던 그때의 내 모습을 앞에 두고 동원창은 뻔뻔하게 말을 이어 갔다.

"니가 니 꿈을 이루려고, 얼마나 노력했는지."

말이 이어질수록 내 눈빛은 더욱 흔들리기 시작했다.

"매일같이 밤새고 일했어. 기억나지?"

심장 박동이 조금씩 거세졌다.

"그때 우린 공동의 목표가 있었잖아. 그러니까, 이번에도 공동의 목표를 이뤄보자고."

동원창은 힘껏 무게 잡은 목소리로 말을 이어갔다.

"난 회사를 위해. 넌 네 꿈을 위해."

나는 눈을 들어 동원창을 똑바로 바라보려고 했다. 하지만 눈을 치켜뜬 순간 심장이 너무 빨리 뛰었다. 숨이 턱 막혀서 그 자리에 더는 앉아 있을 수 없었다.

"홍라니? 야, 야!"

나를 부르는 목소리를 뒤로 하고 곧장 뛰쳐나갔다. 이미 수백 미터를 달려온 것처럼 숨이 찼지만 걸음을 멈출 수 없었다. 멈췄다간 그대로 고꾸라져 자빠질 것만 같았다. 달려야만 간신히 걸어 나갈 수 있고, 가만히 있으면 끊임없이 뒤로 밀려나는 거울 나라의 앨리스처럼.

앨리스는 평생 두 번의 대단한 모험을 한다. 한 번은 이상한 나라에서, 다른 한 번은 거울 나라에서. 이상한 나라를 갈 때는 그나마 유명한 흰 토끼를 따라가기라도 했지. 거울 나라로 갈 때는 좀 더 억울했다. 집 밖의 수상한 구멍에 들어간 것도 아니고 집에 멀쩡히 있던 거울을 통해 쑥 들어가 버렸다.

'저는 이 회사에서 그런 모험을 하고 싶습니다!'

면접을 보던 날, 나는 앨리스 이야기를 꺼냈다. 두 번에 걸쳐 떠난 모험 이야기로 유명해진 앨리스처럼 나도 그만큼 스펙타클한 모험을 거쳐 인상적인 캐릭터를 만들겠다. 뭐 그런 식의 입방정.

'디자이너인데?'

'아, 그러니까… 디자인 과정에서의 퇴고, 뭐 그런 걸 일종의 모험이랑 같다고 생각해서….'

그날 임원진 면접이랍시고 나와 독대하던 동원창은 세상 다시 없이 거만한 태도로 이력서를 살펴보았다. 흐음, 가볍게 흘린 그 숨소리가 얼마나 무례한 거였는지 알았어야 했는데. 그때는 그런 생각은 전혀 하지 못하고 바짝 얼어 있었다.

'좋네.'

가쁜 숨을 꼭 참아가며 살짝 들어 올린 두 눈에 동원창이 들어왔다. 쥐색 수트를 빼입고 다리를 꼰 채 삐딱한 눈으로 나를 내려다보고 있었다.

'좋아요. 감각 있네.'

'감사합니다!'

그게 뭐 그리 고마운 말이라고 냅다 고개를 숙였을까. 그리고 다시 고개를 들었을 때, 눈앞에 나타난 손을 왜 또 그렇게 반가워했을까.

'앞으로 잘 부탁합니다?'

환하게 웃으며 그 손을 잡은 내 자신이 그렇게 미울 수가 없다.

'잘 부탁드립니다!'

동원창은 음흉한 미소를 지으며 악수했다. 역시 이것도 그때는 몰랐다. 그저 사람 좋은 웃음이라고만 생각했다. 당연히 나는 내 미래가 밝기를 바랐으니까. 앞으로 내가 상사로 여겨야 할 그가 좋은 사람이었으면 좋겠다고 생각했다.

'앨리스, 닮았는데? 어울려요.'

내 어깨를 툭툭 치며 던진 그 말에는 바보같이 웃음을 지었다. 그때 귀에 걸렸던 입꼬리가 다 아까울 지경이었다.

하지만 정말로 아까운 건 따로 있었다. 그날 이후 나는 흰 토끼랑 비슷하지도 않은 쥐색 아저씨를 따라 이상한 나라에 발을 들였다. 거기서 내 청춘, 내 사랑, 내 열정… 그리고 그 모든 걸 담은 결과물까지 잃어버렸다.

모든 걸 잃을 때까지 내가 소모되어 가고 있다는 생각조차 하지 못했다. 나는 잃는 게 아니라 이뤄가고 있다고 생각했다.

밥 먹듯이 야근하는 건 성실한 갓생을 사는 거라 생각했고, 수정하고 또 수정하는 건 더 좋은 결과물을 위한 거라고만 여겼다.

'홍라니 씨, 어떻게 생각해?'

스타트업 회사들이 모여 있는 테크노밸리 안, 회의실도 없는 작은 사무실에 책상들이 옹기종기 마주 붙어 있었다. 나와 동원창, 그리고 5명 남짓 되는 직원들이 책상 너머로 열정적인 토론을 이어나갔다.

그때는 나도 사람들 속에서 잘 어울렸다. 무언가 아이디어가 떠올랐을 때 내가 번쩍 손을 들어 신나게 이야기하면, 사람들은 다 같이 동조하며 즐거워하곤 했다.

'오, 그거 괜찮네! 역시 우리 라니. 에이스라니까!'

동원창은 내게 유독 칭찬을 많이 했다. 그럴 때마다 나는 바보같이 웃었고, 또 더 바보같이 애썼다.

가끔은 직접 박카스를 사와 돌리기도 했다. 야근이 계속 이어진 어느 날, 한 번은 어두워진 사무실 안에서 다들 피곤이 가득한 얼굴로 버티다가 결국 하나둘 엎드려 잠에 빠지기 시작했다. 그날조차 나는 피로한 안색에 신난 표정을 띤 채 작업을 이어나갔다.

'라니 씨, 뭐 그려?'

동원창은 박카스를 내 뺨에 들이밀며 말을 걸었다.

'체셔 고양이요.'

'오호… 체셔… 그, 앨리스에 나오는 거?'

상식에 가까운 그 지식이 뭐가 그렇게 반갑다고, 나는 환히 웃으며 연신 고개를 끄덕였다.

'라니 씨, 꽤 똑똑한가 보네. 아이디어도 많고, 디자인에서도, 어? 이거 봐, 지성이 막 배어나잖아!'

요란스러운 반응에 웃음을 터트렸다. 동원창은 아예 의자를 가져와 끌어 앉으며 내 디자인을 같이 살피기 시작했다.

'다른 것도 있어요? 좀 봐봐.'

'아… 네. 있긴 한데, 이건 개인 작업물이라….'

꺼리는 기색을 드러내긴 했지만 그마저도 싫어서 그런 게 아니었다. 업무용으로 쓰이기엔 부족하다고 생각했을 뿐이었다. 동원창은 능청스럽게 나를 툭 쳤다.

'라니 씨가 또 어디서 영감을 받았나 궁금해서 그러지. 앨리스만 좋아하는 거 아닐 거잖아요? 또 뭐 좋아해요?'

'저요? 책이요?'

'어, 뭐든.'

동원창은 그렇게 말해놓고 잠깐 고민했다. 그러더니 자세를 고치며 다시 물었다.

'아니다. 그래. 책으로 말해 봐요. 뭐 제일 좋아하는 책의 명언, 그런 거 있잖아.'

'명언…?'

'원래 그런 게 사람을 알려주는 법이거든. 인생 영화나 인생 멘트. 그 사람의 취향이 그 사람을 결정한다는 거지.'

거들먹거리면서 말하는 그 얼굴이 아직도 눈에 선하다. 그때는 그게 거들먹거리는 건 줄도 몰랐는데.

'제일 좋아하는 거라고 하면… 나는 나를 존중한다.'

'그게 뭐야? 어디 나오는 건데?'

나는 머쓱해서 눈을 내리깔았다.

'그건 기억 안 나요.'

'뭐야, 라니 씨 헛똑똑이네.'

그 말에 또 머쓱해서 웃음을 흘렸다.

'근데 그게 왜 좋아? 기억도 안 나는 책에 나오는 게.'

'전체 문장이 되게 힘이 되거든요. 아무도 나를 돌보지 않을수록, 나는 더욱 나를 존중한다. 그런 문장이에요.'

'오… 기네. 무슨 고전에 나오는 말 같은데.'

동원창은 심드렁한 반응을 보였다. 그러면서도 자리를 뜰 생각은 하지 않았다. 오히려 의자를 살짝 움직여 내 쪽으로 몸을 기울였다.

'내가 좋아하는 건 말이지, 라니 씨.'

당시 나는 동원창에게 상당히 호감을 갖고 있었다. 이렇게 슬쩍 가까이 오는데도 뒤로 물러설 생각을 하지 않을 정도로.

'왜 나는 너를 사랑하는가.'

'네?'

'내가 좋아하는 책이라고.'

이렇게나 수작질에 가까운 멘트를 살살 치는데도 쑥스러운 듯 웃고나 있을 만큼.

'대표님! 저 그 책 읽었어요.'

며칠 지난 뒤 바쁜 시간을 쪼개 그 책을 다시 읽고서는, 또 그걸 가지고 먼저 말을 걸 정도로.

'어, 그, 무슨 책?'

'왜 나는 너를 사랑하는가!'

'아, 아… 아. 그거?'

제정신이 박혀 있었다면 이때 이미 깨달았어야 했다. 동원 창은 그 책의 표지밖에 읽지 않은 놈이었다는 걸.

'되게 좋던데요?'

'아… 그치. 좋지. 뭐가 제일 좋았어?'

'우리가 다른 사람을 사랑하는 이유요!'

그때는 까맣게 모른 채 눈을 빛내며 감상을 줄줄 늘어놓기 나 했다.

'우리는 우리 자신이 얼마나 부족한 존재인지, 절대로 잊을 수 없어서 남을 사랑하는 거래요. 다른 사람은 완벽한 존재라 고 상상할 수 있으니까. 모르는 만큼 상상할 수 있으니까, 모

르면 모를수록 더 사랑할 수 있다…고.'

눈 밑에 까맣게 깔린 다크서클이나 챙길걸. 지금 생각하면 오만 후회가 다 드는 짓거리만 골라 하는 꼴이었지만, 그때는 어쩔 수 없었다.

'그치. 나도 그거 엄청 공감했잖아. 그래서 내가…'

모든 직원이 서로 가까운 듯 먼 사이의 친분을 유지할 만큼 작은 회사였고, 동원창과는 나이차도 가까운 듯 먼 정도였고. 무엇보다도 동원창은 가까운 듯 먼 거리에 있는 키 차이로 항상 번듯한 슈트 차림의 모습을 뽐내는 회사 대표님이었으니까.

'있지. 라니 씨.'

그런 사람이 나를 특별한 듯 챙겼다.

'주말에 시간 돼?'

'주말…이요?'

'일하자는 거 아니고, 어… 책 얘기라고 해야 하나.'

나를 자꾸 궁금해하고.

'라니 씨 개인 작업물이 영 궁금해서. 보여주기 싫으면, 얘기라도!'

내 그림을 보고 싶어 하는데.

'좋아요!'

그런 관심을 내가 어떻게 의심할 수 있었을까. 금쪽같은 내 캐릭터들이 사랑받게 해주고 싶다는 일념 하나로 여기까지 왔는데. 내 그림이 드디어 누군가에게 사랑받을 것 같은데, 그런 희망을 무슨 수로 부정하고 현실적으로 살펴보겠나.

적지 않은 나이 차가 현실로 다가오는 매 순간 부정했다. 동원창은 가스라이팅이 습관 같은 사람이었지만, 그 이상으로 내가 나 자신을 가스라이팅했다. 나는 대단한 사람과 아주 많이 가까워진 거라고. 이건 다 기회고, 앞날에는 꽃길만이 펼쳐질 거라고.

그와 아주 가까워졌다고 생각한 어느 날, 내 캐릭터가 회의실 모니터에 떠워지는 순간까지도 그랬다. 동원창이 자기가 직접 그린 캐릭터라고 제 입으로 말하는 걸 보는 순간에도, 나는 그가 곧 정정할 거라고 생각했다. 나는 그때까지도 동원창을 믿으려고 했다.

일부러 그가 나한테 회의실을 다르게 알려줬다는 걸 알면서도. 실수였다고 생각하려 애썼다. 곧 나에게 사과할 거라고 다시 믿었다. 믿는 것밖에 할 수 없었으니까.

나는 이 이상한 나라의 주인공이 아니라 그 나라를 꾸미는 꽃 한 송이 같은 존재에 불과했다. 거기서 나는 이름 하나만으로 캐릭터가 되는 앨리스가 아니었다. 아무것도 아닌, 고작 홍라니였다.

15
나잇값

　　　　　혜지와 나는 그래피티 같은 것들이
가득 그려진, 조금은 오래된 공원 구석 화단 옆 낮은 돌담에
앉았다. 눈물을 닦은 휴지를 옆자리에 스윽 밀어놓고 혜지는
코를 훌쩍였다.

"좀 진정됐어?"

내가 멋쩍게 묻자 혜지는 가볍게 고개를 끄덕였다.

"그, 오늘은…."

무슨 일이냐고 물어보기도, 아예 다른 일을 꺼내기에도 마
음이 편치 않았다. 지금 나랑 혜지는 딱 그런 관계였다. 뭘 해
도 어색한 사이.

"지난번에."

"어, 어떤 거?"

지난번이라고 해도 요새 사건이 두 개나 있지 않았나. 하나
는 결혼식. 또 하나는 내가 끌어들여 터트린 동원창 사건.

"결혼식에서 오빠 봤을 때."

"아, 아… 그때 그 지난 번…."

혜지는 짓궂은 눈길로 나를 흘겨보더니 야속하다는 듯이
짧게 웃었다.

"왜. 카페 그거?"

맞다고도 아니라고도 못하고 눈을 피했다.

"그건 내가 미안하지. 괜히 추태나 보이고."

다행인지 불행인지 혜지는 내가 그날 판을 깔아놨다는 사
실은 눈치채지 못한 듯했다. 하긴 그러니까 먼저 나를 찾아올
수 있었겠지.

"그때말고, 결혼식에서 본 오빠… 그냥 참 그대로다 싶었
어."

"그래? 내가 그랬나?"

그때 내 모습이 어땠더라. 제대로 꾸미지 못하고 갔단 것만
떠올랐다.

"끊겠다던 담배 못 끊은 것도, 여전히 해맑은 것도, 또… 오
디션 다시 보는 것도."

혜지는 씁쓸하게 웃었다.

"다른 사람들은 다 변했잖아. 나도 그렇고. 근데 오빠만 그대로인 게 참 부럽더라."

"부러워? 그게?"

내 대답에 혜지는 새초롬한 표정을 지었다.

"엄청 부러워서, 그래서 오빠 생각부터 났어."

"그게 왜?"

정말 모르겠어서 한 소리였는데, 혜지는 그 말이 퍽 웃긴 듯 또 웃었다.

"이래서. 이런 게 부럽고 얄미워."

혜지는 내 코를 콕 찌르려는 듯 손가락을 들었다. 내가 반사적으로 몸을 뒤로 빼자, 혜지는 머쓱해하며 손을 내렸다.

"아, 이거는…."

"조금은 변했네."

아쉬움이 묻어나는 목소리였다. 혜지는 어색하게 손을 내리고는 자기 양손을 꼭 맞잡았다.

"사람 일 진짜 모르는 것 같아. 그치?"

분위기가 점차 어색하게 가라앉았다. 화제를 돌리고 싶었는데, 아직 본론이 나오지도 않은 상황이라 뭐라 할 말도 없었다. 나는 자꾸만 말라가는 입술에 침만 묻혀댔다.

"여기 우리 되게 자주 왔었잖아. 기억나?"

"그랬나?"

내가 고개를 들어 주변을 살피니 혜지는 아련하게 말을 이어갔다.

"저쪽에 영화관 생기면서 길 따라서 쭉 카페 들어오고…"

혜지는 손을 멀리 뻗어 저쪽 길을 가리켰다.

"조용하던 동네였는데, 참 많이 바뀌었어. 그치?"

"어, 어… 그러네."

솔직히 그 손길을 아무리 따라가서 살펴봐도 잘 모르겠어서 대강 대답했다.

"나도, 세상도 다 바뀌었는데… 오빠 어떻게 그렇게 여전해?"

"뭐… 나야 그냥… 그냥 살았으니까."

혜지는 씁쓸한 미소를 지으면서 내 쪽으로 몸을 기울였다.

"여기 봐봐. 속눈썹 엄청 긴 것도…"

그리고 나는 또 반대편으로 몸을 옮겼다. 이번에는 혜지의 표정이 눈에 띄게 굳었지만 나도 미안해하지 않았다.

"혜지야. 나."

얼굴을 떠올릴 수 없는 내 여자 친구, 라니의 경고가 귓가에 울렸으니까.

"그날 동원창, 내가 부른 거야."

"뭐?"

혜지의 표정이 싸늘하게 식어갔다.

"내가 너 이용한 거라고. 동원창 개쪽 주려고."

"이용… 뭐? 왜?"

나는 어느 때보다도 덤덤하게 말을 술술 이어갔다.

"내가 좋아하는 사람이 그 인간 때문에 고생 좀 했거든."

눈을 피하지도 않은 채, 실시간으로 어두워져 가는 혜지의 낯빛을 똑바로 보며 끝까지 다 털어놓았다.

"근데 세상이 너무 좁아서, 동원창이랑 네가 깊은 사이더라. 아주 드물게 내가 해줄 수 있는 게 있겠다 싶어서 바로 잡았지. 기회라고 생각했으니까."

"기… 기회?"

하! 혜지는 믿을 수 없다는 듯 헛웃음을 쳤다.

"오빠는 내가 파혼하네 마네 힘들어하는 거 보고도 그런 생각이 들었어? 나 그래도 오빠 전 애인이야, 우리 사랑했던 사이였다고!"

"맞아. 그래서 미안했어. 근데."

금방이라도 눈물이 쏟아질 것 같은 혜지의 눈을 정면으로 마주했다.

"그거 다 과거형이잖아."

짧은 한숨을 쉬고, 내내 미뤄왔던 말을 꺼냈다.

"나 변했어. 혜지야."

그 순간 혜지의 눈에 맺힌 실망감을 잊으려면 시간이 꽤 걸릴 것 같았다. 나는 아무래도 쿨한 거랑은 적성이 맞지 않는 사람인 데다가, 아무튼 아직은 양심이란 것도 갖고 있었으니까.

혜지랑 있을 때는 양심이 죽었는지 잠깐 걱정도 했다. 솔직히 그렇게까지 미안하지 않았기 때문이다. 혜지가 먼저 날 이용했고 어쨌고, 그런 이유도 별로 신경 쓰이지 않았다. 그냥 아무렇지도 않은 기분이었다. 오히려 너무 아무렇지도 않아서 미안할 정도였다.

"저녁, 먹었어요?"

하지만 내 양심은 잠깐 잠들어 있었을 뿐 죽진 않은 것 같았다.

"계속 집에 있었죠…?"

집에 들어오자마자 죄책감이 물밀듯이 밀려왔다. 눈치를 보며 벽 앞에서 이러지도 저러지도 못하고 있는 사이, 그 죄책감을 더욱 가중시키는 답변이 돌아왔다.

"나도 금방 들어왔어."

몹시 지쳐 보이는 목소리였다. 나는 방금 전과는 비교도 되지 않을 만큼 초조해져서 입안이 바짝바짝 마르는 듯했다.

"무슨 일 있었어요?"

"파혼한 전 여친이 찾아오는 종류의 뭐… 드라마틱한 일은 아니고…."

낮은 한숨 소리가 들려왔다.

"그냥, 일."

"아…"

건드리지 말라는 뉘앙스가 한가득 담겨 있었다. 이대로 돌아서야 쿨한 남자겠지만.

"무슨 일이요?"

나는 쿨한 거랑은 인연이 없는 사람이었다.

"누가 괴롭혔어요? 아님 그, 동원창 그게 또 뭐 헛짓거리해요? 계약서에 이상한 거 있는 거 아니에요? 잘 읽어봤어요?"

질문을 한가득 던졌지만 대답 대신 한숨이 돌아왔다.

"아니면 그거말고 또 다른 데서 뭐 이상한 거 했어요? 어디 아픈 건 아니죠?"

"너는?"

힘없는 질문에 순간 말문이 턱 막혔다.

"나는, 뭐…."

대답하려다 말고 침을 꼴깍 삼켰다.

"너는 뭐 하고 왔는데."

"그냥… 얘기만요."

정말 있는 그대로의 사실을 전한 것뿐인데 너무나도 둘러대는 것처럼 들렸다.

"무슨 얘기?"

"그냥 사는 얘기요. 아, 동원창 얘기도…."

"걔가 너 왜 불렀대?"

더 싸늘해진 목소리로 던져진 질문에 다시 한 번 말문이 막혔다. 그러고 보니 왜 불렀는지 정작 본론을 못 듣고 돌아왔다.

"그거는… 저… 모르겠어요."

"몰라?"

벽 너머로 들려온 헛웃음 소리에 심장이 턱 내려앉았다. 동원창 얘기, 오 분만 늦게 꺼낼 걸 그랬다.

"진짜 몰라요. 달래주다가 동원창 얘기가 나와서…."

"달래줘?"

망했다.

"아니 그건 내가, 아니 제가 찔리는 게 있었어서 어쩔 수 없이."

"뭐가 찔리는데? 미련이 아직도 남았어?"

"미련 같은 게 아니라!"

제대로 풀어내기만 하면 분명히 기특한 일인데 해명이 잘 안 됐다. 한 삼 분, 아니 일 분만 주어져도 될 일이었다. 내가 라니를 위해 동원창과 혜지를 싸잡아서 치워냈다고, 근데 그 게 양심에 좀 찔려서 일단 달래준 거라고! 이렇게 간단한 전말 이건만!

"뭐가 아닌데! 이유도 없이 대뜸 불러낸 전 여친 달래주는 게 미련 아님 뭐냐고!"

라니는 그 잠깐 동안 내 말을 들어볼 여유도 없는 상태인 듯했다.

"아… 그… 불렀으니까 나갔죠!"

"넌 오란다고 다 나가? 그렇게 쉬워?"

아니다. 그냥 내가 말을 너무 못하는 것 같다.

"그럼 너 아주 옆집 아저씨가 불러내도 그냥 막 나가겠다? 앞집 아줌마가 불러도, 뒷집 꼬맹이가 불러도!"

"우… 우리 앞집 뒷집에 사람 안 살고 옆집엔 아가씨 사는 데요!"

말 한마디를 할 때마다 망했다는 생각이 머릿속에 폭죽처럼 터졌다. 이게 아닌데, 소리를 속으로 곱씹으면서 입술을 연신 깨물어댔다.

"지금 그걸 말이라고 해?"

"아니, 그… 그게….."

정리 안 된 말들은 이상한 곳으로 튀었다.

"그럼 라니 씨…는 누구 만나고 왔는데요?"

"있어!"

이 타이밍에선 입을 좀 다물고 서로 더 씩씩한 상태일 때 대화를 나누는 게 정답이라는 건 알았다. 나도 바보는 아니니까. 하지만….

"동원창 아니에요?"

세 번째로 강조하지만 나는 쿨한 놈이 아니었다. 이렇게까지 라니의 기분을 해칠 수 있는 존재가 달리 없을 거란 생각이 끊이질 않았기에, 너무나 신경 쓰였다.

"맞으면 어쩔 건데?"

신경질적인 답변이 돌아오자 한 오백 배쯤 더 신경 쓰였다.

"어쩌긴! 그럼 라니 씨도 큰소리 칠 거 없는 입장 아니에요? 전 애인 만나고 온 건 피차 똑같…"

"전 애인?"

그리고 곧 내가 신경을 써야 했던 건 그 부분이 아니라는 걸 뒤늦게 깨달았다.

"아, 그…."

"너 내가 그 표현 쓰지 말랬지."

라니의 목소리에 물기가 묻어나왔다.

"울…어요?"

"너, 내가…."

곧 목소리는 잦아들고 울음소리만이 넘어왔다. 꽉 잠긴 목소리가 이어지자 나는 아무 말도 할 수가 없었다.

"하지 말랬지…."

그 말을 마지막으로 벽 너머에서는 침묵만이 이어졌다. 고요한 침묵을 서서히 적시는 묵직한 눈물이 공기를 타고 집 안 가득 퍼져나갔다.

"라니 씨."

시간이 좀 지난 뒤, 어색하게 벽을 두드렸다. 대답 대신 쿵! 하고 매서운 반응이 돌아왔다.

"아, 그… 알죠. 그놈 애인이고 뭐고 따질 게 아니고, 나쁜 놈인 거…."

나는 어색하게나마 정말 사과하려고 했다. 그 뒤에 미안해요, 네 글자를 붙이려고 했는데 라니는 또 벽을 쿵! 거칠게 두드렸다.

"아니, 근데 너무하는 거 아니에요?"

하지만 나도 사람인지라 이쯤 되니 좀 억울해졌다.

"나 좋다면서요! 우리 이제 1일 아니고도 며칠이나 됐는데, 힘든 일 있었는데 그거 하나를 말 못해줘요?"

아예 자리에서 벌떡 일어나 따지기 시작했다.

"남자친구한테 그 정도도 의지를 안 해주냐고요!"

"내가 힘들 때 네가 없었잖아!"

"불렀으면 왔…."

아차. 번호가 없구나. 무심결에 뱉은 말에 내가 더 당황해서 입을 다물었다. 그 사이 라니는 다시 한 번 쏘아붙였다.

"맞네. 부르면 아무한테나 가는 거."

"아무나 아니라니까요!"

"맞잖아!"

"아니라니까!"

슬슬 대화가 유치해지기 시작할 조짐을 보였지만 라니는 멈추지 않았다.

"맞는데 뭐가 아니야! 증거를 대보든가!"

"보여주면 보이긴 하고?"

"봐봐, 말 짧아지는 거! 찔리니까! 그러지!"

"아닌데! 문장을 안 끝맺은 건데!"

나도 나대로 마지막 오기로 정말 유치한 한 글자를 덧붙였다.

"요!"

라니는 그 한 글자에 대한 답변으로 벽을 쿵! 내리쳤다. 후두둑 흙먼지가 좀 쏟아진 것 같았지만, 다행히 아직 벽은 멀쩡했다. 아니, 다행인 게 맞나? 차라리 아예 부서져 내렸으면 이 정도 오해는 더 쉽게 흩어졌을 것 같은데.

하지만 그 생각이 들자마자 수리비가 얼마 나올지 걱정부터 됐다. 건물 주인들이 앙숙이라면 서로 책임을 떠넘기려고 안달일 테고. 그럼 라니와 나 둘 중 한 명이 독박 쓰는 모양새가 나오겠지. 어쩌다 그냥 세입자들끼리 알아서 반반 나눠서 낸다고 치더라도… 그걸 기분 좋게 낼 수 있을지 모르겠다.

그제야 나는 오늘 처음으로 내가 서른한 살이라는 걸 실감했다. 좀 일찍 체감했으면 좋았을걸. 대학생처럼 전 여친한테 질질 끌려갔다 나오기 전에, 지금 벽 너머에 있는 여자 친구랑 유치한 말다툼을 하기 전에.

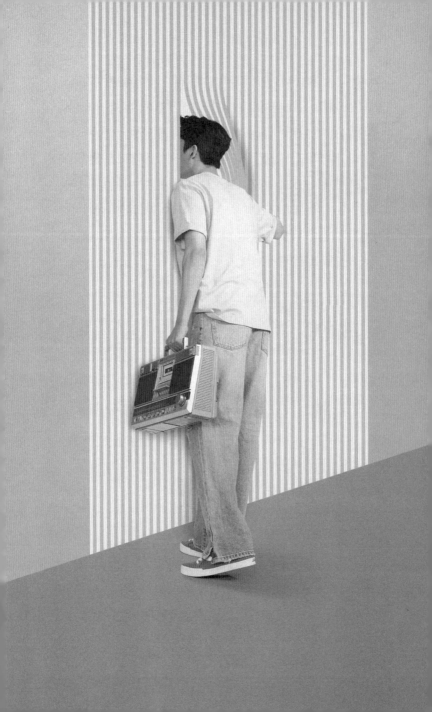

제 2차 소음 대전

16

솔직히 유치하게 군 거 맞았다. 인정.

나도 승진도 잘한 거 하나 없이, 그냥 둘 다 바보 같기만 했다.

그러니 누구 하나가 어설프게나마 미안하다고 한마디만 하면

될 일이었다.

"그만해라."

아침 댓바람부터 출력을 맥스로 키운 청소기가 벽 근처를

쓸어대지만 않았다면.

"그만하라고 했지!"

그놈의 청소기가 벽 근처도 모자라 아예 벽을 타고 기어오

르지만 않았다면, 이승진이 이렇게 유치하게 나오지만 않았다

면! 난 진심으로 먼저 사과할 생각이었다.

"왜요? 지금 내 시간인데?"

벽 너머에서 보이지도 않을 혀를 빼꼼 내밀고 있을 모습이 눈에 선했다. 화가 치밀어 올라 뜨끈한 한숨을 후, 내쉬었다.

"시간 핑계 대지 마. 너 지금 그냥 시위하는 거잖아!"

"내가 왜요? 뭐요? 언제요?"

"지금! 그걸로!"

나 또한 열이 부글부글 끓어 보이지도 않을 삿대질을 해 댔다.

"삐졌다고 시위하는 거, 맞잖아!"

"아니거든요!"

"그만 우겨라?"

이를 악 물고 대답하며 슬슬 어젯밤의 연장전에 시동이 붙을 즈음이었다. 두통이 몰려오면서 속이 울렁거렸다.

"너, 이따 내 시간일 때 두고 봐."

"그러시든가요."

빈정거리는 목소리를 대강 무시하고는 침대에 철퍼덕 누웠다. 새삼 화내는 것도 체력이 필요하다는 걸 절실히 느꼈다. 베개에 얼굴을 푹 파묻으니 저 신경질적인 청소기 소리도 좀 멀리 들리는 것 같기도 했다.

핸드폰 진동처럼 베개를 타고 은은히 전해져 오는 청소기

소리를 듣고 있자니, 공연히 화가 더 치밀었다. 지가 뭘 잘했다고 저래? 전 여친 제대로 끊어내지도 못하고 이리저리 끌려다니고… 심지어 한 번도 아니고 두 번이나 그랬다. 두 번이나!

'생각나는 사람이 오빠밖에 없어서.'

문득 이승진 전 여친의 물기 어린 목소리가 퍼뜩 떠올랐다. 얼굴은 물론이고 번호도 알 거고, 언제든 집에 찾아갈 수도 있는 사이. 게다가 예쁘고….

아니, 생각보다 안 예쁠 수도 있었다! 아니지. 예쁘건 말건 뭘 상관이람. 설마 이제는 정리를 했겠지. 아무리 이승진이라도 내가 있는데! 안 했으면? 그럼… 그럼 그딴 놈 내가 사양이다! 아주 끝장을 보자! 투지를 담아 베개를 머리로 픽 내리쳤다.

종일 침대에 누워 있던 나를 다시 깨운 것 역시, 이번에도 그 빌어먹을 청소기였다. 바로 옆에서 울리는 듯 아주 징그럽게 시끄러운 청소기 소리에 눈을 떴다. 그리고 반사적으로 베개를 벽에 집어던졌다.

"이제 내 시간이거든!"

그 말이 떨어지자 청소기 소리도 뚝, 끊겼다. 그런데 그 고분고분한 태도에 어쩐지 더 화가 치밀었다. 시간 끝났다는 한마디에 누가 무슨 스위치라도 누른 것처럼 바로 입을 싹 다물다니. 오히려 삐졌다고 시위하는 것 같지 않냐고.

누가 자기만 기분 상한 줄 아나? 빈정이 상해서 손에 집히는 것들을 대강 집어 던졌다. 어차피 청소는 내가 해야 하니까 깨지지 않는 것들로만. 잘못 만들어서 버린 초반 작업물 같은 거 말이다.

"하지 마요."

보이든 말든 혀를 빼쭉 내밀며 메롱 약을 올렸다.

"하지 말라니까요!"

"왜? 지금 내 시간인데?"

승진의 말투를 그대로 흉내 내서 빈정댔다. 픽. 픽. 둔탁한 소리를 벽 너머로 계속해서 넘겨 보냈다.

"아니, 그럼 내가 안 서운하게 생겼어요? 보이지도 않아서 배로 걱정되는데, 그걸 말도 안 해주고! 이상한 놈 만나고 와서 힘들기나 하고!"

"그럼 너는? 넌 전 여친 만나고 와서 이유도 똑바로 말 안 해줬잖아!"

"진짜 모른다니까요!"

억울한 기색을 한껏 담은 목소리에 울컥 화가 치밀었다.

"지 발로 갔다 왔으면서 그걸 모르는 게 말이 돼?"

치밀어 오른 화를 꾹꾹 눌러 담아, 작업물이 되다 만 덩어리와 함께 벽에 집어 던졌다.

"말, 이, 되, 냐, 고!"

한 글자에 한마디씩 정성껏 던졌다. 싸구려 가벽 위쪽에서 부스스 흙먼지가 떨어졌을 때에야 보증금 생각이 나면서 마음이 가라앉았다.

"아, 그럴 수도 있죠!"

하지만 뻔뻔하게 빽 내지르는 소리를 듣자마자 다시 성질이 났다.

"너 오늘 각오해."

이불을 홱 내던지고 결의를 다졌다. 벽 너머에서는 목소리 대신 삐 하고 신경질적으로 울리는 마이크 소리가 들려왔다. 그렇게 나온다 이거지.

내 진짜 반격은 잠시 후 시작되었다. 상쾌하게 샤워를 마치고 나서, 나는 드라이기를 들고 벽에서 가장 가까운 콘센트 옆으로 갔다. 그리고 드라이기 코드를 최대한으로 늘려서 벽 바로 앞에서 머리를 말리기 시작했다.

"유치하게 이러기예요?"

물론 최대 출력으로.

"뭐? 안 들리는데?"

솔직히 다 들렸다. 승진이 말하는 게 너무 잘 들려서, 아무래도 드라이기는 좀 약한가 생각도 들었다. 괜히 집안 구조

고려한다고 저소음으로 산 걸 후회하며 낡아빠진 핸디 청소기도 꺼내왔다.

"유, 치, 하, 게!"

"와! 진짜 안 들려!"

한 손으로는 드라이기를 쓰고 다른 한 손으로는 핸디 청소기를 휘두르자 정말 잘 안 들리기 시작했다. 뿌듯할 정도의 소음을 즐기며 머리를 말리다가 에취, 재채기를 했다. 그러고 보면 요새 잠을 제대로 못 자서 그런가 컨디션이 영 안 좋았다.

코를 한 번 훌쩍인 다음 다시 머리를 말렸다. 얼추 다 말린 것 같았을 때가 와도 일부러 오 분 쯤 더 틀었다. 그런 다음 머리에 정성껏 헤어 에센스를 바르고, 다시 최대 출력으로 드라이기를 틀었다. 물론 그러면서 날아간 머리카락을 핸디 청소기로 깔끔하게 치워내는 것도 잊지 않았다.

이왕 이렇게 된 거 오랜만에 내 시간을 알차게 써주마. 승진과 가까워진 뒤로 한동안 봉인해 뒀던 블렌더를 다시 꺼냈다. 냉장고에 묵혀뒀던 냉동 야채와 과일들도 종류별로 꺼내서, 죄다 갈아버렸다.

"아, 쫌! 저기요!"

토마토 스무디와 당근 스무디를 만든 다음 브로콜리까지 갈아내려고 하던 그때, 견디다 못한 승진이 벽을 쾅쾅 두드렸다.

"아무리 자기 시간이라고 해도 그렇지, 좀 너무한 거 아니에요? 사람이 상도덕이 있지!"

"불만 있음 너도 갈아먹든가! 니 시간에!"

블렌더를 최대 출력으로 시원하게 가동시켰다. 승진이 탄식에 가까운 으, 소리를 내뱉는 게 그 시끄러운 소음 사이로도 들렸다.

"두고 봐요, 진짜!"

"두고 보자는 놈 치고 무서운 놈 하나도 없더라."

여유롭게 토마토 스무디를 마셨다. 막상 갈아놓고 보니 양이 좀 많아서 다소 막막했다. 아무래도 오늘 점심은 다 이걸로 때워야겠다.

종류별 스무디를 한 잔씩 마시면서 슬슬 질려갈 즈음, 다시 작업에 돌입했다. 찬 걸 너무 많이 먹어서 그런지 속이 별로 좋지 않았다. 가뜩이나 나쁘던 컨디션이 더 나빠질 것 같은데, 하필 그때 벽 너머에서 끼익 하고 기분 나쁜 마이크 소리가 들려왔다.

"희!"

귀를 저절로 틀어막게 하는 끼잉 소리가 한 번 더 울렸다.

"야, 이승진!"

"이제부터 내 시간이거든요!"

승진은 또 한 번 끼잉 소리를 보냈다. 기가 차서 들고 있던 작업 도구로 벽을 퍽 쳤다.

"아무리 니 시간이라…."

그리고 순간 손을 탁 멈췄다.

"도…."

말문도 막혔다.

"어…?"

반대편에 있던 이승진도 마찬가지였다. 별로 무겁지도 않은 내 작업 도구에, 그 싸구려 가벽에 구멍이 뚫려버렸기 때문이다.

머릿속이 하얘져서, 바로 낮에 던졌던 점토 작업물을 집어 구멍을 메꿨다. 토할 것 같았다. 미칠 듯 뛰는 심장을 주체할 수가 없어서 그대로 벽에 기대 주저앉았다.

"미쳤…네, 미쳤어."

이거 물어주려면 얼마지? 머릿속에 숫자들이 어지럽게 흔들렸다. 아무리 그래도 가벽이니까 그렇게 비싸진 않을 거다. 이렇게까지 약한 벽이면 집주인이랑 반반 내는 걸로 넘어갈 수 있을지도 모르고….

아니. 솔직히 지금 그런 건 전혀 중요하지 않았다. 가벽 수리비가 비싸봤자 몇 백 몇 천 할 리도 없고. 돈은 어떻게든 될 것 같았다. 그보다, 그보다….

"보였어."

절대 벽 너머로 들리지 않게 아주 작은 소리로 읊조렸다.

방금 분명히 보였다. 벽 너머에 서 있던 그 녀석, 이승진의 모습이.

"보였어…."

입안으로 삼키듯이 작은 목소리로 다시 한 번 중얼거렸다. 제대로 보인 건 아니고, 내 눈높이에 있는 어깨와 목덜미 정도만 살짝 엿보였다. 그게 다였다. 그런데, 그런데도… 심장이 터질 것 같았다.

김밥처럼 이불을 돌돌 말아 침대 안에 콕 박혔다. 벽에 작은 구멍이 생기자 승진도 좀 쫄았는지, 그날 이후로는 벽 너머에서 아무 소리도 들려오지 않았다.

"라니 씨. 시간이에요."

가끔 벽을 똑똑 두드려서 내 시간을 알려주는 목소리 외에는. 그 말에도 내가 아무 대답 없이 웅크리고만 있으면, 그 녀석은 뭐라 더 묻고 싶은지 조심스러운 소리를 내고는 했다. 어. 저기. 혹시. 한 단어로 조각조각 찢겨 나오는 안부는 한 번도 끝까지 이어지지 않았다.

아마도 나름의 자존심 표현이리라. 내가 이렇게 피로한 상황에도 이승진에게 기대려 하지 않는 것처럼, 승진도 먼저 내 걱정을 하기는 어려운 모양이었다. 자존심이 허락해주지 않을 테니까.

이러니까 이승진이 바보라는 거다. 사람 마음을 하나도 모른다. 이럴 때 못 이기는 척 먼저 걱정하면, 나는 아무 일도 없었다는 듯 넘어가 줄 텐데. 내심 승진의 목소리가 벽을 타고 넘어오기를 기다리며 나는 또 조용히 이불 속으로 파고들었다.

"홍라니."

하지만 죽은 듯이 웅크려 있던 나를 겨우 깨운 건 승진이 아니었다.

"너 왜 바로 말 안 했어?"

"언니."

언니는 두 손을 허리에 척 얹고 엄한 표정으로 나를 내려다 보았다.

"아프면 말을 해야지, 평소에 건강하지도 않은 애가!"

그러고선 한숨을 푹 쉰 다음 말을 이어갔다.

"좀 괜찮아졌다고 바로 까먹었어? 너 환자야!"

"그거랑 상관없어. 그냥 피곤한 거야…"

나는 한숨 섞인 답을 건성으로 돌려주었다.

"그리고 유난 떨어 좋을 건 또 뭐 있어. 애도 아닌데."

언니는 그렇게 덤덤한 대답이 더 야속하다는 듯 나를 가만히 흘겨보았다. 그러더니 이불을 꼭 안고 돌아누운 나를 돌려

정면을 보고 눕게 했다.

"있어 봐. 물수건 올려줄게."

천장을 바라보며 손을 머리 위에 툭 얹었다. 살짝 따끈하고
축축했다. 몸은 으슬으슬한데 그 사이 식은땀이 났나보다. 지
친 숨을 후, 내쉬니 졸음이 몰려왔다. 그렇게 많이 잤는데도
또 졸리다니 신기할 지경이었다.

"밥은 먹었어? 죽 끓여 줘?"

"어…."

"먹었다는 거야, 끓여 달라는 거야."

언니는 투덜거리듯이 대답했다. 그래도 결국은 내가 뭐라고
하든, 언니라면 금방 따뜻한 죽을 끓여 올 게 뻔했다.

"언니."

"왜?"

고맙다는 말이 나오기 딱 좋은 타이밍이었다. 언니는 미리
기특해할 준비가 된 표정으로 나를 가만히 바라보았다.

"벽, 안 무너졌어?"

하지만 내 입에서 나온 건 언니가 보기에도 내가 보기에도
뜬금없는 소리였다. 언니는 이게 뭔 소린가 하고 벽을 돌아보
았다. 나도 그 시선을 따라가 벽을 확인해 보니, 점토 덩어리가
하나 박혀 있는 걸 빼면 아직은 멀쩡했다.

"안 무너졌는데. 왜?"

언니의 친절한 대답에 짧은 한숨을 내쉬었다. 이게 당연한 건데, 왜 이렇게 아쉬울까. 왜 나는 혹시라도 저 점토 덩어리가 빠지면서 그 녀석이 넘어와 주길 바라고 있는 걸까.

17
브이로그

저걸 확 뽑아버릴까? 하루 종일 벽에 난 저놈의 구멍이 신경 쓰여서 견딜 수가 없었다. 멀쩡했을 때도 오만 소음이 다 넘어왔는데 구멍까지 난 지금은 더 시끄러워야 하는 게 정상 아닌가? 그런데 왜 이렇게 조용하냔 말이다.

걱정돼서 죽을 맛인데 저편에서는 약간의 기척밖에 들려오질 않았다. 먼저 괜찮냐고 물어도 봤는데 역시나 답이 없었다. 이렇게 시종 무시로 가면 나는 대체 뭘 어떡하라고!

부술까? 이렇게 잘 부서질 정도면 기타 한 번 휘둘러도 부서지지 않을까? 문득 처음 이사 왔을 때 벽 안에 있는 귀신을 꺼내니 마니 하던 때가 떠올랐다. 그래. 그때 마음가짐을 다시 한 번 떠올려 보자. 어차피 보증금은 그때도 지금도 똑같이 무서웠다.

"저기요."

그 순간 들려온 낯선 목소리에 화들짝 놀라 뒤로 나자빠졌다.

"네?"

숨겨진 귀신이 다시 나타난 건가라는 생각을 한 삼 초 정도 했다가, 곧 정신을 차렸다.

"아, 언니분…."

"라니가 지금 아파서 자요."

"아파요?"

방금보다도 더 놀라서 되물었다.

"심한 건 아닌데, 얘가… 원체 남한테 힘든 소리를 안 하는 애라. 어렸을 때부터 혼자 끙끙 앓다가 병 키우고 그랬어요."

"아…."

알겠다는 듯이 짧은 탄식을 흘렸다. 그래서 더 조용해졌구나.

"그런 앤데, 그쪽 만나고 엄청 좋아졌어요."

"좋아져요?"

조심스럽게 덧붙였다.

"원래도… 아팠어요?"

"아, 라니가 말 안 했어요?"

언니분은 조심스럽게 말꼬리를 흐렸다.

"많이 아파요?"

내가 걱정 어린 목소리로 묻자, 난처해하는 기색이 섞인 대답이 돌아왔다.

"전에 다니던 회사에서 일이 좀 있어서… 그때부터 공황이 좀."

"아. 공황…."

나도 모르게 한숨 섞인 대답이 흘러나왔다. 그런 것도 모르고 내내 보고 싶다고 졸랐던 게 떠올라 죄책감이 밀려왔다.

"내가 말한 건 비밀."

"네…. 아, 네!"

언니분은 살며시 말을 이었다.

"내가 나름 챙기긴 하는데, 그래도 따로 살아서. 염치없지만 그쪽… 승진 씨? 한테 부탁 좀 할게요. 라니 좀 잘 챙겨줘요."

"네, 당연하죠!"

지금까지도 내가 챙겼어야 했다. 아무것도 아닌 자존심 때문에 유치한 고집이나 피워댔던 지난 며칠이 떠오르자 부끄러움에 고개를 들 수가 없었다.

"잘할게요. 잘…해 볼게요."

결심을 굳히며 눈앞의 벽을 똑바로 바라보았다.

왜 뭘 해보려고 결심만 하면 기다렸다는 듯이 다른 일이 생기는 걸까. 평소에는 징그러울 정도로 아무 일도 일어나지 않는데 말이다.

"나 나갔다 올게요."

벽을 가볍게 두드리고 안부를 물었지만 오늘도 대답은 돌아오지 않았다. 속이 타는 마음에 한숨을 후 쉬었다.

"저, 그… 아직 많이 아파요?"

나름 결심한 건데도 퍽 멋쩍었다. 괜히 벽으로부터 눈을 피하며 조심스레 말을 꺼냈다.

"미안했어요. 쓸데없이 고집부려서. 그러니까…"

숨을 한 번 삼키고 덧붙였다.

"아프면, 힘들면 나 찾아요? 벽 부수고서라도 갈 테니까! 알았죠?"

이번에도 대답은 돌아오지 않았다. 차라리 아주 화가 단단히 나서 이러는 거면 좋겠다. 대답 못 할 정도로 아픈 것만 아니면 괜찮았다.

"잘 자요!"

그래도 베스트는 단순히 자고 있어서 대답을 못하는 상황이었다. 부디 아무 일 없기를, 그냥 꿈나라에 다녀온 것이기만을 바라면서 집을 나섰다.

무거운 발걸음을 옮겨 꾸역꾸역 도달한 곳은 오디션장이었다. 형식적인 출연자 인터뷰를 하필 오늘 진행한단다.

대기실에 들어서니 너나 할 것 없이 한껏 긴장한 출연자들이 잔뜩 눈에 들어왔다. 나도 다른 날이었으면 저것과 거의 다를 바 없는 모습이었겠지만 오늘은 아니었다. 라니 걱정이 머릿속을 꽉 채운 상태라 긴장조차도 되지 않았다.

"92번 출연자 이승진 씨. 들어 오실게요."

인터뷰 카메라 앞에 나아가서도 오히려 평소 이상으로 평온했다. 심드렁한 피디님 표정이 한 개도 신경 쓰이지 않을 정도였다.

"그럼 자기소개 먼저 부탁드릴게요."

"네. 안녕하세요."

다른 출연자들보다 한층 기합이 빠진 목소리로 인사를 하고 카메라를 똑바로 바라보았다.

"92번 이승진입니다."

평온함으로 포장된 여유도 거기까지였다. 그 뒤로 어떻게 소개를 해야 할지 떠오르는 말이 없었다.

"저는…."

제작진분들이 난처한 표정으로 눈짓하는데도 머릿속은 여전히 새하얬다. 당연했다. 나는 그냥 나였으니까. 이승진, 이름석 자말고 나를 꾸밀 수 있는 거라고는….

'그럼 너 지금도 잘났어?'

라니의 말.

'니가 내 앞에서 못나고 싶으면 넌 못난 거고 아니면 아닌 거야.'

얼굴 없이 목소리만 둥둥 떠오르는 그 말이 머릿속을 가득 채웠다.

"잘나고 싶은."

'너 음악 하잖아.'

"음악 하는…."

'그럼 그게 네 직업이네. 노래하는 사람.'

"노래하는 사람입니다."

가짜 여유는 그 순간 천천히 진심으로 바뀌어 갔다. 알 수 없는 평온함이 마음을 가득 채우면서 얼굴에 저절로 미소가 지어졌다.

'직업은 돈을 얼마나 버느냐로 정하는 게 아니야. 그게 네 일상을 어떻게 채우고 있느냐로 정하는 거지.'

"솔직히 노래로 돈을 많이 벌진 못해요. 아니, 하나도 못 벌고 있어요. 사실은. 근데 그래도… 제 일상은 온통으로 노래로 가득 차 있습니다."

'네가 하루 중 가장 많이 하고 가장 많이 생각하는 일. 그

게 네 업무야. 남들이 돈을 얼마를 주건 너를 어떻게 생각하건, 너를 소개할 수 있는 건 너밖에 없어.'

"아마 한심한 백수처럼도 보일 수 있겠지만… 아무튼 지금 저를 소개하는 건 저뿐이잖아요? 저는 한낱 오디션 참가자니까."

'그냥, 네가 지금 하고 있는 일을 믿어. 그게 너야.'

"그래서 저는 그냥 제가 지금 하고 있는 일을 믿으려고 합니다. 그 일이 바로 음악이구요."

마지막은 환하게 웃으면서 덧붙였다.

"음악에 진심인 남자, 92번 이승진! 잘 부탁드립니다."

어쩐지 혼자가 아닌 것 같은 기분에 감싸여 인터뷰를 마무리하고 나왔다. 대기실에서 축 늘어져 있자니 왠지 한바탕 크게 휩쓸아친 듯한 기분에 정신을 차리기 어려웠다. 힘이 다 빠져 휴, 한숨을 내쉬었다.

"승진 씨?"

"예, 조감독님!"

벌떡 일어나자 조감독님이 조용히 하라는 제스처를 취했다. 그러고는 은밀히 손짓해서 나를 안쪽으로 불러냈다. 뭔가 하고 다가가 보니 조감독님은 자그마한 핸디캠을 들고 있었다.

"승진 씨, 아까 인터뷰 잘하셨는데."

조감독님은 머쓱하게 웃었다.

"인터뷰가 재밌긴 한데 정보값이 좀 적어서. 구체적으로 뭐 전해진 게 없잖아요?"

"아, 그러고 보니… 그러네요."

뒤늦게 생각해 보니 맞는 말이라 멋쩍게 뺨을 긁었다.

"그것도 괜찮긴 한데 기왕이면 좀 더 알찬 게 좋으니까."

조감독님은 내게 핸디캠을 건넸다.

"이걸로 편하게 생활하고 연습하고, 뭐 밴드 멤버들이랑 놀고 그러는 거. 브이로그처럼 카메라에 담아줄 수 있어요? 잘 찍을 필요는 없고."

"브이로그요?"

얼떨떨한 표정으로 핸디캠을 받아들자, 조감독님은 내 어깨를 툭툭 쳤다.

"승진 씨도 엠제트니까, 이런 거 잘하죠? 그냥 편하게."

"어… 알겠습니다."

"아. 아니다. 엠지? 라고 하나?"

저도 몰라요. 엠지가 맞는지 엠제트가 맞는지도 모르는 나는, 멋쩍게 웃으며 조감독님 뒷모습에 인사를 보냈다. 그러고선 멀뚱히 서서 핸디캠을 이리저리 살펴보았다. 어떻게 쓰는 거야, 이거?

핸디캠이랑 한참을 씨름하다가 노을이 지기 시작했다. 결국은 그냥 집에 가서 연구해보자 싶어 골목으로 돌아갔다가, 갈림길에서 멈춰 섰다.

한참 전에 라니 집을 찾아 헤매면서 들어가 봤던 골목이었다. 그날 딱 한 번 들어갔다가 제대로 길을 잃은 탓에 두 번 다시 눈길도 안 줬다. 뙤약볕에 징글맞게 헤매던 그날의 기억을 떠올리며 심호흡을 했다.

"안녕하세요. 저는 92번 이승진."

그리고 핸디캠을 켰다. 물론 제대로 켜진 게 맞는지는 모르겠다.

"노래하는 사람, 그리고 오늘은…."

핸디캠을 어색하게 바라보다 고개를 돌려 골목 안쪽을 바라보았다.

"길을 잃는 사람입니다."

지금 제대로 나오고 있는 게 맞는지 의식하며 골목으로 발을 들였다. 나름대로 핸디캠 화면을 흘긋거리기도 하고, 가끔 팔을 높이 들어 좀 더 예뻐 보일 만한 각도를 취하기도 했다.

"여기 길이 진짜 복잡하거든요."

아무것도 없는 화면에 대고 떠드는 게 쉽지는 않았다. 게다가 핸드폰 GPS도 제대로 길을 못 찾을 만큼 복잡한 골목을 헤매면서는 더더욱 난이도가 높았다. 처음 한마디를 뱉고 나서는 뭐라고 하면 좋을지도 떠오르지 않았다.

"아이씨, 여긴 어디야…"

그리고 아무 말 없이 한참을 돌아다니다 어색한 혼잣말을 툭 뱉었다. 무심결에 팔로 땀을 닦으려다가 뒤늦게 카메라를 인식하고 머쓱하게 다시 한 번 화면을 봤다.

하지만 그마저도 초반 십 분? 정도나 이어졌지, 나중에는 그냥 포기하고 편집하자는 생각을 하기 시작했다. 누가 봐줄지도 모를 핸디캠보다는 지금 내가 다가가고 있는 목표가 훨씬 중요했다.

"라니 씨!"

늦게 알아챈 만큼 오늘은 꼭 만나고 싶었다. 연습도 중요하지만, 당연히 해야 하지만. 벽 바로 건너편에 소리도 없이 앓는 사람이 있는데 그걸 무시하고 혼자 떠들어 댈 만큼 중요하지는 않았다.

"이거 브이로그인데요. 이상하면 아마 방송국에서 알아서 편집할 거예요."

카메라를 보는 둥 마는 둥 주변을 살피며 말을 이어갔다. 상대방은 보이지도 들리지도 않았지만, 그런 사람과 상대와 대화를 나누는 상황이라면 퍽 익숙했다.

"그러니까 뭐 이름 나오는 거 싫고, 사적인 거 나오는 거 싫으면 다 자를 거니까 그건 걱정하지 말구요."

솔직히 아까 모니터를 보고 운을 뗄 때보다 훨씬 편안했다. 그냥 집에서 대화를 나누는 것 같았다. 특히 요 근래는 라니의 대답이 돌아오지 않은 만큼 더더욱 다를 게 없었다. 굳이 차이를 찾자면 내가 바라보는 벽의 재질 정도일까.

"그냥 들리면 대답해줘요. 나 진짜 찾아왔으니까!"

평소와 다를 바 없는 기분으로, 평소와는 조금 다른 이유로 긴장했다. 심호흡을 훅 내뱉은 다음 비 오듯 쏟아지는 땀을 닦아냈다.

"걱정돼서요."

그리고 한 조각씩 진심을 꺼내놓았다.

"보고 싶어서요!"

두서도 순서도 없이, 제멋대로 흩어졌지만 그래도 진실한 말들을 늘어놓았다.

"저번엔 미안했어요. 어, 내가… 괜히 자존심 세워서."

어느새 허공에 대고 떠드는 것도 익숙해져서 혼자 떠들며 걸어 나가기 시작했다. 핸디캠이 나를 따라잡든 말든 그냥 휘적거리면서 계속 말만 이어나갔다.

"아픈 거 늦게 알아서."

어차피 지금 내 말을 듣는 건 카메라가 아니었으니까.

"너무, 어, 성급하게 굴어서!"

여기 어딘가에 있는 내 여자 친구 홍라니지.

"그리고 설명 제대로 못 해줘서요! 전 여친 걔는 어떻게 된 거냐면요, 혜지 걔가 무슨 말을 하려고 계속 분위기를 잡는데 제가 바로 쳐내서. 그래서 본론 나오기 전에…"

그 순간 있을 수가 없는 일이 생겼다. 얘기가 길어지자 쳐내 기라도 하는 듯이 누가 내 머리를 쾅 친 것이다.

아니. 누구가 아니었다. 흐려지는 의식 너머로 내 눈앞에 가만히 서 있던 전봇대가 들어왔다. 그제야 서서히 상황 파악이 됐다. 혼자 떠들다가 전봇대에 부딪혔구나. 세상에 이렇게 쪽 팔릴 수가…라는 머릿속 문장을 다 끝마치기도 전에 흐릿해지던 의식이 완전히 뚝 끊어졌다.

"예에, 이놈 친구예요."

윤성은 멀끔한 정장 차림으로 간단한 신원 확인을 진행하고 있었다. 나는 그 멀쩡한 꼴과 무척 대조적인 모습으로 경찰서 의자에 앉아, 아직도 욱신거리는 머리를 매만졌다.

"수고하십쇼!"

다행히 머쓱한 시간은 길어지지 않았다. 멀쩡한 성인 남성이고, 그냥 우연찮게 골목에 엎어져 있던 걸 누가 보고 신고해 줬다는 걸로 깔끔하게 마무리가 됐기 때문이다. 거의 문제가 없었다.

"야. 고맙다…."

내가 윤성 앞에서 얼굴을 들 수가 없을 만큼 쪽팔리다는 걸 빼면.

"고맙긴. 내가 더 고맙지. 덕분에 야근하다 바람도 다 쐬고."

윤성은 능청스럽게 어깨동무를 해왔다.

"너 저녁 먹었냐?"

"아니."

차마 점심 먹고 출발했는데 깨어 보니 해가 졌다는 말은 할수가 없었다. 윤성은 능글맞게 달라붙으며 말했다.

"나온 김에 삼겹살에 소주나 하자."

"너 복귀 안 해도 되나?"

"한 번 나왔음 그걸로 땡이야."

윤성은 기세 좋게 말하고는 내 어깨를 툭 쳤다.

"서류 작업 따악 하나만 하고 가면 돼. 삼십 분이면 끝나."

"그럴 줄 알았다."

"너 형님 기다릴 수 있지?"

내가 뭐 선택지가 있나. 멋쩍게 웃으며 고개를 끄덕였다.

"여부가 있겠습니까."

그 뒤로는 몇 없는 직원분들에게 어색하게 고개를 숙이며 사무실로 들어갔다. 차분한 분위기 탓에 들어가자마자 기가 눌리는 듯한 기분이 들었다.

"금방 끝나. 거기, 어디 좀 앉아 있어."

윤성은 문서를 인쇄하고 정리하며 말을 건넸다. 평소 술자리에서 난리 치던 모습은 간 데 없고 사회인다운 포스가 엿보였다. 그런 모습이 괜히 낯설어 가까이 가지 못하고 구석에 멀거니 서서 구경하다가, 눈치를 보며 앉았다.

"근데 너 거긴 왜 갔냐?"

"아, 그…."

브이로그 얘기를 하려다 멈칫했다. 저 녀석이 저렇게 말끔한 걸 보니 문득 다른 고민을 털어놓는 게 더 낫겠다는 생각이 들었다.

"여친 때문에."

"여친? 너 연애해? 뭐야, 언제부터?"

서류를 정리하던 윤성은 냅다 달려와 캐물었다.

"너 이 자식이 형님한테 말도 안 하고…!"

"얼마 안 됐어. 그리고 아직 비밀 연애야."

"뭐, 누구한테 비밀인데? 이 자식이 지가 벌써 데뷔한 줄 아나."

윤성은 장난기를 한껏 담아 엄한 표정을 지어 보이더니 두 손을 허리춤에 턱 얹고 쓰읍, 숨소리를 냈다.

"이뻐?"

"니들은 어떻게 그렇게 묻는 게 한결같냐?"

지우도 그렇고. 윤성은 능청맞은 웃음을 지었다.

"이거는 인사치레지. 밥 먹었냐, 뭐 그런 거."

그러고선 책상을 톡톡 치며 재촉했다.

"암튼 면접은 봐야 쓰겠다. 사진 없어? 없을 리가. 있지? 내놔 봐."

"없어."

순간 윤성의 눈에 서운하다는 기색이 한가득 차올랐다.

"이게 어디서…"

"진짜 없어. 비밀 연애라니까."

핸드폰을 스윽 꺼내며 말을 이었다.

"우리끼리의 비밀 연애."

"이건 또 무슨 신박한 개소리냐?"

윤성은 영문을 모르겠다는 표정을 지으며 핸드폰을 홱 빼앗아갔다. 그러더니 내 얼굴에 폰을 들이밀며 페이스 아이디를 열심히 인식시켰다.

"우리끼리 얼굴도, 몸매도 뭐 그런 거 다 비밀로 하고 만나기로 했어."

"그게 말이 되냐. 그럼 키스는, 스킨십은, 그보다 더한 그런거는? 오케이. 열렸다."

"그러니까 만나는 게 아니라, 사귀기만 하는 거지. 물론 언젠가는 만날 긴데…"

내가 해명을 하거나 말거나 윤성은 갤러리 탐색에 집중했다.

"니가 사진첩을 나눠놓는 만큼의 정성을 들일 리가 없…."

장난기 넘치는 표정으로 갤러리를 뒤지던 중, 갑자기 윤성의 표정이 싸늘하게 굳어버렸다.

"야. 왜 그래? 뭘 봤는데?"

어리둥절해서 핸드폰을 되찾아 와 확인해 보았다. 화면에는 라니가 에어드롭으로 보내준 계약 관련 메일 캡처본이 떠 있었다.

"왜? 이거 뭐 문제 있냐?"

"문제 많지."

윤성은 내 핸드폰 화면을 손가락으로 톡톡 두드렸다.

"여기. 동원창."

"이 새끼 너도 알아?"

"알지. 우리한테 뭐 같은 의뢰가 하나 들어왔거든."

곧 윤성은 프린터로 돌아가 방금까지 인쇄하고 있었던 서류를 챙겨 왔다.

"나도 유튜브에서 본 이름이라 기억해 둔 건데, 뭐 이런 인연이 다 있나?"

그러고선 흥미진진한 표정으로 말을 이어갔다. 나는 거의 이해할 수 없는 서류를 몇 번이고 다시 살피며 윤성의 말에 귀를 기울였다.

"관상은 사이언스라더니, 어쩐지 인상이 더럽다 했는데 완전 개새끼네."

"니가 하기로 한 거야?"

"했겠냐? 장변이라고 돈밖에 모르는 놈이 한다고 덥석 물은 것 같던데, 이거 그냥 애매하게 계약해서 저작권 완전 털어 먹으려는 거야."

저작권? 계약한다고 좋아하던 라니의 목소리가 귓가를 울렸다.

"이렇게 하면 법적으로 걸리는 건 없어?"

"이게, 외주 계약이라는 거야."

윤성은 계약서를 손가락으로 가리키며 덧붙였다.

"이걸 오케이 하는 순간 공동저작자 개념이 아니게 되는 거거든? 그럼 창작자는 단순 외부인으로 전락하는 거야. 용역만 제공하는."

마른침을 삼키며 계약서를 넘겼다. 가장 끝장에는 동원창과 라니의 이름이 위아래로 나란히 적혀 있었다.

"그럼 이게 무슨 의도냐. 합의 조정이고 뭐고, 캐릭터 저작권만 날름 가져가겠다는 뜻이야. 쉽게 말하면 법적으로 깔끔하게 훔쳐 가겠다는 거지."

좋아하는 기색이 한껏 묻어나던 라니의 목소리가 귓가에

웅웅 울렸다. 내 눈앞이 하얘지던 그때, 윤성이 내 어깨를 딱 쳤다.

"야. 전화해."

"뭔 전화?"

"니 여친한테!"

윤성은 핸드폰을 기세 좋게 척 가리켰다.

"이거 니 여친이 보내 준 거 아냐? 내가 딱 맞혔지. 맞지?"

"어. 그건 맞는데… 뭔 전화?"

"에헤이. 그럼 너는 애인이 이런 양아치 계약에 얽히게 생겼는데 이걸 두고 보게? 당장 콜해서 하지 말라고 해!"

내가 멀뚱히 바라보자, 윤성이 설마 하는 표정으로 나를 가만히 마주 보았다.

"두고 보게?"

"아니! 그게 아니라."

과할 정도로 가까이 다가온 윤성의 시선이 상당히 부담스러웠다.

"번호 없어."

삼 초 간의 정적 후. 윤성은 세상 다시없는 미친놈을 보는 듯한 눈길로 나를 가만히 바라보더니 삿대질을 하기 시작했다.

"너, 너 이거, 상상 연애하네. 상상 연애."

"아니거든! 이 새끼가 낭만을 몰라."

"그러고 보니까 너…"

윤성은 헉, 하고 놀라더니 제 입을 틀어막았다.

"너 거기 스토킹하러 갔구나."

"아 이 새끼가 1절만…"

해라, 고 문장을 마무리하려던 그때 머릿속에 번뜩 떠오르는 게 있었다.

"카메라!"

기겁하여 책상을 쾅 내리치며 일어섰다. 윤성은 멀뚱히 눈을 뜨며 나를 위아래로 살펴보았다. 역시 이번에도 세상 다시없는 미친놈을 보는 듯한 눈길이었다.

"뭔 카메라?"

"아니, 캠코더! 나 거기 영상 찍으러 갔었다고. 브이로그!"

빠르게 기억을 되짚어 보았지만, 경찰서에서부터 여기까지 캠코더는 내내 그림자도 보이지 않았다. 이제 답은 하나밖에 없었다. 기절한 반나절 동안 도둑맞은 거다! 얼마짜린지도 모르는 방송국 캠코더를!

18
사과와 애플의 차이

　　　　나는 별안간 집 앞에 떨어진 정체불명의 캠코더를 바라보며 침을 꼴깍 삼켰다. 어쩌자고 이걸 챙겨 온 건지 모르겠다. 정작 이걸 두고 간 사람은 경찰에 신고해서 치워버렸으면서.

물론 이걸 두고 갔다고 할 수 있는지도 애매하긴 했다. 우리 집 앞에 떨어져 있던 것도 아니고, 언니가 오는 길에 호들갑 떨면서 전화하던 걸 듣고 챙겨 온 거였으니까.

"진짜 승진 씨 거 맞아?"

언니는 지금 통화를 하면서도 흥분을 가라앉히지 못한 기색을 한껏 드러냈다.

"아니면 경찰서에 그것도 맡기고! 아니, 근데 승진 씨는 왜 거기 자빠져 있었대? 길을 잃었나? 거기가 좀 복잡하긴 해. 근데 아무리 그래도 자기 집 가는 길을…."

"언니. 진정 좀!"

"혹시 너 보러 간 거 아나?"

한숨을 한 번 쉬고 다시 캠코더를 바라보았다.

"맞네. 맞아! 너 만나러 갔어!"

"캠코더 달랑 들고?"

"어떡하니, 경찰서 다시 가서 데려올까?"

핸드폰 너머에서 호들갑 떠는 언니의 목소리를 들으며 캠코더에 촬영된 영상을 확인해 보았다. 이렇게 하는 건가?

"어. 영상 하나 있어."

"그래? 영상 찍은 거 있어? 무슨 영상 편지 같은 거 아니야? 어머, 맞네!"

내가 뭐라 대답하기도 전에 언니는 박수를 짝 치더니 목소리를 더욱 높였다.

"영상편…지? 인가? 이게?"

"한번 틀어봐. 아니지, 내가 봐도 되나? 둘 사이에 무슨 은밀한 그런 거 아냐?"

"언니 한마디만 더 하면 끊는다!"

가벼운 엄포를 놓고 영상 목록으로 들어갔다.

"근데 충분히 그럴 수 있지. 왜 뭐, 약간 야시시한 사진 같은…."

"끊어!"

적당히를 모르는 언니의 말은 무시하고, 다시 영상 목록을 확인했다. 목록이랄 것도 없었다. 방금 찍은 영상 하나만 덜렁 있었으니까.

어쩐지 긴장되는 마음에 침을 꼴깍 삼켰다. 영상 미리보기 썸네일에는 부스스한 남자 머리가 얼핏 보였다. 약간 흔들린 듯하지만 아마 승진의 머리일 거다. 정말 자기 모습을 영상편지로 남긴 걸까? 그리고 그걸 전해주려고 왔나?

그럼 이걸 보면, 진짜 이승진을 실물로 보는 건가?

후우. 마음의 준비 차원에서 심호흡을 했다. 그래. 언젠가는 와야만 하는 날이었다. 그런데 직접 대면하는 것도 아니고 영상으로 먼저 보는 것 정도라면, 내 입장에서는 나쁠 것 없었다. 그럼. 그렇고말고. 스스로를 다독이면서 영상을 켰다.

"이게 뭐야?"

영상을 보자마자 두 눈을 의심했다.

'안녕하세요. 저는 92번 이승진.'

말을 하고는 있는데, 얼굴이 나오질 않았다. 앵글을 도대체 어떻게 설정해놓은 건지 카메라는 엄한 돌담만 비추고 있었다.

'노래하는 사람, 그리고 오늘은….'

곧 어색한 무빙과 함께 화면이 바뀌었다. 그런데 이번에는 캠코더가 승진의 뒷통수를 찍고 있었다.

'길을 잃는 사람입니다.'

나름대로 화면을 의식하고는 있는 건지 영상이 위아래로 흔들렸다. 애를 쓰고는 있는데 나오는 결과물이 죄다 어정쩡하니 더 웃겼다.

'여기 길이 진짜 복잡하거든요.'

간신히 얼굴이 잡히긴 했지만 초점이 완전히 나가버렸다. 나름대로 이리저리 구도를 잡아보려고 애쓰는 모습이 아주 흐릿하게만 비춰지자 결국 웃음을 터트리고 말았다.

"이게 뭐야!"

오리 날갯짓처럼 퍼덕이던 캠코더는 한참 오락가락하다가 본격적으로 정수리를 찍기 시작했다. 설마 나름 얼짱 각도를 취하려고 한 걸까? 제대로 찍힌 장면이 하나도 없으니 오히려 기가 차서 더 집중하게 됐다.

'아이씨, 여긴 어디야…'

그러던 중 어색한 혼잣말이 툭 튀어나왔다. 기껏 잡힌 카메라 구도는 다시 아래로 내려갔다. 드디어 얼굴을 잡나 싶었지만, 이번에는 아예 하늘을 찍기 시작했다. 아마 계속 캠코더를 들고 이동하느라 팔이 아팠는가 보다.

그 뒤로는 나도 아예 편하게 누워서 봤다. 팔을 내리고 휘적

휘적 걷는 중인지 헥헥 숨소리와 저벅저벅 발걸음 소리만 들려왔다. 화면에 드러나는 건 하늘뿐인데, 이런 사운드가 입혀지니 유튜브에 있는 백색 소음 영상 같기도 했다.

'라니 씨!'

똑같은 화면에 질려 빨리감기 기능을 찾던 중 뜻밖의 목소리가 들려왔다.

'이거 브이로그인데요. 이상하면 아마 방송국에서 알아서 편집할 거예요.'

"브이로그를 이렇게 찍었어?"

픽 웃으며 대답 같은 혼잣말을 뱉었다.

'그러니까 뭐 이름 나오는 거 싫고, 사적인 거 나오는 거 싫으면 다 자를 거니까 그건 걱정하지 말구요.'

"괜찮은데."

무릎을 끌어당겨 꼭 껴안고는, 한결 편안해진 목소리에 귀를 기울였다. 이러니까 그냥 평소처럼 벽을 사이에 두고 대화를 나누는 것 같았다. 굳이 차이를 찾자면 벽이 아니라 하늘을 보고 있다는 것 정도일까.

'그냥 들리면 대답해줘요. 나 진짜 찾아왔으니까!'

긴장감이 섞인 말 뒤로 심호흡 소리가 섞여들었다.

'걱정돼서요. 보고 싶어서요!'

그러고는 어느 때보다도 단호하고, 솔직한 말이 이어졌다.

'저번엔 미안했어요. 어, 내가… 괜히 자존심 세워서.'

어느새 허공에 대고 떠드는 것도 익숙해졌나 보다. 하늘을 담은 화면이 평온하게 일렁이면서 승진의 목소리를 흘려보냈다.

'아픈 거 늦게 알아서. 너무, 어, 성급하게 굴어서!'

숨이 찬 듯 벅찬 호흡이 들려왔다.

'그리고 설명 제대로 못 해줘서요! 전 여친 걔는 어떻게 된 거냐면요, 혜지 걔가 무슨 말을 하려고 계속 분위기를 잡는데 제가 바로 쳐내서. 그래서 본론 나오기 전에….'

깡! 경쾌한 충돌음과 함께 목소리가 끊어졌다. 승진의 손에서 벗어난 캠코더는 허공에서 한 바퀴 횡 돌아 바닥에 맥없이 툭 떨어졌다.

그 시간이 한 1초나 됐나. 분 단위로도 셀 수 없을 만큼 짧은 순간이었다. 게다가 움직이면서 찍힌 거라 제대로 담기지도 않았다. 그래도 그 짧은 시간 동안, 캠코더는 분명히 승진의 얼굴을 담고 있었다.

"원빈 안 닮았네."

눈도 코도 입도 심지어 귀도 제대로 찍히지 않았지만 그거 하나는 확실했다. 아무튼 원빈이랑은 전혀 다르게 생긴, 흐릿한 일 초짜리 영상을 계속해서 되풀이해 틀어보았다. 그냥 자꾸 그러고 싶었다. 계속, 궁금했다.

옆방에서 소리가 날 때까지만 좀 보고 있을 작정이었는데 오늘따라 승진은 좀처럼 돌아오질 않았다. 다음날 오후가 될 때까지도 벽 너머는 조용하기만 했다.

"왔어?"

벽을 똑똑 두드리고 물었지만 답이 없었다. 무슨 일 생긴 거 아닌가? 설마 밤새 이거 찾느라고 헤매는 건가? 자꾸만 걱정이 돼서 작업도 도통 손에 잡히질 않고, 질릴 때까지 계속 영상 되감기만 해대다가 문득 깨달았다.

이거 오디션 프로그램에서 찍어오라고 시킨 그런 브이로그겠구나. 그걸 깨달은 순간, 이게 없으면 승진이 굉장히 난처할 거라는 생각이 들었다. 그럼 정말 이거 찾으려고 밤을 샌 걸까? 걱정하며 벽을 돌아보았다.

어설프게 구멍을 막아놓은 덩어리가 눈에 훅 들어왔다. 하필 이 시기에 벽에 구멍이 난 게 운명처럼도 다가왔다. 저 구멍으로 이 캠코더를 넘겨주라는 하늘의 계시 같은 걸지도 모르겠다. 하지만…

"힉!"

캠코더를 쥐고 벽으로 다가서려던 그때, 또다시 운명처럼 전화벨이 울렸다. 떨리는 마음으로 핸드폰 화면을 확인해 보니 가장 달갑지 않은 녀석의 이름이 적혀 있었다. 하, 짜증스러운 한숨을 흘리고는 전화를 받았다.

"왜?"

"야, 홍라니."

동원창은 이를 악물고 짜증스러운 목소리로 시비를 털기 시작했다.

"니가 못 오니까 웬 기생오래비를 보냈네?"

"뭐?"

이건 또 무슨 뜬금없는 소리야. 눈살이 절로 찌푸려지는데, 동원창은 기가 차다는 듯 숨을 푹 내뱉고는 계속 성질을 부렸다.

"어디서 뭔 허옇고 멀쑥한 놈 하나 꼬셨나 보다. 어, 아주 사랑이 넘쳐!"

"어디서 뺨 맞고 나한테 화풀이야? 뭔데?"

"맞네! 니가 시킨 거. 그거 아님 내가 맞은 걸 어떻게 알아?"

픕, 웃음이 나왔다. 동원창은 속이 부글부글 끓는다는 듯한 목소리로 반응했다.

"웃어?"

"너 진짜 아무한테나 맞고 다니나 보다. 좋겠네. 이번에도 유명해질 테니까."

"너, 너? 뭐? 너? 이게 진짜…!"

계란 같은 게 깨지는 소리가 넘어왔다. 동원창은 화를 주체하질 못하고선 빽 소리를 지르더니 다시 말을 이어갔다.

"야. 됐고. 하… 내가 널 이용한다고?"

"너 나 이용하니?"

"뭔 소리야, 또!"

이 새끼랑 내가 엮인 건 하나뿐인데. 지난번에 메일로 받은 계약서가 머릿속에 몽글몽글 떠오르기 시작했다.

"아. 됐어. 됐고! 너, 이딴 식으로 나올 거면 계약하지 말자. 관둬. 그냥."

역시 그 문제였다. 동원창은 떠들게 두고 노트북을 켜서 계약서를 다시 확인해 봤다.

"이렇게 된 거 그냥 너도 죽고 나도 죽자."

동원창은 기세 좋게 내지르더니 갑자기 아! 하고 외마디 소리를 질렀다.

"아니지. 난 아쉬울 게 없지, 참."

이게 또 무슨 헛짓거리를 하려고 이런 말로 밑밥을 까나. 가만히 귀를 기울이면서 계약서 내용을 살폈다.

"그 새끼 말처럼, 그건 니 꿈이니까. 내가 아니라."

"꿈?"

"싹싹 빌 거 아니면 연락하지 마. 계약이고 뭐고, 싹 다 없던 걸로 할 테니까."

통화는 그대로 뚝 끊어졌다. 이 새끼가 꿈 따위의 구색 좋은 소리를 늘어놓을 때면, 백이면 백 뭔가 수상한 게 끼어 있었다.

"외주 계약이라고…."

아니나 다를까 이번에도 마찬가지였다. 스읍, 숨을 삼키면서 다시 제대로 살펴본 계약서에는 외주 두 글자가 선명히 박혀 있었다. 원 저작자가 창작자로서의 권리를 포기하고 외주 용역만 제공하는 형태였다.

어차피 아직 검토만 하는 단계긴 했으니 수정할 수 있는 여지는 있었다. 어디서 양아치 짓을 하느냐고 화 한 번 내고 눈에 쌍심지 켜면 될 문제긴 했다. 하지만.

"이 새끼가 사람을 뭘로 보고 이런 헛짓거리를 해?"

대충 써 갈긴 초안 계약서도 아니고 나름대로 법적 자문을 받아본 듯 상세한 내용이 다 갖춰진 버전이었다. 물론 철저히 동원창 측 회사에만 유리한 내용투성이였다. 종이 계약서였다면 대번에 찢어버려도 시원찮을 내용을 모니터로 빤히 보고만 있으니 기가 찼다.

'야. 라니야.'

더 열 받는 건 따로 있었다. 동원창이 나한테 이런 양아치 짓을 시도한 게 이번이 처음이 아니라는 점이었다.

'너 사과랑 애플의 차이가 뭔지 아냐?'

그리고 그때는 내게 그 양아치 짓이 먹혔다는 사실이었다. 동원창이 그저 성공한 연상의 사업가인 줄로만 알았던 당시의 나는, 그 헛바람 한가득 들어간 질문에 바보같이 고개를 도리도리 저었다. 아니요. 모르겠어요, 라고 순진함이 한껏 묻어나는 대답을 하며.

'브랜드! 그걸 브랜드로 만들어줄 뒷배, 회사의 유무다 이거야!'

동원창은 책상을 탁 치더니 거들먹거리며 설명을 이어갔다.

'니가 사과를 갖고 있어. 그건 그냥 그럴 수 있어. 근데 니가 애플을 갖고 있어? 그럼 얘기가 달라지는 거야. 왜냐? 사과라는 회사는 없지만 애플이라는 회사는 있으니까!'

그러고는 포크로 사과를 콱 찍어서 우적우적 씹어 먹었다. 그때 그 새끼가 처먹은 사과를 내가 깎아줬다는 게 또 떠올랐다. 후. 다시 생각하니 정말 속이 다 뒤집힐 만큼 불쾌한데, 그때는 좋다고 그 말에 귀를 기울이고 있었다.

'그냥 번역어가 아니야. 그거는! 사과에서 애플이 된 그 순간, 니가 가진 건 핸드폰일 수도 있고 패드일 수도 있어. 노트북이거나 심지어 주식. 아니 회사 그 자체가 될 수도 있는 거지!'

동원창은 아주 신이 나서 책상을 쾅쾅 두드렸다.

'니가 가진 그 그림, 그 디자인. 아직은 고작 사과에 불과한 그 개인 작업물을!'

개 인 작 업 물. 동원창은 내 눈을 똑바로 바라보면서 그 단어를 한 글자 한 글자 연신 씹어 말했다.

'내가 애플로 만들어주겠다는 거지. 우리 회사가. 뭘로? 요번 회의로!'

그러더니 특유의 음흉한 웃음을 지었다. 야비하게 양옆으로 죽 찢어진 눈을 휘면서, 커다란 입꼬리를 좌우로 비틀면서.

'좋지. 홍라니?'

"좆같은 소리 하고 있네. 진짜…."

그때 돌려줬던 대답은 다시 떠올리고 싶지도 않다. 나지막이 한마디 뱉으면서 메일 창을 켰다.

"죄, 죄송합니다…."

계약서 내용을 뭐라 따지고 들기에 앞서 가벼운 인사말을 썼을 때였다. 벽 너머에서 기억이 날 듯 말 듯한 목소리가 들려왔다. 승진은 아닌데.

"근데 저 아무 말도 안 했는데…."

"승진… 친구 분이세요?"

아무래도 서로 상황 파악이 안 되는 듯해 슬쩍 물어봤다. 곧 벽 너머에서 어색한 해명이 돌아왔다.

"아. 저. 구지우입니다."

"아. 과일."

"예, 예! 그때 같이 식사했죠?"

"네에…."

그 사람이었구나. 어색한 해명이 끝나자 또 어색한 침묵이 이어졌다.

"안녕하세요."

"그, 잘 지내시죠?"

하필 이때 인사하는 타이밍이 어긋날 게 뭐람. 어설픈 안부는 다시금 어색한 침묵을 불러올 뿐이었다. 곧 벽 너머에서 멋쩍은 듯한 웃음이 넘어왔다.

"뭐 좀 부탁받아서 왔는데, 조용히 챙겨서 금방 나가겠습니다."

"아. 네! 천천히 하세요."

그 뒤에는 열심히 뒤적거리는 소리만 들려왔다. 아무래도 신경이 쓰여서 벽 근처를 계속 기웃거리는데, 좀처럼 잘 풀리지 않는 것 같았다.

"아씨. 어딨는 거야 이거…."

뭘 찾는 거지? 물어볼까 말까 고민하던 차에, 벽 너머에서 들려오는 목소리 톤이 바뀌었다.

"야, 없는데!"

설마? 벽에 좀 더 바짝 달라붙으니 익숙한 목소리도 넘어왔다.

"잘 찾아봤어?"

승진이다! 아마 스피커폰 모드로 해놓은 다음에 핸드폰을 대강 던져놓고, 방을 뒤지면서 통화하는 상황인 것 같았다. 벽 보고 얘기한 지 오래 되니 이제 눈 감고도 반대편 상황을 그리는 데엔 도가 텄다.

"당연히 잘 찾아봤지. 야, 내가 첨부터 없을 거라고 했냐, 안 했냐?"

"아 그렇긴 한데…."

핸드폰 전화 소리가 얼마나 큰지 벽 너머에서도 승진의 목소리가 아주 또렷이 들렸다. 이게 뭐라고 반가울까.

"아니 애초에! 니가 그거 들고 나가서 다 찍었잖아! 핸디캠에 발이 달렸냐? 지가 알아서 집에 돌아오게?"

핸디캠? 저걸 찾는 건가? 한쪽 구석에 치워 놓은 캠코더를 흘긋 돌아보았다.

"나도 아는데! 그래도 아무 데도 없다는 데 어떡하냐, 경찰서에도 골목에도!"

"골목은 다 뒤져봤고?"

"아니. 내내 정신없어서 다는 못 봤지."

승진의 힘 빠진 소리가 들려왔다. 역시 저 캠코더는 꽤 중요한 게 맞는가 보다.

"그럼 정신 차리고! 내일 골목 싹 다 뒤져봐."

"도와줄 거지?"

"미쳤냐?"

나랑 대화할 때랑은 또 다른 티키타카에 픽 웃음이 나왔다. 승진은 꽤 심각한 상황일 텐데 자꾸 웃겨서 어쩐다. 좀 미안해지려고 했다.

"하루만 어떻게 안 되냐? 내가 배달 도와줄게."

승진은 한숨을 푹 내쉬면서 사정하기 시작했다.

"너 요새 기온이 몇 도인지는 알고 하는 소리냐?"

"아, 많이 도와줄게."

"한 달?"

"그래. 한 달!"

으흐흐. 지우 씨의 음흉한 웃음소리가 넘어왔다.

"콜."

"아씨. 이 새끼는 진짜…."

"내일부터 가게로 나와라."

"아니다. 야. 그냥 내가 그 시간에 다른 알바를 해서,"

전화가 뚝 끊어졌다.

"아이고. 이거 실례했습니다! 바로 나가보겠습니다!"

"저기!"

바로 나가려는 것 같아 다급하게 말을 걸었다.

"네?"

어리둥절한 대답이 돌아왔다. 침을 꼴깍 삼키고 캠코더를 집어 들었다.

"그거…."

여기 있어요, 라고 하려다가 망설여졌다. 벽 너머에서는 답을 기다리는 듯한 침묵이 이어졌다. 그리고 내 눈에는 벽에 난 구멍을 막고 있는 넝어리가 들어왔다.

"그…."

지금 당장이라도 저 넝어리만 뽑으면 됐다. 그러면 바로 이 캠코더를 휙 넘겨줄 수 있을 거고, 승진의 고민도 해결될 터였다.

"옆집…이요."

하지만 그럼 우리 사이는? 그렇게 어영부영 급한 불만 끄고 나면, 다시 어색한 침묵이 이어지지 않을까?

승진은 이렇게 열심히 사과하려고 했는데. 나갈 엄두도 쉽게 나지 않는 땡볕 더위에 내내 밖을 돌아다니며 우리 집을 찾으려고 할 정도였는데. 그러고도 모자라 어떤 이유에선지 나보다 빨리 내 계약의 문제점을 찾아내선, 그 양아치를 몇 대 패주러 가기까지 했다.

그 녀석은, 내 남자친구는 그렇게까지 했는데.

"잘 지내죠?"

나는 겨우 벽을 부수는 걸로 끝내고 싶지는 않았다. 몇 주 심장을 좀 쫄깃하게 쪼여놓는 한이 있더라도 성의 있는 사과를 하고 싶었다. 그리고 지금 내 머릿속에서는 아주 적절한, 지금 이 순간의 나만이 해낼 수 있는 아이디어가 현란하게 번뜩이고 있었다.

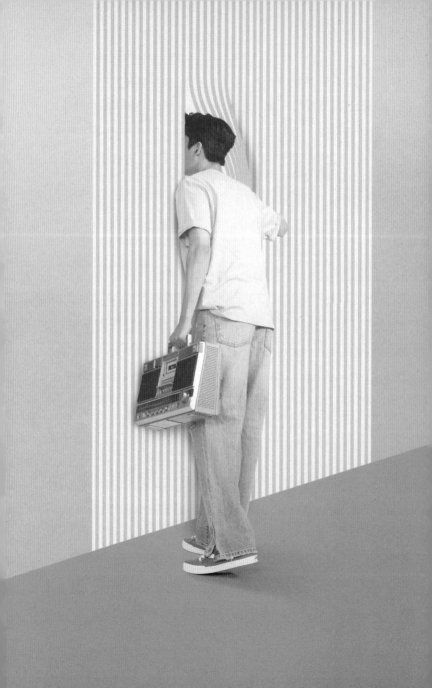

19
가출 청년

　　　　　　　　　　　　　　"찾았대?"

　시퍼렇게 멍자국이 남은 눈에 계란을 문대며 전화를 받았다. 한바탕 싸우고 나니 몸 어디 하나 안 아픈 데가 없었지만, 가냘픈 희소식이나마 전해 듣고 나니 마음만은 놓였다.

　"어. 근데 찾으신 분이 좀 멀리 사셔서 보내려면 며칠 걸릴 것 같대."

　"퀵으로 어떻게 안 되신대? 비용은 내가 낼 테니까."

　"아, 그…."

　지우는 떨떠름하게 덧붙였다.

　"미국 가셨대!"

"뭐? 그새?"

"어어. 그, 그 뭐냐. 아 그래. 비행기 타고 짐 풀다 보니까 모르는 캠코더가 있어서 연락 주셨다고…"

"그새?"

속으로 타임라인을 따져보았다. 어제 낮에 잃어버렸고 어제 밤에 깨달았고. 막막해서 찾고 찾다 동원창 찾아가서 울분을 터트린 게 오늘 낮에 있었던 일이다. 24시간이 좀 넘은 시간 안에 여기서 내가 잃어버린 캠코더를 주워서 미국으로 갔다고?

"그럼 공항에서 알았다는 소린데, 그걸 들고 미국에 갔대?"

"어…. 그러니까…"

"공항에 맡겨 놓고 갔으면 됐잖아. 오늘 중에라도 찾아올 수 있을 거고."

"아씨 이 새끼가 왜 없던 지능이 생겨서…"

지우가 몹시 수상쩍은 말투로 나지막이 중얼거렸다.

"야. 진짜 찾은 건 맞아?"

"어서 오세요!"

뭐라 말리고 어쩌고 할 틈도 없이 전화는 맥없이 끊어져 버렸다. 허망하게 야, 야 소리를 질러 댔지만 핸드폰 너머에서는 뚜뚜 신호음만 이어질 뿐이었다. 잠시 후 다시 전화를 걸어봤자 당연히 안 받았다.

"이거 대체 무슨 속셈이야?"

당황한 마음을 가라앉히며 세 번째 전화를 걸려던 그때 모르는 번호로 연락이 왔다.

"여보세…."

"안녕하세요. 이승진 씨. 조감독 장민경입니다."

"어우, 예!"

퍼뜩 놀라 아무도 없는 허공에 대고 꾸벅 인사를 올렸다.

"이제야 받으시네요? 내내 통화 중이시더니."

"아, 그게… 제가 일이 좀 있어서… 죄송합니다."

설마 걸린 건가? 핸디캠에 무슨 GPS라도 달렸나? 그럴 리 없다는 걸 알면서도 괜히 제 발 저리는 마음에 입안이 바짝바짝 말라왔다.

"카메라 관련해서 추가 안내 드리려구요. 편하게 브이로그 찍으셔서, 다음 주 수요일 전까지 반납해주시면 돼요."

"다, 다음 주요?"

미국에서 보낸댔는데? 머리가 하얘져서 마른세수를 했다.

"주소는 문자로 보내드릴게요."

"네, 네…."

미국에서 여기까지 일주일 안에 택배가 오나? 철없던 어느 때 한정판 신발을 해외직구로 구했을 때의 흐릿한 경험을 간신히 떠올리고 있으니 전화가 뚝 끊어졌다.

한숨을 푹, 내쉬고 집 안에 들어갈 때까지도 해외직구의 흐릿한 기억은 선명해질 기미를 보이지 않았다. 여전히 그저 흐리고 흐려서 막막하기만 할 뿐이었다. 온몸에 힘이 쭉 빠져서 침대에 철퍼덕 엎어졌다.

"지우 이 새끼는 찾은 사람 연락처라도 나한테 넘겼어야지…."

바닥까지 떨어진 기력을 겨우 짜내 지우한테 카톡을 남겼다. 그때 벽 너머에서 똑똑, 두드리는 친근한 소리가 들려왔다.

"어, 있었어요?"

"너 미쳤어?"

힘든 일 다 잊고 해맑게 인사를 던지자 그간의 일을 전부 상기시키는 싸늘한 목소리가 돌아왔다. 아니, 사실 싸늘하다기보다는 화가 뭉쳐 있는 소리에 더 가까웠다. 영문 모를 분노에 어리둥절해져서 물었다.

"네?"

"동원창한테 갔었지?"

"네…."

가면 안 되는 거였나? 생각지도 못한 반응에 심장이 마구 뛰었다.

"니가 마냥 해맑은 사람이라 뭘 모르나 본데."

하. 깊은 한숨 소리가 넘어왔다.

"꿈을 이루는 기회라는 거, 아무한테나 오고 그러는 거 아
냐."

예상치 못한 반응에 당황해서 뭐라 할 말이 없었다. 입을
움직이지도 않았는데 터진 입술은 눈치 없게도 따끔따끔 아
려오기 시작했다.

"선 좀 지켜."

단호한 목소리가 들려왔다. 왜 그러느냐고 캐묻기엔 아프고,
일단 아파하고 보기엔 지금 상황이 너무 뜻밖이었다.

"아니다. 확실히 하자."

"뭘…요?"

"우리 결국 얼굴도 못 본 사이잖아. 그냥 다 없던 일로 하자."

하지만 이 말까지 들리자 몸이 아픈 건 싹 잊혀졌다.

"왜 말을 그렇게 해요?"

"그냥 넘어간다고 쳐. 이런 일이 없을까, 앞으로?"

라니는 이미 마음을 다 굳힌 듯 단호한 목소리로 말을 이
었다.

"너는 나 이해 못 해. 절대. 시간을 다 바친 일 같은 거 없잖
아, 니 인생에!"

언성이 높아지기까지 했다. 저번에 우리가 싸운 게 그렇게
큰일이었나? 그 유치한 말다툼이? 억울함도 미안함도 전부 물
밀듯이 밀려와 눈앞을 덮쳤다.

"저기요. 진정하구요."

곧 떨리는 목소리로 말을 이었다.

"내 말 좀 들어봐요. 네?"

온갖 감정이 뒤섞인 가운데, 가장 선명하게 번뜩이는 생각은 하나뿐이었다.

"그 새끼가요. 당신 등쳐 먹을라 그래요."

나만 알고 있는 한 가지 사실이 라니를 해칠 수도 있다는 거.

"이거 지금 계약하면요! 아예 뺏긴대요. 그 캐릭터."

얼굴도 모르는 당신이 걱정된다는 거. 내 앞에 놓인 그 무엇보다.

"내가 공황 있다니까, 얼빠진 애처럼 보이니?"

라니는 물기 어린 목소리로 반박했다.

"이 일. 내가 너보다 훨씬 더 잘 알아. 내 일 내가 알아서 할 테니까, 너도 제발 네 앞가림이나 똑바로 해."

"진짜 말 계속 그렇게 할 거예요?"

아무것도 숨기지 않았는데 아무것도 전해지지 않았다. 그게 너무 답답하고 억울해서 나도 모르게 울컥 화가 치밀었다.

"라니 씨, 너무 꿈꿔왔던 일이라 앞뒤 안 보이는 것 같은데."

떨리는 목소리로 쏘아붙였다. 라니와 나는 조금도 달라지지 않았나 보다. 걱정돼서 죽겠는 마음에 화를 내던 나도, 그런 내 마음이라곤 한 개도 모르는 라니도.

"라니 씨가 아무리 예술가라고 우겨도, 라니 씨가 그린 캐릭터가 라니 씨 거라고 우겨도! 세상이 그걸 인정 안 해주면!"

우리는 내내 평행선을 달리고 있었다. 아무리 달려도 부딪힐 수 없는, 이 사이에 놓인 벽을 부술 수 없는 레이스를 반복할 뿐이었다.

"그냥 아무것도 아닌 거예요. 뭐라고 정신승리를 하든! 그냥…! 그냥 이용당해서 버려진 지망생, 아마추어! 그게 다라고요."

처음으로 벽을 거칠게 내리쳤다. 며칠 전 라니가 낸 구멍에 약간의 균열이 더 생긴 것 같았지만, 지금은 거기 놀랄 여유조차도 없었다. 대놓고 쿵 소리를 내며 짐을 챙기기 시작했다.

"어? 야, 승진…."

"좀 불편해서요."

터진 입술을 쓱 닦고 가방을 들쳐 멨다.

"나는 불의를 보고 참는 스타일 아니거든요. 특히 좋아하는 사람 일에는 더."

심호흡을 깊게 내쉬었다.

"라니 씨가 그 작업하는 소리 들으면서 조용히는 못 있겠으니까, 정말 그렇게 하고 싶으면 끝까지 해요. 나도 내 앞가림하고 올게요. 오디션 끝날 때까지는."

"어…."

라니도 이건 뜻밖이었는지 당황한 기색을 보였다.

"얼굴도 모르는 사이잖아요. 우리."

좀처럼 떨어지지 않는 발걸음을 애써 옮기며, 당황한 라니를 두고 집을 나섰다. 예정에도 없고 상상도 한 적 없었던 삼십일 년 이승진 인생의 첫 가출은 이토록 어이없게 성사되었다.

$$\cdots \cdots$$

예정에도 없었고 상상해 본 적도 없었던 만큼, 갈 곳도 없었다. 기세 좋게 나섰지만 할 수 있는 일이라고는 지우 과일 가게 구석 자리에 간이침대를 놓고 뻗어 있는 것 정도가 전부였다. 그래도 시간 날 때마다 미디 작업을 하면서 곡을 다듬긴 했다.

"이거 드림 어게인이 아니라 거지 어게인이네."

지우는 가만히 있는 나한테 대뜸 팩폭을 날리며 다가왔다.

"너 안 일어나, 어! 야, 인마!"

"아. 방금 누웠어, 방금!"

신경질적으로 지우를 떠밀었다. 몸을 반쯤 일으키고 앉아 헝클어진 머리를 쓸어 넘기는데, 그 잠깐 사이에도 지우의 매서운 눈길이 느껴졌다.

"골 아파 죽겠구만 진짜…."

"너 진짜 무슨 일인지 말 안 할 거야?"

힘없이 지우를 한 번 흘겨보았다.

"내가 알아서 해."

"알아서 하는 놈이 여기서 그러고 있냐?"

지우는 대뜸 내 턱을 잡고는 고개를 억지로 홱 젖혔다.

"아! 아! 야! 목 나가!"

"야! 야! 요거 봐라, 요거! 수염 지저분한 거! 누가 보면 너 홀아빈 줄 안다!"

"아! 아아아! 알아서 한다고!"

애써 지우를 떠밀고 핸드폰으로 몰골을 확인해 봤다. 수염이 듬성듬성 지저분하게 나와 있긴 했다. 면도를 하긴 해야겠는데, 생각하며 핸드폰 화면을 이리저리 살피고 있으니 띠링 알림음과 함께 문자가 왔다.

'승진 씨, 브이로그 촬영 잘 되고 계시죠? 내일까지 카메라 반납해주세요^^'

"아, 카메라!"

까맣게 잊고 있었다. 철렁하는 마음에 비명처럼 내지르며 벌떡 일어서니 지우도 놀란 듯 흠칫했다.

"야. 그 카메라 그거 왔어?"

"어, 어어. 오늘 중에 온대."

떨떠름한 대답을 하며 지우는 내 시선을 피했다. 대놓고 수상쩍은 반응에 눈을 가늘게 뜨며 지우의 눈길을 따라갔다.

"뭐. 뭐. 뭐."

"이거 국어책 이거…."

스읍, 숨을 삼키면서 지우에게 손짓했다.

"너 나한테 숨기는 거 있지."

"아니야! 내가 숨기긴 뭘…."

몸을 돌려 지우와 억지로라도 눈을 마주쳤다.

"너."

"뭐."

숨을 흐읍 들이쉬며 묵직하게 말했다.

"너, 나 몰래 그거 챙겨서 브이로그 찍었지. 방송 탈라고."

"뭔 개소리야 미친놈이…."

지우는 긴장이 훅 풀린 듯한 표정으로 과일 상자를 떠넘겼다.

"배달이나 가, 임마!"

"아, 아님 뭔데!"

발을 동동 구르며 따지다가 과일 상자가 무거워서 주저앉을 뻔했다. 간신히 균형을 잡으면서 다시 눈을 마주쳤을 때, 지우는 날 상당히 한심해하는 눈길로 바라보았다.

"야. 니가 내 속을 알아?"

과일 상자를 든 채 애써 균형을 잡으려 애쓰면서 말했다.

"내가 지금 얼마나 속이 타는지 아냐고! 어? 그거 늦게 오면 반나절만에 브이로그 찍어서 보내야 할 수도 있고, 혹시 아예 못 찍으면 어떡…."

"어, 어. 야! 너 거기, 스탑!"

따지면서 반사적으로 몸을 기울였다가 과일을 다 쏟을 뻔했다. 다행히 지우가 간발의 차로 끼어든 덕에 다 지켜내긴 했다.

"너 이거 쏟으면 다 물어내라!"

"아, 암튼. 카메라 진짜 찾은 건 맞아?"

"맞다니까. 너 갔다 오면 바로 확인하게 해줄게."

지우는 나를 가게 밖으로 내쫓다시피 하며 마구 떠밀었다. 없기만 해봐! 연신 살쾡이 눈으로 뒷걸음질 치며 가게를 슬금슬금 벗어났다.

"찾았다고!"

휘청휘청 떠나가는 나를 배웅하며, 지우는 기세 좋게 덧붙였다. 어쩐지 멀어지고 나니까 저 녀석 표정이 눈에 띄게 편해지는 게 아무리 봐도 수상했다. 설마 이상한 짓거리라도 한 건 아니겠지? 이게 어떤 일인지 모르는 놈도 아닐 텐데, 설마 그렇게까지 심한 장난을 치려고. 설마. 설마?

다행히 카메라는 정말 그날 안에 돌아왔다. 덕분에 그날 밤 잠을 설치는 일도, 카메라 반납이 늦어지는 일도 없었다.

다만 행운으로 덕을 본 건 여기까지였다. 운도 실력이라지만 그건 어디까지나 실력이 뒷받침될 때 얘기라, 브이로그까지 번듯하게 찍어 보내는 건 완전히 실패하고 말았다. 번듯하기는 무슨.

'안녕하세요. 92번 이승진입니다…'

이 한마디만 겨우 내뱉고 끝낸 NG컷만 열세 번 찍었다. 그러고선 결국 브이로그고 뭐고 포기한 상태로 그대로 보내버린 뒤, 어영부영 시간을 보내다 방송국으로 왔다.

"안녕하세요. 92번…"

지금 출연자 대기실에 앉아서도 똑같은 말만 웅얼웅얼 반복했다. 난다 긴다 하는 다른 출연자들 보고 기 한 번 죽은 다음에 목도 한 번 풀어주고, 다시 한숨을 푸욱 내쉬기를 반복했다. 그냥 다 엉망진창으로만 흘러갈 것 같은 불길한 예감이 사라지질 않았다.

에라 모르겠다는 심정으로 머리를 싸매며 고개를 푹 수그렸을 때, 핸드폰에서 진동이 울렸다. 스팸이겠거니 하며 화면을 흘긋 봤는데 지우 놈의 이름이 떴다.

"여보세요."

"야. 배달 잘했냐?"

맞다. 이 자식 내가 나갈 때도 알차게 배달 시켜 먹었지. 방송국 오기 전에 과일박스를 낑낑대고 나르던 게 생각나자 괜히 골이 아파 왔다.

"너무 잘했지. 야. 근데, 솔직히 너무한 거 아니냐? 지는 집한 번 갔다 오고, 나는 배달 두 군데를 보내고… 이게 계산 안 맞는 거 아냐?"

"아. 손님 새로 와서 그런 거지. 친구 사이에 무슨 계산이냐? 그럼 너 숙박비 청구한다?"

"아, 그건 아니지…."

그 문제를 건드리면 내가 할 말이 있나. 별 수 없이 입을 싹 다무는데, 지우의 음흉한 웃음소리가 들려왔다.

"뭐야. 너 왜 그렇게 웃어?"

"아휴. 기특해서 그런다. 임마."

"기특하긴… 누가 보면 니가 우리 아빠 줄 알겠다."

은근히 핀잔을 주는데도 지우는 음흉한 웃음을 멈추질 않았다.

"카메라 확인했어?"

"카메라?"

찍고 다시 봤던가? 기억을 되새겨 봤지만 달리 떠오르는 게 없었다.

"아니?"

"그걸 왜 확인을 안 해, 미친놈이!"

내내 실실 웃기만 하던 지우는 갑자기 급발진을 했다.

"왜 이래 이거?"

"아니, 그, 그게 얼마나 중요한 건데! 그걸 그냥 보내!"

"저번 주에 진즉에 보낸 걸 왜 이제 와서 그러냐?"

"저, 저번…."

지우는 믿기지 않는다는 듯 탄식했다.

"아니 그럼 너 그걸 받고 그냥 바로 보냈어? 뭐, 뭐 브이로그 새로 찍어야 한다며! 그런 것도 안 했어?"

아주 기가 차다는 듯 헛웃음을 흘리더니 빽 소리까지 질렀다.

"너 임마 방송이 장난이야?"

"넌 누가 보면 이제 방송국 피딘 줄 알겠다."

내 브이로그 갖고 나보다 배는 흥분한 꼴을 보고 있자니 괜히 긴장이 풀렸다. 뜻밖의 순기능을 즐기자고 생각하며 자세를 좀 편하게 바꾸었다.

"뭐 별 내용도 없고. 몇 개 급하게 찍은 거 다 NG컷이라 그냥 빨리 보냈어. 마감도 코앞이었고."

"야! 아무리 그래도! 어! 사람이 카메라를 받았는데 영상을 한 번은 틀어봐야 할 거 아냐!"

"너 거기 뭐 했냐?"

뜬금없는 침묵이 이어졌다. 이거 아까부터 수상한 게 한두 개가 아니다. 스읍, 침을 삼키며 본격적으로 추궁하기 시작했다.

"너, 나 몰래 뭐 찍었지. 백퍼다 이거."

"아냐!"

말도 끝나기 전 내지르는 반 박자 빠른 부정. 강한 부정은 긍정이라는 말을 떠올리며 흐음, 추임새를 넣었다. 그 정도만 해도 지우는 저 혼자 찔려 죽겠는지 되도 않는 변명을 주절주절 늘어놓았다.

"너, 너, 너 이미지 걱정해주는 거지! 어, 야, 아티스트한테 이미지가 얼마나 중요한데!"

"내가 이미지가 어땠냐?"

통할 여지조차 안 보이는 변명조차 소스가 얼마 없었나 보다. 지우가 다시 변명거리를 짜내려고 머리를 굴리는 듯 내뱉는 짧은 단어들이 들려왔다. 아, 쓰읍, 그니까, 내 말은, 등등.

"걱정 마. 뭐 찍은 것도 없어."

"아니, 그…."

"이승진 씨!"

핸드폰 너머에서 다시 뭔지 모를 변명이 시작되려던 그때 내 이름이 불렸다.

"야, 나 나오란다. 뭐든 간에 나중에 얘기해. 끊자!"

"아 근데 그거는 진짜…."

"끊는다!"

겨우 끊어내고 조연출님을 따라갔다. 드디어 들어간다는 생각이 들자, 겨우 사라졌던 긴장감이 다시 몰려왔다. 심호흡을 후 내뱉고 옷매무새를 가다듬으며 무대 뒤편으로 이동했다.

"92번 이승진 씨 스텐바이 했습니다."

조연출님은 내 어깨를 가볍게 두드렸다.

"너무 긴장하지 마세요."

"아, 네. 감사합니다…."

내가 한눈에 보기에도 너무 얼어 있었나 보다. 조연출님은 일관되게 편안한 얼굴로 한 번 웃어 보이면서 나를 바라보았다.

"카메라, 제일 늦게 보내 주신 거 아세요?"

"아. 그… 그런가요?"

마감일 당일에 보낸 게 나밖에 없었구나. 멋쩍어서 시선을 아래로 내리깔았다.

"네. 근데 영상 보자마자 다 납득했어요. 오래 걸릴 만하셨더라고요."

"네?"

그게요? 소리가 턱 끝까지 나왔지만 간신히 삼켰다. 조연출님이 나를 저렇게 기특하기 그지없다는 눈으로 바라보시는데,

무슨 조화인지는 몰라도 이걸 망치면 안 될 것 같았다.

"영상 다시 보자마자 우는 거 아니에요?"

"아, 하하… 그게… 자신은 없네요."

구지우 이 기특한 자식! 어쩐지 천하의 구지우가 되도 않는 연기를 계속 해댄다 했더니, 브이로그로 서프라이즈 영상이라도 찍어 놨나보다. 밴드 멤버들끼리 응원 영상이라도 찍은 모양인데 그걸 뭘 그렇게 열심히 숨겼을까. 진작 알렸으면 내가 고맙다고 술이라도 샀지.

"잘 버텨 보세요."

조연출님은 몸을 살짝 기울이시더니 장난기 어린 표정으로 한마디 던졌다.

"여자 친구분이 그렇게까지 해주셨는데, 그거 때문에 무대 못 하면 너무 아깝잖아요."

"네?"

여자 친구요? 이번에도 다음에 이어질 단어는 겨우 참았지만, 놀란 표정은 감추지 못했다. 그때부터 심장이 세차게 뛰기 시작하더니 눈앞이 하얘졌다.

"무대 올라 가실게요!"

정말 다행히도 조연출은 딱 그 타이밍에 그 멘트를 치시라 내 표정을 보지 못했다. 하지만 난 대체 무슨 정신으로 무대에 올라간 건지 감도 잡을 수가 없었다. 귀신에 홀린 것처럼, 무대에서 쏟아지는 환한 빛에 이끌렸다는 표현이 더 맞겠다.

'안녕하세요. 저는 92번 이승진. 노래하는 사람. 그리고…'

익숙한 목소리가 들려왔다. 며칠 전, 방송국에서 받은 핸디캠으로 유일하게 제대로 찍은 영상에서 나오는 소리였다.

'원빈이랑은 하나도 안 닮은 사람입니다.'

잠시 후 무대 위에 올라서자, 영상의 진짜 정체가 밝혀졌다. 더없이 익숙한 목소리와 함께.

20
메시지

안녕하세요. 시청자 여러분! 시작부터 웬 귀엽고 깜찍한 피규어가 원빈이니 뭐니 이상한 소리를 해서 놀라셨죠? 그런데 저도 엄청 놀라고 있어요. 솔직히 저는 평소에, 아니지, 평생 이런 짓을 하는 사람이 아니었거든요.

하지만 아마 누구보다 놀란 사람은 이 피규어의 모델이 된 가수, 92번 이승진일 거예요. 어떤가요? 실물이랑 좀 닮았나요? 혹시 하나도 안 닮아서, 지금 누굴 말하는 건지 영문을 모르겠다고 생각하던 중이셨나요?

왜 이런 걱정을 하는지도 궁금하시겠죠. 사실 저는 이 모델의 얼굴을 본 적이 없어요. 단 한 번도요. 돈 받고 메일로만 소통하며 작업했다거나 그런 것도 아니에요. 목소리는 아주 많이 들었으니까요. 그래서 곧 펼쳐질 무대가 상당히 멋있을 거라는 점만큼은 확실히 보장해 드릴 수 있어요.

전화도 해본 적이 없어요. 사실 연락처도 모르고 키가 몇인지도 몰라요. 그러니 승진이 지금 이 메시지를 보면서 어떤 표정을 짓고 있을지는 정말 상상도 할 수가 없어요. 너무 궁금하지만, 어쩔 수가 없네요.

이런 저의 정체가 도대체 뭔지, 너무너무 궁금하시죠? 그 마음 십분 이해하지만! 아직은 안 돼요. 영상이 끝날 때까지 조금만 참고 기다려주세요. 아마 방송에서 이 촬영분을 전부 내보낼 만큼 승진이 대단한 위치는 아닐 것 같아요. 그러니까 편집을 어떻게 하시느냐에 따라 육십 초 후에 보실 수도 있겠네요.

어차피 한 번쯤 허락을 받고 나가는 영상일 거예요. 어떤 분들은 재방송을 빨리감기 해가며 뒤늦게 보실 수도 있겠죠. 단순히 다른 채널을 좀 보다가 돌아오실 수도 있을 거구요. 볼지 말지 선택권은 시청자분들한테 있어요.

저는 이 지루한 영상을 보시라고 한마디도 강요하지 않을 거고, 강요할 수도 없으니까 미안해하지도 않을게요. 이토록 사적인 사과 영상을 공개적으로 내보내는 걸 조금… 사실 꽤 많이 부끄러워하긴 하겠지만요.

이건 이승진이 얼마나 좋은 사람인지 구구절절 설명하는 영상이 될 거예요. 제게 돈이나 시간이나 재주, 셋 중 하나라도 좀 넉넉히 있었다면 훨씬 화려한 걸 만들 수 있었겠죠. 이승진 피규어로 짧은 스톱모션 애니메이션을 만들거나, 아님 적어도 제 모습이 담긴 피규어를 하나 더 만들어서 어색한 만담 영상을 보여드릴 수 있었을지도 몰라요.

그런데 저한테는 저밖에 없어서 남은 것도 이 영상과 피규어 하나뿐이네요. 모델이랑 닮았는지 아닌지 알 수도 없는, 어색한 시제품이요. 전혀 안 닮았을 수도 있지만 닮았다고 한번 믿어볼게요. 아니면 다 같이 최면을 걸어볼까요? 적어도 이 피규어와 거기 서 있는 이승진이, 영혼만큼은 서로 좀 닮았다고 말이에요.

평소에 이승진은 네 시간 간격으로 시끄럽고, 다시 또 조용해져요. 여기 작은 벽을 사이에 두고 서로 시간을 나눠 쓰기로 했거든요. 저랑요. 아, 같이 사는 건 아니에요. 맞닿은 집에 살지만 같은 건물도 아니고 주소도 달라요. 심지어 집값도 꽤 다르죠. 이승진이 사는 집은 저희 집보다 훨씬 싼데, 도저히 사람 살 만한 곳이 아니거든요.

아주 옛날에 한 번 들린 게 전부지만 지금도 여전할걸요? 성인 한 사람이 무릎을 제대로 놓고 앉을 수도 없을 만큼 좁아터진 화장실에는 문도 하나 없어요. 싸구려 커튼 한 장 걸쳐

놓고 그걸 문이라고 우기는 곳이라니까요.

게다가 오가기는 또 얼마나 힘든 줄 아세요? 빌라촌 꼭대기에 있는데 엘리베이터도 하나 없어서 갈 때마다 구슬땀을 흘려야 해요. 그뿐인가요? 그 주변은 빌라들이 우후죽순처럼 곳곳에 제멋대로 지어져 있어서 입구 찾기도 힘들어요. 까딱 잘못하면 엄한 집 대문 두드리기 일쑤예요.

놀랍게도 이승진은 부동산 사기를 당해서가 아니라 자기 선택으로 이 극악의 집에 들어왔대요. 이렇게 나쁘디 나쁜 입지 덕에 지나다니는 사람도 근처 사는 이웃도 거의 없어서 실컷 떠들어댈 수 있다는 이유로요.

나름대로 뮤지션이 칼을 갈고 산에 들어간 느낌이죠? 그런데 여기서 문제가 생깁니다. 아무것도 없는 줄 알았던 이 벽 너머에 사람이 살고 있었던 거예요. 아. 영상에 나오는 건 귀여운 곰돌이지만 넘어가 주세요. 생각보다 카메라 반납일자가 이르더라구요. 피규어를 두 개나 새로 디자인해서 만들기에는 시간이 너무 부족했어요.

저는 출연자가 아니니까 신상 보호 차원에서 가명을 쓸게요. 저, 곰돌이는 이승진과 비슷한 이유로 좀 더 비싸고 좋은 근처의 집에 살던 이웃이었습니다. 이승진은 아무 소리나 낼 수 있다는 이유로 들어왔지만 저는 반대였어요. 여기가 아무 소리도 들리지 않는 곳이어서 이 집을 선택했죠.

물론 제가 내는 소음도 적지는 않지만, 그래도 업종이 업종이니만큼 뮤지션에 비할 바는 못 되죠. 저는 이렇게 귀여운 곰돌이 같은 피규어를 만드는 사람이거든요. 정확히는 이런 피규어의 디자인을 만드는 사람이지만 아무튼 중요한 건 아니고. 핵심은 저는 직업상 조용한 환경이 필요하다는 거예요.

그럼 이승진이랑은 얼마나 궁합이 나빴겠어요? 처음 이사 와서 친구들이랑 같이 빽빽 소리 지르며 갖은 난리를 피우고 노래를 불러댈 때, 진심 어린 한숨부터 푹 나왔죠. 진짜 최악의 이웃이 들어왔구나 생각했구요. 게다가 그날은 벽 너머에 사는 사람을 귀신 취급하면서 벽을 부수네 마네 난리였어요.

처음에는 그게 그냥 거슬렸어요. 당연하게도. 그래서 정말 유치한 싸움을 벌이기까지 했어요. 일부러 소음을 터트리는 그런 이상한 짓들이요. 저 같은 경우는 옛날 옛적 전공 필수 때문에 잠깐 쓰고 창고에 짱박아둔 석조 도구를 잔뜩 꺼내서 깡깡 두드리기도 했구요. 어디 있었는지도 몰랐던 노래방 마이크를 꺼내 소리를 울려대기도 했어요.

솔직히 굳이 소음을 낼 필요가 없었던 거지 내려면 낼 수 있었거든요? 그래도 평소에 기본적으로 늘 소음을 내고 사는 뮤지션한텐 상대가 안 되더라구요. 악기 소리, 노래 소리 그런 건 뭐 견딜 만했어요. 그런데 딱 하나. 상상도 못한 복병 때문에 두 손 두 발 다 들었어요. 그게 뭔지 짐작이 가세요?

메트로놈! 와, 그건 정말 선 넘었어요. 자그만 딱딱 소리라 그렇게 심각하게 여기지 않았는데 세상에, 진짜 끝판왕이더라구요. 내내 끝날 듯 끝나지 않는 그 소리가 거슬려서 잠을 제대로 설쳤어요.

지금도 이승진은 썩 좋은 이웃이 아니긴 해요. 자기가 먼저 시간 나눠서 쓰자고 터무니없는 제안을 해놓고선, 맨날 자기가 먼저 어기거든요. 그쪽 시간이긴 하지만 술판이 벌어졌네요. 진짜 미안하지만 오 분만요. 자정엔 꼭 보낼게요. 죄송해요! 그렇게 싹싹 빌어놓고 다음날 아침까지 진탕 퍼마신 적도 있어요.

그뿐인 줄 아세요? 누가 어디서 좀 놀아본 사람 아니랄까봐 연애사도 복잡다단해서 자꾸만 전 여친이 집에 찾아 오더라니까요. 드라마틱한 통화를 벽 너머로 생중계할 때도 있었구요. 정말 진상도 이런 진상이 없어요.

아니, 현 여친이면 또 몰라. 헤어진 지도 한참 된 사이라던데 그걸 못 끊어내고 질척대는 관계를 이어가다니 얼마나 꼴사나워요? 그게 너무 답답해서 좀 따졌죠. 그날따라 승진도 승진대로 저한테 서운한 게 있었나 봐요. 내내 얼굴도 모른 채 이어온 사이였으니 어쩔 수 없는 전개였는지도 모르겠네요.

그날부터 유치한 2차 대전이 또 시작됐어요. 약속이나 한 듯이 이전에 썼던 무기를 다시 꺼내진 않았어요. 그것보다 더 치사해졌죠. 일부러 청소기 출력을 더 키우거나 집에 있는 야채나 과일을 죄다 갈아먹거나.

승진도 만만찮았어요. 왜, 마이크 껐다 켤 때 가끔 나는 삐소리 있잖아요? 엄청 크고 기분 나쁜 소리요. 가끔 발표하러 공식 석상에 나섰을 때 실수로 울려 퍼지게 하면 사람 엄청 민망해지는 그런 거. 그 소리를 일부러 몇 번이나 내더라니까요.

기가 막혀서 정말. 항상 이런 식이에요. 유치한 걸로 싸움 붙으면 매번 끝장을 보니까, 저도 처음부터 망설임 없이 말을 놨죠. 쟤는 나보다 최소한 정신연령은 어리겠구나 했거든요. 그리고 아니나 다를까 알면 알수록 이승진이라는 사람은 더 유치하더라구요. 바보 같았어요.

얼마나 바보 같으냐면, 서로 잘한 거 없는 유치한 싸움을 끝내겠다고 땡볕에 그 복잡한 길을 헤맬 정도예요. 아까 말했듯이 이 동네는 정말 복잡하고 다니기 불편해요. 일전에도 한번 이승진이 따져보겠다고 저희 집을 찾아온 적이 있었거든요. 그런데 기세 좋게 나가는 소리만 들렸고 그 이후에 아직 제가 이승진 얼굴도 본 적이 없는 걸 보면, 답은 뻔하죠. 그때도 그냥 헤매다 돌아간 거예요.

그런 녀석인데 또 똘기랑 독기는 나름대로 충만한가 봐요. 한번은 저희 집에 선물을 배달해 준 적이 있었어요. 어쨌든 옆집이니까 주소도 한 끗 차이라고 생각했는지, 자기 집 주소에서 번지 수 하나를 바꿔서 배달 음식을 시킨 거예요. 한 끗 차이라고 해도 더하기 1일 수도 있고 빼기 1일 수도 있는 건데, 돈도 없는 게 틀리면 어쩌려고 그랬는지 모르겠어요.

처음에는 그냥 웃었어요. 신기하기도 했고. 거기에 음식 재료까지 그렇게 배달해주는 걸 보니까, 이 바보 같은 행동이 재밌어졌어요. 고맙기도 하고, 좋고…. 그런데 한편으로는 그런 선의에 좀 익숙해졌나 봐요.

어느 정도 이승진은 원래 이런 사람이다, 생각이 들기 시작했어요. 그래서 제가 좀 짓궂게 나와도 받아줄 거라고 생각했어요. 그런 생각으로 장난 반 고마움 반 담아서 연기를 조금 해봤는데… 잘못한 것 같아요. 그거.

혹시 시간 여유가 조금 있으면 한번 물어봐 주실래요? 저한테 실망하진 않았는지. 그런 식으로 말하면 안 되는 거였는데, 서프라이즈 이벤트 할 생각에 들떠서 좀 선을 넘었던 것 같아요. 거기서 가출을 해버릴 거라고는 정말 생각도 못했거든요. 지금까지 안 들어올 거라고도 생각 못 했구요.

사실 다른 사람이랑 이렇게 깊은 관계를 맺은 게 너무 오랜만이었어요. 이렇게 특이한 관계를 맺은 건 생전 처음 있는 일이었고. 그래서 잊고 있었나 봐요. 특이할수록, 어쩌면 특별할수록 더 깨지기 쉽다는 거. 귀하고 남다른 만큼 더 조심히 아껴야 한다는 걸요.

그리고 우리 사이가, 이렇게 설명할 수 없는 관계일지라도⋯ 이렇게 행복한 일이라는 것도. 전부 잊고 있었나 봐요.

없던 일로 하자는 거 전부 취소할게. 처음부터 진심이었던 적 없지만, 악몽에서라도 그런 상황은 마주하고 싶지 않아. 아무도 벽을 두드리지 않으니까 그냥 매일의 시간이 멈춰 있는 것 같아. 나만 여기 고여서, 혼자 갇혀서 어디로도 흘러가지 못하는 기분이야.

미안해. 그리고 좋아해. 아주 많이.

내내 걱정해줘서 고마워. 나보다 더 많이 움직여서 나를 챙겨준 것도, 많이 많이 고마워하고 있어. 네가 지켜준 내 꿈, 나 하나도 잃어버리지 않을 거야. 나한테 소중한 거 뺏길 생각도 없고. 그러니까⋯.

너도 그 무대에서 최선을 다 해봐. 네가 진심을 다해서 불렀던 노래, 나 정말 좋았어. 솔직히 술 취해서 제멋대로 불러대던 노래도 좋았어. 네 시간일 때 혼자 연습하면서 불렀던 노래도 다 좋았어.

한 번도 네가 싫었던 적 없었다는 소리는 못 해. 우리 첫인상은 분명 엄청 끔찍했고, 한때 너는 내가 만나 본 중 최악의 이웃이었으니까.

그런데 이제는 아니야. 너는 내가 만난 가장 특별한 사람이고, 또 지금 나한테 가장 필요한 사람이야. 좋은 일이 있으면 가장 먼저 자랑하고 싶고 나쁜 일이 있으면 제일 먼저 달려가 칭얼대고 싶어.

너는 알지? 내가 이런 말을 하는 게 얼마나 힘든 일이었을지. 난 정말 내가 가진 거의 모든 용기를 내서 이 말을 꺼내고, 이런 영상까지 찍었어. 딱 하나, 이렇게 부끄러운 고백을 보낸 뒤에 너를 다시 만날 용기만 덜어놓고.

오디션이 끝난 뒤에 보자고 했지? 그 약속 우리 꼭 지키자. 붙어도 떨어져도 괜찮아. 내가 좋아하는 건 어느 오디션에서 혼자 빛나는 스타가 아니라 그냥 이승진이니까. 그냥 거기 있는 네가, 여기 있는 나한테 오기만 하면 돼.

우리 가운데서 만나자. 네가 길을 잃었던 곳. 나한테 몇 번이나 찾아오려고 했던 거기 어딘가에서, 우리 어떻게든 만나자. 나는 너를 모르지만 그래도 너를 기억하고 있어. 얇은 벽에 뚫린 구멍으로, 엉성한 브이로그에 담긴 뒷모습으로, 매일 내게 들려오던 목소리로.

그에 비하면 나는 너한테 힌트조차도 제대로 주지 않은 것 같아. 이것도 미안하네. 근데 그래도 너는⋯ 너는 나 알아볼 거지?

나는 네 여자 친구고, 너는 좋아하는 사람 일에 얼마든지 몸을 던지는 이승진이니까.

무대

영상이 끝난 순간, 환호성과 박수갈채가 쏟아졌다. 무대 앞쪽에서 쏟아지는 조명에 서서히 눈이 익숙해질 즈음 관중들의 얼굴이 하나씩 보이기 시작했다. 익숙한 얼굴과 그들이 들고 있는 피켓이 눈에 들어왔다.

예상했던 사람들의 환대를 확인하고 나니, 생각지도 못했던 응원이 눈에 들어왔다. 아마 이승진이라는 사람이 세상에 있는 줄도 몰랐을 관중들이 지금은 들뜬 마음으로 나를 보고 있었다. 라니의 이벤트 때문에.

떨리는 마음으로 숨을 삼키고 전주에 귀를 기울였다. 심호흡을 하며 여자 관중들을 살폈다. 눈을 좌로 우로 굴리면서 거기 있을 리가 없는 라니를 찾았다. 혹시, 혹시나 있을지도 모른다고 생각하는 사이 어느새 노래를 시작할 타이밍이 되었다.

> 달리는 건 기분 좋을 때까지
> 멈추는 건 숨이 찰 때까지만

아무도 모를 노래였다. 솔직히 그다지 죽자고 연습했다고도 할 수 없었다. 그동안 나는 너무 많이 들떴고, 내게는 너무 많은 일이 일어났다. 나는 그 많은 일을 견디며 평정심을 유지할 만큼 대단한 사람이 아니었다.

> 어딜 가야 좋을지도 모를 날
> 여기 서서 무너질 것 같은 날
> 어디로든 그냥
> 달려가야 하는
> 집 없는 사람이 됐을 때

그래도 딱 하나, 이 노래를 들려주고 싶은 사람은 있었다.

> 네 목소리를 들어

저 너머에
어딘가 있는
네 목소리를 들어
그거면 된 것처럼

내 발걸음을 던져
저 너머에
어딘가 있는
네 그림자를 찾아
그거면 된 것처럼

여기 있을지도 모른다고 상상하는 것만으로도 충분한 사람. 가장 구석 자리 객석에 숨어 있기만 해도 이 무대를 가득 채울 수 있는 사람. 아무 희망이 없을 때에도, 끝까지 이 노래를 완성시킬 수 있게 해준 사람.

달리는 건 기분 좋을 때까지
멈추는 건 숨이 찰 때까지만
그거면 된 것처럼

달려 난

달려갈게 또
달라질 게 없어도

달려 난
달려갈게 또
다른 날이 되도록

라니에게 달려가는 기분으로 마지막까지 노래를 불렀다. 아무것도 나를 막지 않는 것처럼, 온 힘을 다해 내질렀다.

네 목소리를 들어
저 너머에
어딘가 있는
네 목소리를 들어
그거면 된 것처럼

내 발걸음을 던져
저 너머에
어딘가 있는
네 그림자를 찾아
그거면 된 것처럼

기분 좋을 때가

숨이 찰 때가

지나도 될 것처럼

지금이 오디션장이라는 것조차 잊고 마지막 한 소절을 끝냈다. 그대로 마이크를 내려놓고 짧은 한숨을 돌린 순간.

객석에서 박수가 터져 나왔다. 라니가 분위기를 끌어올렸을 때 나왔던, 그 기대감 어린 반응 이상이었다. 진심 어린 박수 속에 꾸미지 않은 감동의 환호성이 섞여 나왔다. 처음 보는 사람들이 온 마음을 다해 내게 박수를 보내고 있었다.

얼떨떨했다. 벅차서 기뻐하거나 울거나, 그런 식의 정갈한 반응을 하기엔 너무 정신이 없었다. 이게 무슨 상황인지 파악도 되질 않아서 마무리 인사도 하지 못하고 있었다. 그러던 차에 심사위원 한 사람이 먼저 말을 잡았다.

"어, 92번 참가자… 성함이… 이승진 씨?"

"네? 네. 맞습니다."

"무대 잘 봤습니다."

웃으면서 던진 그 한마디에 많은 사람들이 공감했는지, 객석에서 또 한 번 환호성이 터져 나왔다. 아직도 믿기지 않아서 멋쩍게 웃으며 고개를 숙였다.

"감사합니다."

"아유. 감사 인사는 이르고. 칭찬만 할 게 아닌데."

객석에서 웃음이 터져 나왔다. 나도 나대로 그럼 그렇지 싶어서 괜히 긴장이 풀렸다.

"잘 들었어요. 보시다시피 객석 반응도 좋고. 근데,"

심사위원은 스읍, 숨을 삼키더니 까탈스러운 투로 말을 이었다.

"가창력이 대단하진 않아."

그 한마디가 뭐라고. 나는 바로 입이 마르기 시작했다.

"뭐 막 못했고, 그런 건 아니에요. 근데 문제가 뭐냐. 우리나라가 또 음주 가무의 나라잖아요? 대한민국 사람들 노래 얼마나 잘해?"

말이 이어질수록 마음이 무거워졌지만 애써 고개를 끄덕였다.

"버클리 음대 나오고, 뭐 성량으로 그냥 천장 뚫고… 이렇게 날고 기는 사람이 쌔고 쌨는데. 솔직히 승진 씨는… 걷는 건 아니야. 근데 달린다기에도 좀. 기껏해야 경보쯤?"

심사위원들 사이에서도 공감 어린 웃음소리가 새어 나왔다. 서로 눈길을 주고받더니 조용히 고개를 끄덕이기도 했다. 나는 끄덕이던 중에 숙인 고개를 들 수가 없었다.

"근데, 이상하게 호소력이 좋아요."

그 말에 퍼뜩 고개를 치켜들었다. 이제 다른 심사위원도 마이크를 잡고 있었다.

"딱 제가 하려던 말이었는데. 말씀하신 것처럼 실력은 좀 아쉽지만, 뭐라고 해야 하나. 진심. 누군가를 정말 소중히 생각하는 마음? 그런 게 느껴졌어요."

두 번째 심사위원은 살짝 능글맞게 한마디 덧붙였다.

"아마 무대 전에 소개 영상 만들어준 여자 친구를 생각하는 거였겠죠?"

"아, 네. 그게…."

멋쩍게 고개를 숙였다.

"맞습니다."

오오오, 환호성과 함께 박수 소리가 터져 나왔다. 고개를 들기가 어려울 만큼 쑥스러웠지만 한편으로 계속 미소가 지어졌다. 객석에서 휘파람 소리가 들려와 그쪽으로 고개를 돌리니, 밴드 멤버들과 함께 자리 잡은 지우가 열성적인 반응을 보내는 게 보였다.

저 녀석이랑 짜고 쳤다 이거지. 거짓말도 서툰 놈이 내내 숨기고 있었던 게 웃기기도 고맙기도 해서 피식 웃었다.

"스토리도 좋고 해서 방송 생각하면 한 번은 더 보고 싶기도 한데… 아무래도 오디션은 실력이잖아요? 저는 좀, 아직은 고민이 되네요."

어느 정도 반응이 잠잠해지자 두 번째 심사위원은 냉정한 말을 이어갔다. 곧 반대편에 있던 세 번째 심사위원도 말을 얹었다.

"저도 비슷한 의견입니다. 소리나 음감, 뭐 그런 가창 스킬이 완성형은 아니에요. 자작곡을 가져오셨는데, 곡 구성에서도 음악적으로 아쉬운 점이 보이구요."

방금까지 열띤 함성으로 가득했던 오디션장은 어느새 싸늘한 침묵으로 뒤덮였다.

"조금 냉정하게 말해서, 솔직히 작곡까지 직접 하시느라 연습 시간이 부족하지 않았나 생각이 드네요."

틀린 말은 아니었다. 뼈아픈 지적에 다시 고개를 푹 수그렸다.

"그래서 저는 이분이 기성곡을 어떻게 소화하는지 한 번 더 보고 싶어요."

귀를 의심하며 퍼뜩 고개를 치켜들었다. 세 번째 심사위원은 다른 두 심사위원에게 눈빛을 보내며 물었다.

"두 분은 어떻게 생각하세요?"

제일 처음 입을 열었던 심사위원은 다른 두 사람을 보고는 난처한 듯 헛기침을 하더니, 마이크를 고쳐 잡았다.

"잠시 저희끼리 얘기 나누겠습니다."

심사위원들은 당락을 결정하려는지 서로 소곤거리며 대화를 시작했다. 그 모습을 보며 떨리는 마음으로 심호흡을 후 내뱉었다. 갈 곳 없는 눈은 곧 객석으로 향했다. 지우를 비롯한 친구들과 눈이 마주치자 저쪽에서 또 소리 없는 응원이 전해져 왔다.

멋쩍게 웃으며 화답하고는 다른 곳으로 눈길을 돌렸다. 낯선 얼굴들뿐이었다. 방금까지 찾지 못한 라니가 이번엔 갑자기 눈에 띌 리도 없지만, 그래도 혹시 몰라 또 눈을 굴렸다. 어쩌면 저 위에 있을지도. 또 어쩌면 저 밑에 있을지도 모른다고 생각하며 간절하게 찾았다.

"이승진 씨?"

소득 없이 눈을 굴려대다 다시 앞을 보았다. 첫 번째 심사위원이 마이크를 잡고 몸을 앞으로 반쯤 기울인 채 입을 열었다.

"저희는 이승진 씨의 꿈을, 다시 한 번…."

심장이 터질 듯이 뛰었다. 심사위원이 입을 열어 결과를 발표하기까지 약 삼 초. 내 인생에서 가장 긴 삼 초를 버티며 입술을 꾹 깨물었다.

바랄 걸 바래야지. 당연하다면 당연한 결과를 안고 힘없이 대기실로 돌아왔다. 몇 없는 소지품을 챙겨서 나가려고 일어섰는데, 문이 먼저 벌컥 열렸다.

"이승진 씨!"

야, 이승진. 고생했다! 그런 식의 위로 멘트와 함께 지우 놈 정도가 나타날 거라 생각했는데. 막상 문을 열고 나타난 건 조감독님이었다.

"이거. 카메라 확인하시라구요."

"아, 네…."

혹시 패자부활전인가 하고 헛된 기대를 품은 것도 잠시. 멋쩍은 표정으로 카메라를 받아들었다. 뒤늦게 확인한 영상 목록에는 처음에 어설프게 찍었던 내 브이로그와 라니의 깜짝 영상이 담겨 있었다.

"어. 이거…."

그제야 알았다. 내 브이로그에 제대로 찍힌 게 한 장면도 없었다는 걸. 흐트러진 뒷모습과 정수리, 어딘지 모를 하늘만 가득 찍힌 영상을 살펴보니 뒤늦은 부끄러움이 밀려왔다.

"처음엔 좀 많이 놀랐어요. 안 찍으신 줄 알고."

"그게… 아… 죄송합니다."

민망한 마음에 그저 웃기만 했다. 조감독님은 괜찮다는 듯 웃으면서도 내 어깨를 툭 치며 덧붙였다.

"여자 친구분이 살리신 거예요."

"그러니까요. 이런 걸 어떻게… 참…."

고맙다는 말로도 다 설명할 수 없을 만큼 고마웠다. 라니가 찍은 영상을 다시 틀어보려고 하는데, 조감독님이 나를 가만히 보더니 입을 열었다.

"정말로요. 방송도, 승진 씨도."

"네?"

어딘가 의미심장한 말투에 멀뚱히 되물었다.

"승진 씨, 저희 방송이 드림 어게인이잖아요."

"그렇죠."

"어게인, 다시 해볼 생각… 있으시죠?"

잠깐 이해가 되지 않아 아무 말도 하지 못했다. 조감독님이 핸디캠을 툭툭 두드리더니 나를 바라보며 먼저 침묵을 깼다.

"이 브이로그는 없던 셈 치고, 다시 한 번 찍어보실래요?"

"그럼…."

마른침을 한 번 삼키고 물었다.

"패자부활전, 그런 거 말씀이세요?"

조감독님은 의미심장하게 웃었다.

"다음 무대를 어떻게 하시는지에 달렸죠. 정확히는, 그 무대를 보시는 관객님한테 달렸구요. 단 한 사람의 관객."

그 뒤로 이어진 삼 초간의 침묵. 내 고민은 거기까지였다. 곧 나는 더 볼 것도 없이 뛰쳐나가 방송국 복도를 미친 듯이 내달렸다. 건너편에서 뒤늦게 다가오는 지우와 다른 친구들이 보였지만, 죄다 매정하게 뿌리치고 발걸음을 재촉했다.

"야, 야! 이승진! 어디 가!"

"너 임마! 기껏 와줬는데 술도 안 사냐?"

원망 섞인 부르짖음은 들은 체도 하지 않은 채 계속해서 달려갔다. 내가 길을 잃었던 곳. 나한테 몇 번이나 찾아오려고 했던 거기 어딘가로. 나를 기다리는 사람을 만나기 위해.

22
발상의 전환

마감을 앞둔 어느 늦은 밤, 막바지 작업을 마무리하던 중 도어락 누르는 소리가 울렸다. 곧 문이 열리고 언니가 손부채질을 해가며 안으로 들어왔다.

"와. 오늘 완전 덥네."

언니는 짐을 내려놓더니 집을 한 번 슥 둘러보았다.

"뭐 시원한 거 없어?"

"맥주밖에 없는데?"

깔끔하게 마지막 손질을 끝내고 포장재를 찾으며 대답했다.

"그거라도 괜찮으면."

"오, 딱 좋아!"

바로 환히 웃으며 냉장고로 달려가는 언니를 보니 나도 덩달아 씩 웃음이 나왔다. 언니는 냉장고에서 캔 맥주를 꺼내 한 모금 마시고는 작업 테이블로 다가왔다.

"어디 보자…."

그러고는 이제 막 상자로 들어갈 준비를 마친 피규어를 살펴보더니, 나를 기특하다는 눈길로 바라보았다.

"대단하다. 결국 끝냈네?"

나 또한 눈짓으로 뿌듯함을 전했다. 눈을 마주치며 소리 없이 웃은 뒤, 언니가 먼저 입을 열었다.

"내 새끼 좀 하는데?"

쑥스러워하며 웃어 보인 다음 피규어를 상자에 잘 챙겨 넣었다. 깔끔하게 뚜껑까지 덮고 마무리하자 언니가 슬쩍 물었다.

"내일이지?"

"응. 빨리 끝내려고."

승진 오디션 날이기도 하고. 뒷말을 삼키며 벽을 바라보았다. 언니는 내 시선을 따라오며 걱정스러운 기색을 내비쳤다.

"혼자 괜찮겠어? 같이 가줄까?"

"아냐. 괜찮아."

씩씩하게 웃으며 언니를 바라보았다.

"내가 끝을 봐야지."

언니는 나를 빤히 보더니, 으이구 소리를 흘리며 꼭 끌어안았다. 나보다 머리 하나는 더 큰 언니의 포옹 공격에 몸을 마구 버둥거렸다.

"왜 이래!"

"왜긴, 언제 안아 봤다고."

"아, 진짜…."

못 이기는 척 웃으며 품 안에 쏙 들어가자 언니는 나를 더 세게 끌어안았다. 주책맞은 포옹에 꼭 붙들린 채, 나는 마지막 결전의 날을 준비했다.

✦✦✦✦✦✦✦

다음날이 되도록 벽 너머에서는 아무 소리가 들려오지 않았다. 정장을 깔끔하게 다 차려입고 나갈 준비를 마친 뒤에도, 혹시 모를 마음으로 계속 시계를 확인하며 벽 너머에 주의를 기울였다.

한참을 그러다 아슬아슬해진 시간이 되어서야 신발을 신었다. 심호흡을 깊게 내쉬고, 옷매무새를 다시 한 번 가다듬은 다음에.

"오디션 잘 봐."

그러고도 떠나기 직전, 못내 아쉬운 마음에 한마디를 더 남겼다.

"못 가서 미안."

닿을 리가 없다는 걸 알지만 그래도 하고 싶었다. 의미 없는 사과와 한숨 하나를 허공으로 흩어지게 놔두고서야 아주 늦게, 정말로 집을 나섰다.

초조한 마음으로 아주 오래된 출근길을 나아갔다. 한때 월요일부터 금요일까지, 가끔은 일주일 중 일주일 전부를 오갔던 경로. 익숙한 지하철을 타고 또 갈아타서 잊을래야 잊을 수 없는 건물 앞에 섰다.

유리창이 몇 개인지 채 셀 수도 없을 만큼 높은 건물 앞에서, 나는 내 하루의 어느 때보다도 더 번듯해지려고 애쓰고 있었다. 처음 이곳에 왔을 때처럼.

'라니 씨, 들어오세요.'

지금 생각해 보면 단순히 무수한 유리창 중 하나일 뿐인 회사였다. 내가 이 건물의 유리창이 몇 개인지 알지 못하는 것처럼, 이 건물 또한 그 유리창 중 하나가 어떤 곳인지 관심조차 갖지 않았으리라.

'안녕하세요. 홍라니라고 합니다.'

그때의 나에겐 그 유리창 하나가 곧 건물 자체인 것 같았다. 너무 높아서 바깥 풍경을 보려면 넘어질 듯 고개를 숙여야 했지만, 그 유리창 안에서라면 다 괜찮을 거라 생각했다.

'잘 부탁드립니다!'

그래서 환히 웃으며 고개를 숙였다. 제대로 알지도 못하고, 뜬눈으로 본 적도 없으며 내 발로 걸어보지도 않은 풍경을 향해 내 모든 것을 굽혔다. 여기서는 앞으로 고꾸라져도 떨어지지 않을 줄 알았다. 견고한 유리창이 나를 지켜줄 거라 믿었다.

"왔니?"

하지만 유리만큼 깨지기 쉬운 물건도 없었다. 얄미운 표정으로 손을 흔드는 동원창도, 바깥의 모든 사람도 알고 있는 진실. 아니, 그 쉬운 상식을 나만 몰랐다.

"야, 그거 들고 오느라 무거웠겠다."

오직 그때의 나만 전혀 모르고 있었다.

"다행이다."

"뭘?"

냅다 상자에 손을 뻗던 동원창이 어리둥절한 표정으로 나를 바라보았다.

"니가 여전히 안부 인사 따윈 사치인 사람이라서."

입을 꼭 다물고 소파로 가서 앉았다. 동원창은 멍청한 눈길로 내 동선을 따라가더니, 가식적인 웃음을 지으며 뒤로 몸을 턱 기댔다.

"이거 봐라. 오랜만이다, 그런 소리 안 해줬다고 삐졌냐?"

동원창은 픽 큰 소리로 웃음을 터트리며 손짓했다.

"짐 날랐다고 신경이 날카로워졌나 보네. 뭐 그, 기사…를 보내줄 걸 그랬나?"

그 반응은 무시하며 들고 온 상자를 테이블 모서리에 툭 내려놓았다. 아니나 다를까 동원창은 한껏 거들먹거리며 몸을 일으키더니 상자를 챙겼다.

"자 그럼, 결과물을 확인해 볼까?"

꼼꼼하게 포장한 리본을 조심스럽게 풀기 시작했다.

"뭘 이렇게 리본까지 싸매왔어."

계속 실실 웃어대는 소리가 듣기 거슬려 눈길을 피했다.

"할게. 단! 조건이 있어."

그러다 동원창의 목소리가 기분 나쁘게 바뀌자 다시 그쪽으로 홱 고개를 돌렸다. 동원창은 목소리 톤을 한껏 끌어올려 내 성대모사를 해대고 있었다.

"계약 끝날 때까지 디자인엔 일절 관여하지 않을 것."

절로 눈살이 찌푸려졌다. 내 표정이 구겨지거나 말거나, 동원창은 낄낄대며 리본을 풀어 상자 옆에 내려놓았다.

"그러고 각을 딱 잡더니, 결국 끝까지 혼자서 얌전하게 잘~ 해오고. 기특해, 아주! 역시 홍라니야!"

"너야말로."

입술을 비틀며 동원창을 노려보았다.

"사람보다 상품이 우선인 마인드, 변치 않는다. 참."

동원창은 나를 멀뚱히 바라보더니 툭 던졌다.

"무서워!"

그러고는 히죽거리며 덧붙였다.

"방금 큰일 끝낸 파트너끼리 너무 날이 서 있네. 커피 한 잔해!"

동원창이 턱짓으로 테이블에 놓인 커피잔을 가리켰다. 그 눈길을 피하면서 한 글자씩 꼭꼭 씹어 발음했다.

"됐어. 여기 오래 있고 싶지 않아."

"뭐, 그러심 맘대로 하시구요."

무심결에 눈길을 준 커피잔 옆에는 디자인 개발 계약서가 놓여 있었다. 본인이 양아치인 걸 인지나 하고 있는 건가 싶을 정도로 뻔뻔하기 짝이 없었다. 동원창은 제 낯짝이 얼마나 두꺼운지 광고라도 하고 싶은 것처럼, 능청맞은 얼굴로 실실 쪼개며 엄지를 치켜올렸다.

"너도 그런 건 참 좋아. 당할 거라는 거 뻔히 알면서! 기대에 어긋나지 않고 끝까지 해내는! 어떤 그런, 프로 정신!"

그런 뒤 기세 좋게 상자 뚜껑을 연 순간, 동원창의 표정은 싸늘하게 굳어버렸다. 뭐라 입을 열기 전에 내가 먼저 선수를 쳤다.

"어때. 개 맞아?"

상자 안에는 깜짝 영상을 위해 만든 승진의 피규어와, 약간의 보너스가 들어 있었다.

"허옇고 멀쑥한 기생오라비."

거북이처럼 몸을 동그랗게 말고 흠씬 얻어맞는 똥원창의 모습. 현장감을 좀 더 강조하기 위해 영상 속 여자의 주무기였던 명품백도 작게 만들어 승진의 손에 슬쩍 들려주었다.

"가방 디테일 잘 봐. 그건 진품이거든. 니가 사준 건 짭이었잖아."

"너…"

"당근마켓에 이천 원에 올려도 안 나가더라, 그거?"

동원창은 자기랑 똑 닮은 거북이 자세 피규어를 쥔 채 손을 부들부들 떨었다.

"너 이거 후회한다."

"후회?"

대답 대신, 앞에 놓인 계약서를 집어 들어 찢어버렸다. 동원창의 눈을 똑바로 바라보면서 한 장 한 장 정성스레.

계약서가 맥없이 찢겨 나가는 동안 동원창은 아무 말도 하지 못했다. 실시간으로 사색이 되어가는 동원창 앞에 조각조각 찢긴 계약서를 살포시 내려놓았다. 그러고 나서 손을 스윽 들며, 가벼운 손목 스냅으로 커피잔을 툭 쳐서 계약서에 쏟아버렸다.

"네가 지금부터 할 거?"

동원창은 이를 악물고 나를 노려보더니 무슨 욕을 해야 할지 모르겠다는 듯 입만 벙긋거렸다. 나는 당당하게 일어서서 문으로 걸어 나갔다.

"아. 내가 요새 배운 게 있는데."

그러다 걸음을 우뚝 멈추고 돌아섰다.

"너 사과랑 애플의 차이가 뭔 줄 알아?"

엎어진 커피가 뚝뚝 흘러 동원창의 구두를 적시고 있었다.

"사과는 멀쩡하고, 애플은 한 방 먹혔다는 거야."

핸드폰 뒷면에 박힌 애플 로고를 보여주며, 혀를 메롱 내밀어 보았다. 저, 저, 저…! 메아리처럼 어버버거리는 동원창의 욕설이 삐져나올 틈도 없게끔 빠르게 방을 벗어났다.

"택시!"

빠른 걸음으로 건물을 벗어나 곧바로 택시를 찾았다. 하지만 아무리 목 놓아 불러대도 오늘따라 잡히는 택시가 없었다. 다급한 마음에 발만 동동 구르며 주변을 둘러보았다.

그제야 눈에 들어온 도로 상태는 아주 가관이었다. 어디서 무슨 사고라도 났는지, 차들이 움직이질 않고 아주 꽉 막혀 있었다. 아니면 우리나라 사람들이 전부 뚜벅이로 살기 싫어

죄다 면허를 따기라도 한 걸까. 차들로 가득한 차도와 달리 인도에는 사람이 거의 없었다.

입술을 꼭 깨물고 횡단보도로 걸음을 옮겼다. 불편한 재킷도 아예 벗어들고 달리기 시작했다. 숨이 차도록 달리던 중, 다른 넓은 횡단보도 앞에 섰다. 조금만 빨랐으면 건널 수 있었는데! 방금까지 녹색이었던 신호등은 절묘한 타이밍에 빨간색으로 바뀌었다.

초조해하며 핸드폰을 꺼내 시간을 확인해 보았다. 드림 어게인 방송 시간이 언제더라. 승진이 첫 번째만 아니면 가능성은 있을 것 같은데. 입술을 깨물며 주변을 둘러보았다.

흠칫해서 시선을 멈추었다. 키 큰 더벅머리 남자가 심드렁하게 지나가고 있었지만, 승진은 아닌 것 같았다. 아직 방송국에 있어야 할 테니까. 멋쩍은 마음에 고개를 돌려 횡단보도 너머를 바라보았다. 낯익은 머리 모양이 보였다. 설마, 싶었지만 곧 목소리가 들려왔고 역시나 이번에도 아니었다.

당연한 건데 이게 이렇게 실망스러울까. 왠지 축 처지는 기분에 걸음을 멈추고 있으니 곧 신호가 바뀌었다. 숨을 고르며 길을 건넜다.

건넌 뒤 조금 진정하고 지도 앱을 켜서 길을 확인해 보았다. 다행히 드림 어게인 방송국은 여기서 먼 거리가 아니었다. 지금이라도 택시를 잡으면 방송 끝나기 전에는 갈 수 있겠지만,

걸어서는?

도보 루트를 확인해 보니 한 시간 내로 가고 싶으면 무슨 산을 지나라는 식의 추천 경로가 떴다. 아무리 봐도 이거 길이 아닌 것 같은데. 막막해하며 주변을 둘러보던 중 택시가 다가오는 게 보였다.

"택시, 택시! 여기요!"

온몸을 던져 폴짝폴짝 뛰며 택시를 잡았다. 앞에 택시가 멈춰 서자마자, 혹시 도망갈까 싶어 요란스레 잡아타고 행선지를 외쳤다.

"그… 엔넷 방송국이요! 드림 어게인 하는!"

곧 네비게이션이 세팅되고, 경로가 정해졌다. 미터기가 작동하기 시작하자 잠깐 잊고 있었던 걱정이 뒤늦게 밀려왔다.

"저기요. 기사님, 혹시 오늘 차 많이 막힐까요?"

"아. 좀 막혀요."

그 한마디에 심장이 철렁 내려앉았다.

"근데 이쪽 가는 길이면 괜찮아. 반대편에서 무슨 시위를 한다고 막히는 거라."

"아, 아… 다행이다…."

긴장이 탁 풀려서 의자에 몸을 푹 기댔다.

"드림 어게인? 그거 생방 보러 가시나 봐요?"

"네!"

씩씩하게 대답하고 나니 뭔가 이상해서 덧붙였다.

"아세요?"

"알지. 우리 애가 거기 스탭이에요. 조명."

"아. 네에…."

우연찮은 인연이 수다 버튼이라도 눌렀나 보다. 기사님은 갑자기 신이 나셔서는 줄줄이 묻지도 않은 말을 늘어놓기 시작했다.

"이야. 이거 그 녀석이 대단한 데 일하기는 하는가 봐. 오늘 아까도 거기 가는 단체 손님 태웠다니까? 젊은 청년들이 막 현수막을, 아주 거창하게 들고 난리도 아녔어!"

"아까요? 그게 혹시 언제였어요?"

"글쎄, 좀 됐는데."

남의 타는 속도 모르고 기사님은 마냥 속 편해 보이기만 했다.

"근데 방송 시간이 지금이 맞나? 거의 끝날 때 아닌가?"

"네?"

거기에 더해 아주 타는 속에 장작까지 지피더니, 바로 또 희망찬 말을 덧붙이셨다.

"아, 아니다. 오늘은 생방이라 좀 길게 한댔어."

"네에…."

안도의 한숨을 섞어 대답했다. 이쯤 되면 내 표정 변화가 재믾어서 일부러 그러시는 거 아닌가 싶었다.

"거 아가씨 표정이 왔다 갔다 하는 게 재밌으니까, 괜히 나도 같이 따져보게 되네."

일부러 그러시는 거 맞았네. 초면에 뭐라 화내기도 그렇고 택시 타고 급히 가는데 한마디 얹을 여유도 없어서 멋쩍게 웃고 말았다.

다만 몇 마디 시답잖게 나누고 나니 긴장이 좀 풀리기는 하는 것 같았다. 초조한 마음이 좀 가라앉고 나니 뒤늦게 검색해 볼 정신이 들었다. 유튜브로 들어가 드림 어게인 생방을 찾으니, 다행히 스트리밍이 재생되고 있었다.

"아. 있다, 있다…"

"아가씨는 누구 보러 가요?"

"이승진이요!"

건성으로 대답하고 스트리밍 시간을 확인해 보았다. 역시 꽤 시간이 지나 있었지만 다행히 아직 방송이 끝나지는 않은 모양이었다.

'안녕하세요. 저는 92번 이승진. 노래하는 사람…'

타임라인을 앞으로 당기다가 익숙한 이름이 들려 손을 딱 멈췄다.

'그리고.'

그런데 목소리도 익숙했다. 물론 승진 목소리도 익숙하지만 그거랑은 좀 다른 느낌의 친숙함이었다. 그러니까 내내 알고는 있었지만 거의 들어본 적 없는 목소리였다.

'원빈이랑은 하나도 안 닮은 사람입니다.'

힉! 예고도 없이 튀어나온 내 목소리에 놀라 폰을 거의 집어던질 뻔했다.

"거 운전 똑바로 하쇼!"

하필 그때 앞차도 뛰어들면서 차 전체가 한 번 흔들렸다. 아슬아슬하게 잡았던 핸드폰은 내 손을 빠져나가 의자 밑으로 떨어졌다. 투덜거리는 기사님의 목소리를 뒤로 하고 나는 뛰는 심장을 애써 진정시켰다.

그러고 보니 서프라이즈로 영상을 넣어놓긴 했지. 어느 정도는 방송에 나갈 것도 각오했다. 하지만 일어날 일을 예상하고 각오하는 거랑 실제로 그 일에 부딪히는 게 같나? 평생 방송이랑은 연이 없던 극 내향인인 나는 도저히 지금 저기 뒤집혀 있는 핸드폰 화면을 다시 확인할 엄두가 나지 않았다.

떨리는 손으로 핸드폰 뒷면을 집어 들었다. 화면을 다시 볼까 말까 극한의 고민에 빠져든 순간, 아직도 재생되고 있던 스트리밍 영상에서 나도 잊고 있었던 말이 흘러나왔다.

'우리 가운데서 만나자.'

그 말을 들은 순간, 눈앞이 희게 밝아졌다.

'네가 길을 잃었던 곳. 나한테 몇 번이나 찾아오려고 했던 거기 어딘가.

뙤약볕에서도 나를 만나겠다고 한참을 헤매다가 전봇대에 부딪혀서 쓰러졌던 바보. 그렇게 멍청하고 우직한 이승진이 지금 어디로 향할지 알 것 같았다.

"기사님."

그리고 거기에서라면, 나는 그 녀석을 알아볼 수 있을 것 같았다.

"다른 데로 가주세요."

23
실패 스토리

한참 전에 말했다시피, 이 이야기는 실패 스토리다. 여기까지 와서 사랑에 실패했다고 하면 믿을 것 같지도 않고. 그럼 뭘 실패했냐고?

"어디야, 대체…."

뻔하지. 길 찾기다. 내가 원래 길눈이 어두운 탓도 있겠지만, 벌써 세 번째인데 이번에도 라니 집은 도저히 눈에 띌 기미가 보이질 않았다. 주소를 모르는 것도 아니고 어디 뭘로 가로막혀 있는 것도 아닌데 이렇게 어려울 일인가? 누가 보면 내가 9와 4분의 3 승강장이라도 찾는 줄 알겠다.

꼼꼼히 번지를 확인해가면서 집을 하나하나 지나쳐갔다.

그러다 몇 번쯤 지나가는 사람과 부딪히기도 했다. 죄송하다는 뜻으로 고개를 꾸벅 숙이는 것도 반복하다 보니 일종의 관성처럼 되는 기분이었다.

그러다 문득 묘한 위화감이 들어 고개를 퍼뜩 치켜들었다. 방금 저 여자 아까도 본 것 같은데, 설마….

그 순간, 뜻밖의 알람이 왔다. 에어드롭 요청이었다. 발신자를 볼 것도 없이 바로 수락했다.

"뭐야, 이거?"

라니의 사진 같은 걸 기대했는데 막상 온 건 웬 음악 파일이었다. 용량이 거의 없다시피 한 녹음본이라 순식간에 다운로드가 끝났다.

'어디야?'

재생하자마자 친숙한 목소리가 들렸다. 피식 웃으며 답변을 녹음했다.

"집에 가고 있어요."

다시 에어드롭 목록을 켜자 역시나 바로 '홍라니의 아이폰'이 떴다. 이 정도 거리라면 역시 아까 그 여자가 맞는 것 같다. 내가 자길 못 알아봤을까 봐 이러는 건가? 확실히 귀여운 구석이 있다니까.

바로 보내주려다가 약간의 장난기가 발동했다. 이왕 이렇게 된 거 직접 만나서 들려주면 더 재밌을 것 같았다. 방금 지나

친 여자가 있던 방향으로 달려갔다.

　다행히 멀리 가지 않은 듯 금세 익숙한 실루엣이 나타났다. 생각보다 키가 컸구나. 설렘과 기쁨을 반반씩 품고 손을 뻗었다.

　"저기요!"

　곧 여자가 돌아보았고, 나는 딱 그 타이밍에 맞춰 녹음본을 재생했다.

　'집에 가고 있어요.'

　하지만 돌아온 건 낯설고 싸늘한 목소리였다.

　"네?"

　도대체 무슨 영문인지 모르겠다는 듯한 그 표정은 아마 꽤 오래 못 잊을 것 같았다. 머쓱해서 바로 고개를 숙였다.

　"아, 아니요. 죄송합니다…"

　조금 더 길게 이어진 내 목소리를 듣고도 여전히 황당하다는 표정이었다. 깊은 곳에서부터 끓어오르는 수치심을 간신히 억누르며 곧장 그 자리를 벗어났다.

　도망치듯이 뒤돌아 나오고 나서 뒤늦게 다시 에어드롭을 보내려고 공유창을 켰다. 그리고 내 눈에 들어오는 건 텅 빈 목록이었다.

　"아, 씨… 아까 보낼 걸…"

　멍청한 스스로에게 한숨을 푹 내쉬고 지친 걸음을 옮겼다.

그렇게 한 삼 분, 아니 일 분쯤 걸었을 때였을까. 다시 에어드 롭 알림이 왔다.

바로 수락하려다가, 방금 녹음했던 음성을 확인해 보았다. 이제 공유창에 다시 '홍라니의 아이폰'이 떠 있었다. 일단 내 답변을 먼저 보냈다.

그 뒤 다시 에어드롭 알림이 왔고, 이번엔 바로 수락했다.

'오디션은? 어땠어?'

어쩐지 조금 급박해 보이는 목소리였다. 나는 혹시라도 에 어드롭이 사라지기 전에 바로 대답을 녹음했다.

"한참 찾았어요. 혹시 왔을까 해서."

진심 반 장난 반으로 약간의 서운함을 담아서 말했다. 이해 는 하지만, 그래도 아쉬운 건 어쩔 수 없었다.

"아씨, 뭐야!"

바로 다시 보내려던 그때, 또 에어드롭 송신 목록에서 '홍라 니의 아이폰'이 사라졌다. 근처에 있는 게 아닌가? 인식이 안 되나? 반사적으로 소리를 쳤다가 생각을 좀 바꾸었다.

"이거 받으면 움직이지 마요. 너무 멀어져요."

다행히 이번 녹음본을 보내려고 할 때는 '홍라니의 아이폰'이 다시 나타나 있었다. 혹시라도 없어지기 전에 재빨리 보냈다.

답변을 기다리면서 초조하게 골목 근처를 왔다 갔다 하는 데, 그 잠깐 사이에도 '홍라니의 아이폰'은 나타났다 사라지기를 반복했다. 안 되겠다. 이렇게 불안정한 연락에 의존할 수는 없다. 잠깐 고민하다가 인스타그램을 켰다.

거의 안 쓰는 계정이긴 하지만 그래도 계정은 계정이다. 라니도 인스타를 쓰기만을 바라면서 내 프로필을 에어드롭으로 날려 보냈다.

잠시 후. 아니, 잠시라고 할 틈도 없이 바로 전화가 왔다. 인스타그램으로.

"여… 여보세요?"

숨을 고르는 소리가 이어진 뒤, 라니의 목소리가 들려왔다.

"미안해."

바로 되물으려다가 멈추었다. 가볍게 떨리는 라니의 목소리가 이어졌다.

"오디션, 보러 가고 싶었는데… 내가 너무 늦었지. 미안해."

"아니에요. 괜찮아요."

장난기는 깔끔하게 거두고 진심만 남긴 말을 전했다.

"그냥 좀 아쉬웠어요. 노래, 엄청… 들려주고 싶었으니까."

"들려줘!"

내 말이 끝나기가 무섭게 라니의 대답이 들려왔다.

"노래 듣고 싶어. 엄청."

조심스러운 침묵이 이어졌다. 심호흡을 한 번 하고 결심을 꾹 눌러 담은 말로 그 침묵을 깨트렸다.

"라니 씨 집에서 들려줄게요."

"너네 집으로 갈게!"

이번에는 서로 놀라움과 당혹스러움 섞인 침묵이 이어졌다. 누가 먼저라고 할 것도 없이 거의 동시에 뱉은 말이었다.

"어디요?"

"어디?"

되묻는 말도 거의 동시에 튀어나왔다. 둘 다 같은 말로 물었으니, 사운드가 겹쳤다고 해도 헷갈렸을 여지는 없었다. 잠깐 틈을 보다가 천천히 입을 열었다.

"설마 우리 집 가는 길이에요?"

라니가 잠시 얼떨떨해하며 대답을 망설이는 사이 빠르게 덧붙였다.

"근처에 뭐 있어요?"

"어… 여, 여기?"

어어. 어색한 추임새 뒤에 라니의 대답이 이어졌다.

"크림색 빌라. 삼… 아니, 오층쯤?"

"어, 거기면! 거의 다 왔어요!"

집 가는 길을 되새기며 흥분한 어투로 설명을 시작했다.

"거기서 한 블록 지나서 길 사이에 있는 돌계단 올라가면 돼요."

"돌계단?"

보도블록을 밟는 소리가 들려왔다.

"너는 어딘데? 주변에 뭐 있어?"

"여기는…"

주변을 둘러보니 낡은 크로스핏 센터와 주차장이 보였다.

"크로스핏 센터요. 건너편엔 공용 주차장. 아, 그리고 편의점도."

"거기도 거의 다 왔어! 주차장 사잇길로 들어가면 바로야."

그 말에 곧바로 주차장 쪽으로 달려갔다.

"여기 길이 있었구나…"

탄식하듯 한마디를 흘렸다. 그렇게 헤매면서도 들여다볼 생각을 하지 못했던 샛길을 보자 긴장이 탁 풀렸다.

"여기, 올라가면, 바로 나와?"

숨 가쁜 라니의 목소리가 들려왔다. 사잇길을 달려 들어가며 대답했다.

"거기가 좀 가파르죠? 조금만 고생하면 돼요."

"와본 적은, 있는데… 오랜만이라…"

힘겨운 대답이 채 끝나기도 전에 곧 낯익은 건물이 눈에 띄었다. 막 집을 보러 왔을 즈음 높다란 돌계단을 올라가며 얼핏 봤던 옆 건물 꼭대기가 드디어 내 눈앞에 나타났다. 한참을 찾아도 찾을 수 없었던 그 건물 입구 또한, 코앞에 있었다.

"전 왔어요. 라니 씨 집."

떨리는 마음으로 현관문 앞에 섰다. 익숙한 번지수가 적혀 있었다.

"나도, 왔는데…."

라니는 곧 숨을 고르며 말을 이었다.

"이제 어떡해? 오히려 멀어졌잖아."

"무슨 소리예요. 지름길이 있는데."

조금 뻔뻔하게, 현관문을 똑바로 보며 한 글자 한 글자 씹어 말했다.

"비밀번호요. 5386이에요."

"어?"

"도어락 비밀번호요."

잠시 후, 라니는 뒤늦게 상황을 파악했다는 듯 웃음을 터트렸다.

"야, 너…."

"전 번호 안 바꿀 거예요. 오늘 지나고도."

계속 이어지는 웃음소리 속 라니의 대답이 들려왔다.

"1208."

"네?"

"1208! 내 생일."

약간은 장난스러운 목소리에 왠지 머릿속이 하얘졌다.

"아… 이런 기분이었구나."

"난 바꿀 수도 있어."

"네?"

놀란 목소리로 곧장 되묻자 장난기가 더 짙어진 대답이 돌아왔다.

"그러니까 빨리 열어. 바뀌기 전에."

막상 이런 반응을 대하니까 또 절로 웃음이 나왔다. 못 말리겠다는 듯이 웃으면서 도어락 비밀번호를 한 글자씩 꾹꾹 눌렀다.

띠링, 소리와 함께 정말로 문이 열렸다. 이 상황이 믿기지 않으면서도 또 좋아서 어쩔 줄 모르겠는 마음으로 발걸음을 옮겼다.

"저기요?"

마치 처음 이사 온 그날처럼 허공에 대고 물었다.

"혹시… 계세요?"

얼굴보다 먼저 마주하게 된 라니의 집은 확실히 내 집보다 훨씬 환하고 좋았다. 넓고 쾌적하고 깔끔하기까지 했으며, 어디선가 좋은 향기도 풍기는 듯했다. 들어오자마자 가장 먼저 눈에 띄는 건 깨끗하게 정리된 작업대였다.

그 순간 어디선가 끼긱거리며 벽을 긁어내리는 소리가 들렸다. 익숙한 데자뷰에 눈살을 찌푸리며 벽 쪽을 휙 바라보았다.

"거기 있어요?"

그럴 리가 없다는 걸 알면서도 오싹한 기운이 몸을 훅 덮쳤다. 당연히 라니겠지. 설마. 설마, 하는 말이 머릿속을 가득 메웠는데도 반사적으로 심장이 철렁 내려앉는 건 어쩔 수 없었다. 바짝 졸아서 눈으로 허공을 살피는데 이젠 달각거리는 소리가 들려왔다.

"장난치지 마요!"

진심으로 무서워져서 간절하게 내질렀다. 하지만 달각거리는 소리는 오히려 한층 더 심해졌다. 아니, 달각보다는 딸칵에 가까운 딱, 소리가 일정한 간격으로 울리고 있었다. 딱. 딱. 이건 꼭…

"메트로놈?"

얼이 빠져서 한마디 툭, 뱉자마자 시원한 웃음소리가 울려 퍼졌다.

"당연히 여기 계시지, 바보야!"

"장난치지 말라니까요!"

라니는 실컷 웃고서야 겨우 진정하더니 벽을 가볍게 두 번 톡톡 두드렸다.

"보자마자 너무 놀리고 싶어서. 내가 이걸로 얼마나 고생했는 줄 알아?"

"아, 그건… 미안해요."

멋쩍은 답변을 돌려주었다.

"미안하면 노래 들려줘."

정신을 차리고 보니 라니의 목소리가 핸드폰과 벽 너머에서 동시에 울리면서 하울링을 일으키고 있었다. 디엠 전화를 끊고, 벽으로 한 발짝 다가갔다.

"아직 안 돼요."

"왜?"

벽 위쪽에 뜬금없이 박혀 있는 덩어리로 시선을 옮겼다.

"막이 안 올라갔잖아요."

손을 뻗어 덩어리를 뽑아냈다. 시멘트 부스러기가 맥없이 후두둑, 떨어졌다.

"제가 말했죠? 지름길이 있다고."

"너…"

라니는 복잡한 기분으로 숨을 들이쉬었다.

"메트로놈 물어내라고 하지 마."

곧 쿵 소리와 함께 벽이 흔들렸다. 텅 빈 거나 다름없다던 벽은 라니의 손길에도 가볍게 흔들리며 균열을 만들어내기 시작했다.

"라니 씨도 이거, 이거 뭐냐, 암튼 도구 물어내라고 하지 마요!"

나도 대충 작업대에 있던 무거워 보이는 걸 집어 들어 벽을 두드렸다. 생각보다 무게가 있는 건지 벽은 얼마 안 가 맥없이 깨져나갔다.

그러고 보면 아무리 약한 벽이라고 해도 그렇지, 그래도 일단은 다른 건물인데 무심결에 구멍을 냈을 때부터 뭔가 이상하긴 했다. 라니가 내 생각보다 훨씬 힘이 좋은 건가? 어쩌면 이 벽 너머에 있는 사람이 엄청난 장신의 근육질일지도 모른다는 생각이 들었다.

진짜 라니를 마주했을 때 놀라지 않을 수 있을까. 스스로 자신이 조금 없어지던 그때, 굉장히 큰 쿵 소리가 울렸다. 라니와 내가 거의 동시에 벽을 친 모양이었다. 벽 아래쪽이 맥없이 부서지면서 그 너머에 있는 사람이 나타났다.

"어…"

키는 생각보다 작았다. 어쩌면 딱 생각한 만큼인지도 모르겠다. 대충 여자 평균이 이 정도일까. 눈을 마주친 순간 아무 생각도 나지 않아서, 그동안 내가 어떤 얼굴을 상상해 왔는지도 완전히 잊어버렸다.

"라니 씨."

나보다 머리 하나쯤 작은 체구에 이어, 나를 올려다보고 있는 동그란 얼굴이 눈에 들어오기 시작했다. 오밀조밀하게 들어찬 이목구비는 보자마자 귀엽다는 생각이 들었다. 살짝 올라간 눈꼬리는 조금 도도해 보이는 느낌도 있었다.

"보고 싶었…"

떨리는 목소리로 내뱉은 말을 채 끝맺기도 전에 라니는 나를 와락 끌어안았다. 딱 사람 하나가 오갈 수 있는, 문 하나 정도를 댈 수 있을 만큼만 부서진 벽을 넘어 내게로 왔다.

"보고 싶었어."

그리고 벅찬 목소리로 말했다. 내게 가장 익숙하고, 내가 가장 좋아하는 목소리로.

"다 됐어?"

"잠깐만요! 거의 다 됐어요."

집으로 넘어온 나는 악기를 세팅하기 시작했다. 스피커에 핸드폰을 연결만 하면 돼서 어려울 건 없었는데, 문제는 핸디캠이었다.

"그냥 노래만 들려줘도 되는데."

"잠시만요. 진짜 금방 끝나요. 진짜!"

기다리느라 조금 떨떠름해진 라니의 목소리를 들으며 핸디캠을 고정하려고 애를 썼다. 그런데 어디 세워 놓아도 적당한 각도가 잡히질 않았다. 벽을 다 부순 게 아니라서 나든 라니든 누군가의 앵글은 포기해야 했다.

"저기요. 라니 씨."

"왜?"

라니는 동그란 눈을 말똥말똥 뜨고 나를 바라보았다.

"아, 그게 혹시."

벽 더 부술까요? 라고 하려다 다시 말을 삼켰다. 라니는 무슨 말을 할지 기다리는 듯 눈을 깜빡였고, 나는 그런 눈을 가만히 바라보며 고민에 빠졌다.

"의자 안 불편해요?"

가벼운 침묵이 잠깐 이어진 뒤 고민을 끝내고 물었다. 라니는 별 걸 다 챙긴다는 듯한 표정으로 웃으면서 고개를 가로저었다.

"전혀. 빨리 시작이나 해."

약간은 퉁명스러운 얼굴과 같이 들리는 게 어색한 목소리를 듣자 이제는 정말 확실히 마음을 굳힐 수 있었다.

"자, 그럼. 이승진이 부릅니다."

어쩌면 당연한 결말일 수도 있겠지만, 사실 내가 이 이야기에서 실패한 건 길 찾기뿐만이 아니었다.

"네 목소리를 들어!"

서른하나. 젊은 건 몰라도 어리다고는 할 수 없을 나이에 간신히 붙잡은 마지막 기회인 오디션. 그 애매한 희망에도 나는 철저히 실패했다. 실패하기를 선택했다.

나는 어떻게 해도 우리 두 사람을 모두 담을 수 없었던 핸디캠은 저쪽 구석에 버려두고 단 한 번뿐인 콘서트를 시작했다. 화려한 거짓말이나 아등바등 쥐어 짜낸 노력 없이도, 고작 이승진에 불과한 나를 사랑해주는 단 한 사람. 홍라니만을 위한 노래를 부르면서.

〈마침〉

빈틈없는 사이

1판 1쇄 발행 2023년 6월 7일

소설 정다연
각본 박소희, 이우철, 김호정
각색 서원영, 김정곤
기획 김진엽, 배상준

발행인 김성룡
편집·교정 김은희
디자인 김민정

펴낸곳 도서출판 가연
주소 서울시 마포구 월드컵북로 4길 77, 3층 (동교동, ANT 빌딩)
구입문의 02-858-2217
팩스 02-858-2219

ISBN 978-89-6897-119-8 03810